GW01606467

RIEN QU'UNE VIE

Né à Dublin, Graham Norton est l'un des animateurs les plus populaires du Royaume-Uni. Il présente le « Graham Norton Show » sur BBC1 depuis 2007 ainsi qu'une émission hebdomadaire sur BBC Radio 2 et a remporté huit BAFTA Awards. *Rien qu'une vie* est son premier roman.

GRAHAM NORTON

Rien qu'une vie

TRADUIT DE L'ANGLAIS (IRLANDE) PAR SARAH CHAMPION

STÉPHANE MARSAN

Titre original :
HOLDING
Publié par Hodder & Stoughton,
un département du groupe Hachette UK,
en Grande-Bretagne en 2016.

ISBN : 978-2-253-25810-0 – 1re publication LGF

Pour Rhoda : enfin un roman que tu pourras lire !

PARTIE I

Chapitre premier

Tous les habitants de Duneen s'accordaient à dire que si le sergent Collins parvenait à arrêter un criminel, ce ne serait sûrement pas en lui courant après. Les gens l'appréciaient assez pour ne pas l'insulter, mais le village était inquiet à l'idée que sa sécurité dépende d'un homme que remonter l'allée de l'église pour aller communier suffisait à mettre en nage.

Ce matin-là pourtant, personne ne semblait préoccupé outre mesure. Toute l'animation du village se concentrait dans l'artère principale, à vrai dire la seule rue digne de ce nom. L'hiver se faisait attendre, sauf pour Susan Hickey qu'on aurait cru sur le point de partir en expédition dans l'Arctique. Une brosse métallique à la main, elle tentait maladroitement d'ôter quelques plaques de rouille de sa porte tout en tenant le compte silencieux des bouteilles de vin que Brid Riordan plaçait précautionneusement dans le conteneur à verre. Seize ! N'avait-elle donc pas honte ? De l'autre côté de la rue, devant le pub, Cormac Byrne cracha avec satisfaction quelques glaires dans le caniveau. Un peu plus loin, près de la cabine téléphonique, le colley blanc et noir poussiéreux des Lyon, les propriétaires du garage, leva le museau et, satisfait de constater qu'il n'y avait rien d'intéressant à observer comme il s'y attendait, le laissa retomber entre ses pattes.

Devant le magasin des O'Driscoll, qui faisait également office de bureau de poste et de café, la voiture de police, alourdie par son occupant, semblait stationner depuis quelque temps déjà. Sur le siège conducteur, le ventre écrasé contre le volant, le sergent Patrick James Collins attendait. C'est sa mère qui avait choisi ses prénoms, en hommage à son grand-père maternel Patrick, décédé tout juste six semaines avant sa naissance, et à James Garner, l'acteur de *The Rockford Files* dont elle était une grande admiratrice. De son père, le sergent n'avait hérité que le nom. Ces choix attentifs semblaient aujourd'hui bien dérisoires, car tout le monde l'appelait tout simplement PJ.

PJ Collins n'avait pas toujours été gros. Il avait passé de longues soirées d'été à jouer avec les autres enfants dans l'allée qui courait derrière le magasin de ses parents, à Limerick. Balle au prisonnier, cache-cache, un, deux, trois, soleil… Les rires haut perchés, les accusations de tricherie et les pleurs occasionnels emplissaient l'air lourd de poussière jusqu'à ce que le tintement caractéristique d'une passoire ou le crépitement des oignons frits les rappellent à la maison pour le dîner. Cela lui manquait, de faire partie d'un groupe. C'était à peine s'il se souvenait de ce que cela faisait, de ne pas se faire remarquer ou juger. La puberté était arrivée et, avec elle, un féroce appétit mâtiné de paresse qui avait signé l'apparition de son embonpoint et sonné le glas de son amitié avec les autres garçons. Il n'avait pas eu besoin des remarques insistantes de sa mère pour constater ce qui était en train de se produire, et pourtant, malgré toutes ses bonnes résolutions, il n'avait cessé de grossir jusqu'à ce que, une fois son diplôme en poche, perdre du poids lui paraisse un objectif inatteignable.

En y repensant, il comprenait parfaitement ce qu'il avait cherché à cacher sous ses kilos en trop, derrière lesquels il s'était réfugié pour ne pas avoir à affronter les épreuves de l'adolescence. Pas la peine de rassembler son courage pour oser demander un rendez-vous à une fille : quelle adolescente au cou gracile et aux cheveux soyeux aurait accepté de sentir des mains chaudes et moites enserrer sa taille sur la piste de danse ? Les autres garçons tentaient de se faire remarquer en arborant d'élégantes chaussures de cuir ou des autocollants brillants sur leurs scooters, mais PJ savait que, quoi qu'il fasse, il ne leur arriverait jamais à la cheville. Être gros ne l'avait pas rendu heureux, mais cela avait au moins eu le mérite de lui éviter quelques peines de cœur. Cela lui avait assuré une certaine tranquillité.

PJ se contentait fort bien de sa fonction de policier. Ni l'uniforme ni la voiture ne renforçaient son sentiment d'exclusion ; il parvenait sans peine à garder une distance toute professionnelle avec les riverains. À travers la vitre, il observa la longue rue en pente douce qu'empruntaient les voitures des touristes pour se rendre sur la côte et admirer les somptueux paysages qu'on leur avait promis. Personne ne s'arrêtait à Duneen. À la décharge des voyageurs de passage, rien ou presque ne les y incitait. Rien ne démarquait le village des communes alentour. Nichées au creux d'une petite vallée verdoyante, des rangées irrégulières d'immeubles mitoyens de deux à trois étages, peints autrefois dans des couleurs pastel qui rappelaient celles de la layette, bordaient la route. Au bout de la rue principale, un vieux pont surplombait la Torne. Depuis le haut de la petite colline, une solide chapelle grise veillait sur le village. D'aussi loin que les habitants s'en souviennent, rien n'avait jamais changé. Le temps ne passait pas à Duneen, il restait comme suspendu.

PJ passa un doigt humide de salive sur les miettes qui parsemaient ses genoux, le porta à la bouche et soupira. Onze heures venaient tout juste de sonner. Encore une bonne heure et demie à patienter jusqu'au déjeuner. Quel jour on était, déjà ? Ah oui, mercredi. Jour des côtes de porc. Il devait leur rester du crumble de la veille. Il se rappela soudain qu'il l'avait terminé la nuit passée, debout devant le réfrigérateur, juste avant d'aller se coucher. Il rougit légèrement en imaginant Mme Meany, la gouvernante, trouver le bol dans l'évier et soupirer d'un air désapprobateur en le lavant sous l'eau chaude, tout en pensant au prochain plat qu'elle pourrait lui concocter. Sans elle, il serait moins gros, il en était convaincu. Un sandwich lui suffirait amplement pour déjeuner. Il n'avait pas besoin de manger deux plats, ni, tant qu'on y était, deux desserts. Il ne dévorait son petit déjeuner le matin que parce qu'elle le lui mettait sous le nez avant même qu'il n'ait le temps de protester. Son bras tressauta tandis qu'il s'imaginait claquer la porte du réfrigérateur sur la frêle silhouette de sa gouvernante et la regarder s'effondrer au sol, désormais incapable de lui faire les gros yeux en débarrassant son assiette : « Eh bien, inutile de vous demander si vous avez apprécié votre repas, sergent ! »

Un coup frappé à la vitre de sa voiture le ramena à une réalité moins brutale. La gérante du magasin en personne, Mme O'Driscoll, essayait d'attirer son attention. En temps normal, elle aurait envoyé sa fille, Mairead, ou la Polonaise filiforme dont il ne parvenait pas à se rappeler le nom, sans oser lui demander de lui rafraîchir la mémoire. Il mit le contact, pressa le bouton d'ouverture de la vitre et se racla la gorge. Il n'avait pas parlé depuis qu'il avait dit au revoir à Mme Meany, à 8 h 45.

— Le beau temps est de retour.

— Oui, Dieu merci. Je vous ai apporté une tasse de thé, pour vous éviter de sortir.

Mme O'Driscoll éclata de rire, découvrant de délicates petites dents. Sa gentillesse ne toucha pas PJ ; tout ce qu'il voyait, c'était une femme mince qui se moquait de les voir, lui et son gras, coincés derrière le volant de sa voiture. Elle lui tendit la tasse fumante dans une soucoupe. Son autre bras surgit pour lui présenter une assiette sur laquelle reposait un scone couvert de confiture.

— Ils sortent tout juste du four, et la confiture a été préparée par la femme du pasteur.

— Vous êtes trop aimable, la remercia-t-il avec un sourire forcé.

Qui aurait cru qu'un simple scone puisse provoquer un tel tourbillon d'émotions ? Il se sentait à la fois humilié, en colère, gourmand, affamé et abattu.

— Profitez-en et ne vous inquiétez pas, j'enverrai Petra chercher l'assiette dans une minute. J'imagine que vous n'en ferez qu'une bouchée !

Elle gloussa de plus belle et s'empressa de regagner le magasin.

PJ déposa la tasse et la soucoupe sur le siège passager et s'empara du scone. Il se força à le manger en deux bouchées plutôt qu'en une et lécha la confiture qui avait coulé au coin de sa bouche. Il reposa l'assiette, prit la soucoupe et but une gorgée de thé. À la radio, l'animateur présentait un quiz sur le cinéma. Il fallait citer les noms des acteurs du premier *Ghostbusters*. Voilà qui n'était pas facile. Bill Murray, Dan Aykroyd et… Mince, qui était le troisième larron ? Il ferma les yeux pour se remémorer le visage de l'acteur, mais c'est le sourire d'Emma Fitzmaurice qui s'imposa dans son esprit. Ils étaient allés voir *Ghostbusters* au cinéma pour leur premier rendez-vous. Une vague de honte le submergea comme si c'était hier. La façon dont il s'était maladroitement tortillé dans l'étroit fauteuil pour essayer de poser son bras sur les épaules de l'adolescente. Le regard qu'elle lui avait jeté avant d'éclater de rire. Elle n'avait même pas cherché à le ménager, se contentant de se moquer de lui. Pourquoi avait-elle accepté son invitation ? Il aurait mille fois préféré la gêne ou l'humiliation provoquée par un « non » franc à cet instant où, les yeux fixés droit devant lui sur l'écran pendant qu'il tentait de retenir ses larmes, il sentait l'épaule d'Emma tressauter contre la sienne. On ne l'y avait jamais repris.

Un autre coup retentit à la fenêtre. Il se tourna, s'attendant à voir… Quel était son nom déjà… ? Mais il aperçut un visage qu'il ne connaissait pas : celui d'un homme proche de la cinquantaine, la peau tannée par les ans et le crâne rasé pour masquer une calvitie précoce. Il portait un coupe-vent jaune vif et un casque sous le bras. PJ supposa qu'il travaillait sur le nouveau chantier, derrière l'école primaire. Il abaissa la vitre.

— Monsieur l'agent, le chef de chantier m'a envoyé vous chercher. On a trouvé quelque chose là-haut.

L'ouvrier fit un geste vague en direction de l'école.

Que cela faisait du bien. Il servait enfin à quelque chose. PJ prit tout son temps pour avaler une autre gorgée de thé avant de lever les yeux et de demander :

— De quoi s'agit-il exactement ?

L'enquête venait de commencer.

— Probablement pas grand-chose. Plusieurs gars voulaient continuer, mais le chef et moi, on trouvait ça mieux que quelqu'un jette un coup d'œil.

— Je m'en charge. Je vous dépose ?

— Oui, merci.

PJ se rappela soudainement qu'il tenait une soucoupe et une tasse, sans oublier l'assiette. C'était embarrassant. Il était loin d'afficher la sophistication du policier moderne qu'il rêvait d'être. Il hésita un moment avant de se reprendre : après tout, il était sergent, et son interlocuteur n'était qu'un simple ouvrier. Il lui tendit la vaisselle.

— Auriez-vous l'amabilité de rapporter ça au magasin pour moi ?

L'ouvrier ne bougea pas. S'apprêtait-il à refuser ? Était-il idiot ? Puis, sans dire un mot, l'homme le débarrassa et entra dans la boutique. Il ne tarda pas à reparaître et grimpa sur le siège passager. Une fois dans la voiture, il parut beaucoup plus grand que dans la rue. Leurs épaules se touchaient. Le sergent Collins démarra le moteur et enclencha la marche arrière, puis il plaça la main derrière l'appuie-tête passager pour mieux voir. La manœuvre inconfortable et la proximité d'un autre corps le ramenèrent en arrière, dans la pénombre du cinéma avec Emma. Au moins, cette fois, pensa-t-il, personne ne riait.

La voiture recula dans un agréable crissement de gravier. Il passa une vitesse en douceur, remonta rapidement la rue en direction de l'est du village, dépassa l'école et se dirigea vers ce qui avait été autrefois la ferme des Burke. Susan Hickey et le colley levèrent les yeux alors que la voiture de police disparaissait, laissant derrière elle un nuage de poussière. Le sergent Collins laissa échapper un grognement involontaire. Pour une raison qu'il ignorait, il se sentait bien. Il se sentait l'âme d'un vainqueur.

Chapitre 2

On entendait encore au loin le doux grondement de la voiture de police lorsque Evelyn Ross franchit la porte du magasin des O'Driscoll. Avec son manteau de laine rouge vif, son panier en osier et son béret bleu foncé, elle semblait étrangère au décor de la rue principale de Duneen. Élancée, les cheveux châtains et les traits si fins que son âge en devenait difficile à deviner – la quarantaine, peut-être ? –, on l'aurait davantage imaginée organisant des matchs de tennis dans les Hamptons ou proposant un verre de vin chaud aux cavaliers avant la chasse, que dépassant péniblement la cabine téléphonique et le garage, son panier vide à l'exception d'un petit sachet de flocons d'avoine et d'un exemplaire de l'hebdomadaire local. Elle marcha avec précaution sur le trottoir inégal et ouvrit son manteau. Il faisait très doux pour une fin de mois de novembre. Le colley la suivit du regard quelques mètres avant de se lever et de s'élancer vers la devanture du garage pour rejoindre son foyer. Susan Hickey ne leva même pas la tête.

Evelyn était « connue » dans le village et les communes avoisinantes. Pas vraiment célèbre, mais tout le monde savait qui elle était ou ne manquait pas de l'apprendre rapidement. C'était l'une des filles Ross, d'Ard Carraig. Elles étaient trois : Abigail, Florence et Evelyn, la cadette. Toutes célibataires, elles vivaient ensemble dans la grande maison familiale en pierre, à moins de deux kilomètres du village.

Leurs parents avaient autrefois été les plus riches habitants du coin, à la tête d'une ferme prospère et de quelques obscurs placements. Robert Ross avait fourni le terrain, tandis que sa femme Rosemary, fille unique d'un banquier de Cork, détenait les actions. Tout le monde s'était demandé comment la petite citadine s'en sortirait à la ferme, mais, contre toute attente, elle s'y était épanouie. Bientôt, presque tous les comités et conseils de la région avaient pu se vanter de compter Rosemary Ross parmi leurs membres.

La naissance d'Abigail, leur première fille, avait ravi les jeunes parents. Mais, bien qu'ils n'aient jamais évoqué le sujet, leur joie laissa place à une déception palpable lorsqu'une troisième petite fille vint agrandir la famille. C'était injuste. Et leur fils, alors ? Après Evelyn, il y eut deux fausses couches, puis plus rien. Robert commença à sentir que le désir qu'il éprouvait pour sa femme et son envie d'avoir un fils faisaient souffrir Rosemary. Les baisers à pleine bouche se firent chastes, à peine plus qu'un frôlement de lèvres une fois la lumière éteinte. Ils se tenaient tous deux allongés dans l'obscurité, fous d'amour et pourtant rongés par la certitude qu'ils avaient trahi l'autre. Certains mariages explosent, certains meurent de leur belle mort et d'autres enfin s'effondrent tel un animal blessé, vaincu.

Étonnamment, ce fut le cancer qui raviva la flamme de leur mariage. Les derniers mois de Rosemary, Robert et elle s'aperçurent que leur amour était resté intact ; enfoui sous des années d'incompréhension et d'occasions manquées, il attendait seulement d'être déterré, comme l'un de ces cadavres en parfait état de conservation que l'on retrouvait parfois dans les marais. Ils continuèrent à taire leurs sentiments, mais chaque tasse de thé apportée sans qu'elle l'ait demandée, avec trop de lait ou trop infusée, chaque soucoupe dégoulinante déposée par des doigts rugueux et tannés à côté de son chapelet, sur sa table de chevet, lui criaient qu'il l'aimait encore. Et dans ces heures sombres et interminables qui précédaient l'aurore, alors qu'elle l'autorisait à tenir son corps amaigri par la maladie tandis qu'elle pleurait, il comprenait qu'elle l'aimait encore.

La première fois qu'Evelyn était rentrée de l'école après la mort de sa mère avait été difficile. La plupart des filles l'avaient évitée, ne sachant que dire ou que faire, et les autres n'avaient cherché qu'à savoir si elle avait vu le corps. Elle avait été soulagée d'atteindre les grilles d'Ard Carraig et, tandis qu'elle se dirigeait péniblement vers la maison, descendant l'allée bordée d'arbres qui y menait, son sac d'écolière pesant lourdement sur son dos, elle avait enfin laissé libre cours à ses larmes. Elle s'était retenue toute la journée et elle était sûre que sa mère aurait été fière d'elle, mais la vision des fenêtres obscures qui lui faisaient face eut raison de son courage. Tout semblait si gris, si sombre et si définitif maintenant que sa mère était partie.

Elle contourna la maison et, dans le jardin, elle sentit le vent frais sécher ses joues humides. Elle ralentit, tentant de repousser le moment où elle affronterait la cuisine glacée et lugubre. Pas de radio. Pas d'appétissante odeur de gâteau en train de refroidir sur une grille. Elle avait atteint la porte arrière lorsqu'elle remarqua une lumière dans l'atelier situé au bout du jardin. Au fil des années, elle s'était souvent remémoré ce court trajet, analysant chaque détail : à peine une dizaine de pas sur les pavés glissants, sa petite main poussant la lourde porte de bois à la peinture écaillée, l'ombre au sol qui se balançait lentement, les bottes de travail aux semelles crottées, un lacet défait, les mains qui lui tapotaient gentiment la tête chaque matin et qui pendaient désormais inertes, sans vie. Le grincement de la corde. C'est là que ses souvenirs s'arrêtaient. Elle ne voyait jamais son visage. Le visage de son père qui n'avait pas supporté la perspective d'une vie sans Rosemary.

Au début, personne ne savait ce qu'il allait advenir des trois filles Ross. Des femmes étaient venues du village pour les aider à préparer les repas, et plusieurs hommes avaient apporté leur aide lors des funérailles, mais il devint vite évident qu'ils n'étaient ni utiles ni bienvenus. L'aînée, Abigail, prit si bien les choses en main qu'on aurait presque pu croire qu'elle n'attendait que cela. Elle loua le terrain à un fermier du coin, et l'argent gagné permit à Florence de partir étudier pour devenir enseignante. Evelyn, bien qu'étant la plus jeune, gérait l'intendance et s'occupait de la plupart des tâches ménagères et des repas. Elle croyait que cette organisation prendrait fin un jour, mais elle n'avait jamais pu se résoudre à abandonner Abigail. Et puis Florence était revenue à Duneen pour enseigner à l'école communale. Elles se persuadèrent qu'il était tout simplement écrit qu'elles devaient rester ensemble, liées par le chagrin et cette grande maison qui avait oublié le moindre souvenir heureux qui l'avait un jour égayée.

Vingt-six ans plus tard, alors qu'elle descendait la même allée avec son panier en osier, Evelyn Ross ne pensait pas au passé. Les amies d'Abigail venaient jouer au bridge après le dîner, et Evelyn réfléchissait à ce qu'elle servirait avec le thé qu'elle leur apporterait sur le chariot. Elle pourrait sortir la belle porcelaine, celle avec les roses jaunes. Est-ce qu'elle en faisait trop ? Est-ce qu'Abigail lèverait les yeux au ciel ? Evelyn décida que cela lui importait peu. Le service était joli et, après tout, pour quelle occasion pourraient-elles bien le réserver ? Quel événement d'importance à Ard Carraig justifierait qu'on s'en serve ?

Une fois rentrée, elle suspendit son manteau à la patère qui se trouvait à côté du congélateur, alluma la radio et commença à préparer le déjeuner. Elle jeta un regard à l'horloge : il était 12 h 15. Florence rentrerait bientôt de l'école et elle était toujours pressée. La soupe fumait sur la cuisinière et elle avait fini de disposer des tranches de *soda bread*[1] sur une assiette lorsqu'elle entendit le « dring » familier de la sonnette du vélo. Florence jeta sa bicyclette contre le mur à côté de la porte de derrière et s'engouffra dans la maison avec un courant d'air froid.

Des trois sœurs, c'est Florence qui était considérée comme la plus jolie. Elle aimait rejeter sur le côté

---

1. Pain au bicarbonate, spécialité irlandaise. *(Toutes les notes sont de la traductrice.)*

ses cheveux châtain clair, qu'elle gardait aux épaules. Evelyn lui enviait ses « courbes », comme on disait dans les magazines, même si la façon dont Florence s'habillait ne la mettait pas en valeur : les kilts et les épais pulls en laine qui composaient en grande partie sa garde-robe lui conféraient toujours des allures de première de la classe. Elle semblait plus essoufflée que d'habitude. Evelyn comprit tout de suite qu'elle avait des nouvelles fraîches.

— Devine quoi !

— Qu'est-ce qu'il y a ?

— Je venais de finir mon cours de géographie quand la voiture de police est passée à toute allure.

Florence posa son anorak sur le dossier d'une chaise avant de s'y asseoir. Elle piocha une tranche de pain dans l'assiette et se tut un instant pour ménager son effet.

— Alors ?

— Je n'y ai d'abord pas prêté attention, mais quand je suis sortie juste après, je l'ai vue garée près du nouveau chantier. Je ne voulais pas paraître trop indiscrète, donc je n'y suis pas allée, mais quand je suis arrivée au village, j'ai aperçu quelques ouvriers devant le magasin et je me suis arrêtée pour leur demander ce qui se passait. Tu ne devineras jamais !

— Tu as raison, je donne ma langue au chat, répondit Evelyn en sortant deux bols à soupe du buffet.

Elles se jouaient assez régulièrement cette comédie.

— Ils ont trouvé quelque chose en creusant les fondations, et ils pensent que c'est un cadavre !

Les bols se brisèrent sur le sol, projetant des éclats dans toute la pièce.

Chapitre 3

Duneen était parvenu à échapper au World Wide Web. Ici, ni 4G ni 3G, pas même un soupçon de réseau. PJ observa son portable, inutile, ne sachant ce qu'il était censé faire. Il ne faisait presque plus aucun doute que les ouvriers avaient découvert un corps, ou tout du moins ce qu'il en restait. Les longs os blancs qui avaient éveillé les soupçons avaient été rejoints sur le talus de terre sombre par ce qui était indéniablement un crâne humain.

Le chef de chantier et les ouvriers qui l'entouraient le regardaient avec insistance. Ces regards braqués sur lui le rendaient nerveux. Tous les hommes se tenaient parfaitement immobiles, vêtus du gilet jaune vif réglementaire, un casque blanc bizarrement perché sur la tête. PJ aurait tout aussi bien pu être une personnalité en visite ou un prêtre venu bénir le chantier. Il s'efforça d'ignorer le filet de sueur qui coulait le long de son nez. On attendait visiblement de lui qu'il fasse preuve d'autorité, mais, en réalité, tout ce qu'il voulait, c'était faire appel à un supérieur. Il faudrait des enquêteurs, des légistes et ces fameuses bandes de plastique que la police utilisait en cas d'opérations importantes. Il devait bien en avoir quelque part, mais

Dieu seul savait où. De vagues souvenirs de son stage à Templemore lui revinrent en mémoire : il ne devait, sous aucun prétexte, laisser une scène de crime sans surveillance, mais il avait conscience que, s'il ne prévenait personne, il aurait rejoint la pile d'ossements le temps qu'un de ses supérieurs passe dans le coin par hasard. Il leva les yeux des fondations, regarda en direction de l'école et dégaina son carnet, essayant désespérément d'avoir l'air professionnel et de suivre la procédure normale.

Aucun chantier n'avait jamais été aussi silencieux. Un pigeon roucoulait doucement sur un arbre tout proche et un tracteur parcourait paresseusement un champ au loin. Un des ouvriers étouffa un éternuement. Devait-il abandonner les ossements pour donner l'alerte ou rester sur place et envoyer quelqu'un annoncer l'événement le plus important de toute sa carrière ? Soudain, il sut avec certitude ce qu'il devait faire. Il ouvrit son carnet d'un coup sec et s'adressa au chef de chantier.

— Est-ce que vous avez de la corde ?

— Oui.

— Parfait. Vous allez l'utiliser pour délimiter toute cette section, depuis les ossements jusqu'à l'autre côté des fondations. Vous pouvez faire ça pour moi ?

— Pas de souci.

— Veillez à ce que personne ne pénètre dans la zone, ordonna-t-il en commençant à se diriger vers sa voiture, jusqu'à ce que je revienne avec…

Merde ! Il ne se rappelait plus l'expression. C'était quoi, déjà ? *Pitié, pitié, pitié*, supplia-t-il son cerveau.

— … La police scientifique ! annonça-t-il un peu trop fort, dans un large sourire que personne ne comprit, à part lui.

Le bâtiment qui servait de commissariat à Duneen était à l'origine le pavillon d'un enseignant à la retraite : une maison de pierre avec un porche encadré de deux grandes fenêtres rectangulaires. L'ancien salon, avec sa cheminée ornée de carreaux couleur pêche et son plafond en Artex, abritait désormais le bureau de PJ, qui avait élu domicile dans les autres pièces. On lui avait fourni l'essentiel, le reste étant constitué de ses trouvailles dans les boutiques solidaires et de meubles de famille que ses sœurs n'avaient pas emportés après le décès de leurs parents. Ce singulier mélange faisait penser à la décoration d'une chambre d'hôtes défraîchie ou à celle d'une maison de retraite. L'endroit ne manquait pas de confort, mais n'avait toutefois rien d'un foyer douillet.

PJ gara la voiture dans la petite allée qui séparait le pavillon de la route principale. Derrière la maison, un jardin étroit tout en longueur s'étendait jusqu'à la rivière ; il y avait des inondations presque tous les hivers, mais jusqu'à présent l'eau s'était toujours arrêtée à la porte de derrière. L'air décidé, le sergent contourna la voiture aussi vite que sa corpulence le lui permettait avant de s'engouffrer dans la maison par le petit sas vitré. Il flottait dans l'air une odeur de côtes de porc.

Mme Meany attendait dans l'entrée, un torchon à la main. La vieille dame était gouvernante à plein temps chez PJ, bien qu'elle vécût seule dans un petit pavillon situé à l'autre bout du village.

Elle avait été la gouvernante du prêtre pendant plusieurs années, mais lorsque Mlle Roberts, la gérante de l'hôtel de Ballytorne, avait pris sa retraite, elle avait demandé à Mme Meany de venir s'occuper d'elle. Seule au monde, elle lui avait fait miroiter en échange de ses soins la promesse d'hériter du pavillon à sa mort. L'arrangement convenait parfaitement à Mme Meany. Elle aimait la petite maison et l'idée qu'elle était rien qu'à elle. Personne ne pourrait la lui enlever, et tel un animal qui marque son territoire de son odeur, elle avait recouvert le moindre recoin disponible de bibelots en verre et en porcelaine couverts de poussière. Depuis le décès de Mlle Roberts, elle avait fait la cuisine et le ménage pour plusieurs habitants du village avant de travailler à plein temps au poste de police.

— Vous voilà enfin, monsieur l'agent. Je commençais à croire qu'il vous était arrivé quelque chose.

Elle agita le torchon et s'apprêta à retourner dans la cuisine.

— Justement, madame Meany… (Il fut surpris de constater que sa voix vibrait de colère. D'où sortait-elle ?) Il s'est *effectivement* passé quelque chose.

La vieille dame se retourna, l'air aussi choqué et intrigué que l'imposaient les circonstances.

Satisfait de sa réaction, PJ continua sur sa lancée.

— On a découvert un cadavre.

— Quoi ?

— Un cadavre !

Il avait attendu toute sa vie de prononcer ces mots, et c'était aussi excitant qu'il l'avait imaginé.

— Dieu nous garde ! s'exclama Mme Meany en portant les mains à la gorge comme pour refermer un gilet imaginaire. Où donc ?

— Je n'ai pas le temps d'en parler. Je dois en informer Cork, annonça-t-il en entrant dans son bureau, laissant Mme Meany se dandiner devant la cuisine, perplexe, telle une girouette incapable de dire si le temps est au beau fixe ou à l'orage.

Quand PJ raccrocha le téléphone, son enthousiasme avait bizarrement perdu en vigueur. Les renforts arrivaient : c'était ce qu'il voulait, ce dont il avait besoin, mais, une fois qu'ils seraient là, il ne serait plus en charge de l'affaire. Il rejoindrait les rangs de ces policiers inutiles qui évoluent en marge de la scène, sorte de majordome du crime au service de ceux qui procéderaient à l'identification du corps et enquêteraient sur les circonstances du décès. Les ossements étaient-ils anciens ? S'agissait-il d'un crime ? Les pointures de Cork n'arriveraient pas au village avant au moins une heure. Pouvait-il faire quoi que ce soit ? Peut-être parviendrait-il à résoudre l'enquête en l'espace de soixante minutes. Sa naïveté le fit sourire.

On frappa à la porte et, avant qu'il n'ait pu dire quoi que ce soit, Mme Meany entra, une assiette fumante dans les mains. PJ repoussa sa chaise.

— Je n'ai pas le temps de déjeuner aujourd'hui, madame Meany.

— Pas de déjeuner ?

À son ton, on aurait pu croire qu'il lui avait annoncé son intention de se suicider dans l'après-midi.

— Vous prendrez bien au moins un petit quelque chose avant de partir ? suggéra-t-elle, la tête baissée comme un chien en attente d'une caresse. Elle déposa l'assiette sur le bureau et sortit un couteau et une fourchette de la poche de son tablier.

— Je suis désolé, madame Meany, je dois vraiment retourner sur le chantier. Ils vont envoyer des policiers pour sécuriser les lieux.

La gouvernante fit encore le geste de resserrer son invisible gilet.

— À la ferme des Burke ? C'est là que vous avez trouvé le corps ?

— Oui, acquiesça PJ en remettant sa veste.

— De qui s'agit-il ?

— On n'a trouvé que des ossements, il est encore trop tôt pour le dire.

La vieille dame s'appuya sur la table et goba l'air tel un poisson rouge aux cheveux grisonnants. Sa voix n'était plus qu'un murmure.

— Par tous les saints… Serait-ce Tommy Burke ?

Le sergent recula d'un pas.

— L'ancien propriétaire de la ferme ? Il n'est pas mort.

— Ah non ?

Elle écarquilla les yeux, comme si elle tentait d'envoyer un message télépathique à PJ.

— Il s'est juste enfui, non ? Une histoire sentimentale qui a mal tourné, il me semble ?

— C'est ce que tout le monde pensait, mais personne dans le village n'a plus jamais entendu parler de lui ou ne l'a revu. Ça doit faire dix-sept… non, plus, parce que vous êtes ici depuis à peu près quinze ans, donc plutôt vingt ans qu'il a disparu. Ça expliquerait beaucoup de choses si on découvrait qu'il était sous la ferme depuis tout ce temps.

Elle rabattit une mèche grise derrière son oreille et se caressa pensivement la mâchoire.

— Je préfère ne pas y penser, reprit-elle. Rester seul dans le froid pendant toutes ces années, sans même une pierre pour signaler sa présence…

PJ se sentit gêné en voyant les yeux de la vieille gouvernante s'emplir de larmes.

— Ne vous tracassez pas, madame Meany. On n'a aucun moyen de savoir de qui il s'agit pour le moment, ni même comment les os sont arrivés là. Allez mettre de l'eau à bouillir, je devrais en savoir plus bientôt.

Il posa la main sur son épaule et la poussa gentiment vers la porte.

— Merci, sergent. Je ne sais pas. Rien que de penser à ce… à lui. Je ne sais pas.

Elle referma la porte derrière elle.

Le sergent PJ Collins osait à peine respirer. Aucun enquêteur n'était en vue, aucun autre policier n'était encore arrivé et il avait déjà une piste. Il s'imagina debout, la jambe en appui sur l'amoncellement de terre, indiquant où se trouvait la ferme et pressant le reste de l'équipe d'« enclencher la seconde ».

Il avala une grosse bouchée de côtes de porc.

Chapitre 4

Un oignon flétri saluait le chaland depuis le coin d'un large panier où reposaient les produits frais de l'épicerie-café-bureau de poste des O'Driscoll. Il partageait l'espace avec un poivron rouge rabougri tandis que, dans le panier du dessus, quelques bottes de carottes suintaient dans leurs emballages. Un grand sac de pommes de terre était posé à même le sol. Des sachets en papier kraft attendaient que des acheteurs pressés viennent les décrocher et fassent leur choix parmi cette alléchante sélection de produits. Le commercial avait présenté un projet de rénovation avec une touche « marché à la française » et tenté d'imposer un rayonnage de baguettes fraîchement décongelées. Mme O'Driscoll avait immédiatement mis les choses au point : personne ne voulait de pain français à Duneen. Le magasin recevait tous les jours une livraison de pains de mie, et sa fille Mairead préparait un *soda bread* tout à fait convenable, merci bien.

Aucun habitant ne faisait vraiment ses courses chez les O'Driscoll. C'était le genre d'épicerie où l'on s'arrêtait en vitesse pour un dépannage – qui pour une bouteille de lait oubliée, qui pour du papier toilette en urgence –, et où l'on pouvait trouver de quoi préparer un véritable petit déjeuner irlandais, mais où il ne fallait pas espérer dégoter de quoi concocter un dîner digne de ce nom. L'épicerie subsistait uniquement grâce à ses horaires d'ouverture : dès qu'il était trop tôt ou trop tard pour faire la route jusqu'à Ballytorne, la ville la plus proche, située à quarante minutes en voiture, les habitants du village se rendaient chez les O'Driscoll, prêts à payer un peu plus cher pourvu que le produit dont ils manquaient soit disponible.

Le matin était le moment de la journée que Mme O'Driscoll préférait. Compter la petite monnaie, sortir le minuscule panneau dans la rue, réceptionner les journaux. Une fois ces différentes tâches accomplies, la journée était ponctuée de périodes animées, à heures fixes : les habitants se rendant au travail, la frénésie éphémère du déjeuner et, bien entendu, la sortie de l'école.

Cet après-midi-là ne faisait pas exception, mais, curieusement, le petit rassemblement de mamans ne cessait de s'agrandir et ne semblait pas pressé de se disperser. À 16 h 15, elles étaient au moins huit, accompagnées de leurs enfants qui s'ennuyaient, faisant la sourde oreille à leurs demandes incessantes, jupes ou manches tirées avec insistance. Susan Hickey se tenait au centre du groupe, toujours emmitouflée sous d'épaisses couches pour se protéger de l'hiver imminent. Son petit visage rond, sur lequel se détachait une bouche aussi pincée que le nœud d'un ballon de baudruche, était rouge et luisant sous l'effet de la chaleur aussi bien que de l'enthousiasme. Son neveu travaillait sur le chantier et lui avait raconté toute l'histoire. Une gigantesque pile d'ossements, peut-être même un charnier ! La scène de crime fourmillait de policiers, certains tout droit venus de Cork. Les réactions des unes et des autres résonnaient dans la boutique, de la stupéfaction à l'approbation. L'une des femmes se baissa pour boucher les oreilles de son fils.

Assise derrière le comptoir, Mme O'Driscoll contemplait silencieusement sa caisse enregistreuse, tout aussi muette qu'elle. Cela ne la dérangeait pas que les clients discutent, mais la plupart de ces femmes n'avaient rien acheté. La pauvre Petra tentait vainement de balayer autour de leurs pieds ; la conversation ne présentait aucun intérêt pour elle, car les Burke étaient partis depuis longtemps lorsqu'elle était arrivée au village. Elle surprit une question, lancée dans un murmure au milieu de l'assemblée de commères.

— Vous pensez que Tommy aurait pu être un tueur en série ?

La question fut accueillie par un soupir stupéfait évoquant un lit pneumatique géant se dégonflant. Mme O'Driscoll ne put retenir sa langue plus longtemps.

— Pour l'amour du ciel ! Si ce garçon avait bel et bien été un tueur, pourquoi n'aurait-il pas commencé par son père ?

Tous les regards se braquèrent sur elle. Elle n'en avait visiblement pas assez dit. Elle poursuivit à contrecœur.

— Big Tom était le seul véritable méchant du clan Burke. Le jeune Tommy était peut-être un peu particulier, mais il n'avait rien de l'Éventreur du Yorkshire[1] !

---

1. Peter Sutcliffe, tueur en série anglais qui assassina treize femmes et tenta d'en tuer sept autres entre 1975 et 1980.

Les femmes s'attroupèrent près de la caisse pour en savoir plus. Susan Hickey n'apprécia guère d'être reléguée au second plan de cette manière.

— De toute façon, s'exclama-t-elle, la police ira certainement le débusquer où qu'il se cache en Angleterre pour lui poser quelques questions !

Sa remarque déclencha une nouvelle vague d'acquiescements. Mme O'Driscoll leva les yeux au ciel. Elle savait pertinemment que c'était Susan Hickey qui avait protesté pour les empêcher d'obtenir leur licence de débit de boissons.

— En Angleterre ? Qui vous a raconté ça, Susan ?

— C'est de notoriété publique.

— Une rumeur qui court, plutôt ! Pour autant que je sache, personne n'a eu de ses nouvelles depuis qu'il est parti. Il pourrait être n'importe où.

Un petit bout de femme, dont les cheveux avaient autrefois été blonds, leva la main comme s'il s'agissait d'une réunion de comité.

— Vous ne croyez pas… qu'il pourrait être avec les autres corps, là-haut ?

L'assemblée en eut le souffle coupé. L'histoire prenait une tournure intéressante.

Un grand fracas retentit soudain dans l'épicerie, suivi des hurlements stridents d'un enfant. Toutes les mères regardèrent autour d'elles à la recherche de leur progéniture.

— Fintan, où te caches-tu ?

Des sanglots entrecoupés lui répondirent.

— Fintan ! Qu'est-ce que tu as encore fait ?

Lorsque la mère du garçon contourna les rayonnages, la réponse lui sauta aux yeux. Un visage couvert de larmes l'observait depuis le sol, entouré par pas moins d'une douzaine de boîtes de conserve de riz au lait.

— Oh, madame O'Driscoll, je suis confuse ! Fintan, qu'est-ce qu'on dit à Mme O'Driscoll ?

Apparemment, un hurlement stupéfait semblait être une réponse adéquate pour le garçonnet qui pleurait tandis que sa mère l'éloignait de la scène du carnage en le tirant par la main. Mme O'Driscoll écarta les excuses d'un geste de la main et contourna le comptoir en demandant à Petra de venir l'aider. Elle savourait sa satisfaction en son for intérieur. Aucun dégât n'était à déplorer, et l'incident avait mis un point final aux ragots stériles de ces bécasses.

Une fois l'ordre et le calme rétablis dans le magasin, elle reprit son poste. Maigre mais vigoureuse, elle était perchée sur une chaise haute, le dos légèrement voûté par les années passées derrière la caisse, son visage usé ne laissant rien paraître. Elle n'aimait pas étreindre ses interlocuteurs, les réconforter en leur tapotant le dos avec bienveillance, mais son regard était suffisamment chaleureux pour les inciter à se confier à elle en cas de difficultés. Formidable. Juste ce qu'il fallait. Elle observait le quotidien avec une vision inébranlable et très personnelle de ce qui était juste et bon. Elle aidait ceux qu'elle sentait prêts à essayer de s'en sortir, mais n'hésitait pas à condamner ceux qu'elle considérait comme les artisans de leur échec. Gérer une épicerie-bureau de poste-café lui avait permis de rencontrer toutes les nuances de l'humanité.

Une voiture de police passa, et elle aperçut la lumière orange d'un clignotant avant que le véhicule se dirige vers la colline, en direction de la vieille ferme des Burke. Elle se demanda ce qui pouvait bien s'y passer. Elle sentit son estomac se nouer, inquiète à l'idée des secrets qui risquaient d'éclater au grand jour et de venir perturber la tranquillité du petit village. Elle avait bien évidemment conscience des différents drames qui s'y étaient noués au fil des années, mais, étrangement, ils n'avaient jamais vraiment fait de vagues. Aucun scandale n'avait éclaté. Que se passerait-il si ce cadavre braquait les projecteurs sur toute la communauté ?

Elle se mordilla le pouce en se remémorant le petit Tommy Burke et sa mère. Elle n'était alors qu'une enfant, elle aussi, mais elle adorait s'asseoir à l'arrière du magasin en feignant de faire ses devoirs alors qu'elle ne ratait pas une miette de la conversation des adultes. Et lorsqu'elle surprenait des chuchotements, c'était encore mieux.

Tout le monde pensait que Mme Burke ne pourrait jamais avoir d'enfant, mais après près de dix ans de mariage, la bonne nouvelle était tombée : elle était enceinte. La transformation n'avait pas été seulement physique : la grossesse l'avait totalement épanouie. Au marché ou sur le parvis de l'église, après la messe, elle arborait un sourire radieux qu'on ne lui avait jamais soupçonné. Elle respirait littéralement la joie. Quelques semaines avant l'accouchement, on aperçut seulement M. Burke en ville. Sa femme se reposait. Les vieilles dames murmuraient entre elles, persuadées que cela augurait une mauvaise nouvelle, mais la naissance fut bientôt annoncée dans tout le village.

C'était un garçon, un petit Tommy, qui hérita son prénom de son père, dès lors surnommé Big Tom.

Quelques semaines passèrent avant que quelqu'un voie la jeune mère. Le nouveau-né semblait chétif. Les mères enfoulardées partagèrent de nouveau leurs pronostics à voix basse. Personne ne s'attendait à ce que le petit Tommy survive. Mme Burke redevint une pauvre âme qu'il fallait prendre en pitié.

Le temps passa et démentit tous les racontars. Le bébé grandit rapidement et devint un vigoureux petit garçon qui entra à l'école. Sa mère retrouva le sourire. Cela ne devait pas durer longtemps.

La plupart des habitants du village affirmaient que Big Tom avait bu tout l'argent de la ferme, mais Mme O'Driscoll avait entendu ses parents discuter. Elle savait que l'histoire ne s'arrêtait pas là. Il avait parié sans succès une grande partie de l'exploitation, et ce qui en restait avait fait l'objet d'une mauvaise gestion. Elle se rappelait le petit Tommy, à peine assez grand pour voir au-dessus du comptoir, et sa mère, rouge de honte, demander crédit en balbutiant. Ce fut la seule et unique dispute de ses parents à laquelle assista Mme O'Driscoll. Son père tendait les comptes à sa mère en lui demandant quelle mouche l'avait piquée. Pourquoi avait-elle accepté de faire crédit à cette satanée Mme Burke ? Sa mère lui avait répondu dans un cri. N'avait-il donc aucun cœur ? C'était un acte de charité chrétienne, voilà tout. Tout le monde aurait fait pareil.

Mourir fut la seule bonne décision que Big Tom eût jamais prise. Il s'avéra qu'à l'insu de sa femme et de son fils, qui avait désormais dix-huit ans et s'apprêtait à travailler à la ferme, il avait souscrit une assurance vie. Pour la première fois de leur existence, ils avaient de l'argent à la banque. Le drame qui touchait Ard Carraig avec la mort de Robert et Rosemary Ross fut également une véritable aubaine pour les Burke. Les filles Ross possédaient certes du terrain, mais elles avaient besoin d'argent. Le jeune Tommy n'avait pas les moyens d'acheter une ferme, mais était en mesure de payer un loyer raisonnable. Tout le monde fut ravi d'assister à ce double dénouement heureux. Mme Burke mourut en sachant qu'elle avait bien élevé son fils. Il n'avait jamais bu une goutte d'alcool et ne s'intéressait pas aux courses hippiques.

Après la mort de sa mère, Tommy changea. Il avait toujours été dur à la tâche, mais il se perdit complètement dans le travail. Il essayait toujours de vous vendre quelque chose et ne souhaitait parler que d'une seule chose : les terrains. Leur prix, leur propriétaire, qui vendait et où. Son obsession à ne surtout pas ressembler à son père semblait avoir pris une tournure inquiétante. Tout le monde appréciait qu'un jeune homme fasse preuve d'ambition, mais là, c'était différent. Cela revêtait trop d'importance pour lui. Ce n'était pas bon. Un beau jeune homme comme Tommy aurait dû avoir des amis et tituber hors du pub après la fermeture. Mme O'Driscoll se rappelait s'être dit qu'il ne trouverait jamais satisfaction, ce qui s'était confirmé quand tout avait fini dans les larmes.

La porte du magasin s'ouvrit, la tirant de ses pensées. L'air frais de la fin d'après-midi s'engouffra et fit voleter les sachets en papier suspendus aux paniers de légumes. Elle n'avait jamais vu l'homme en costume qui entra, mais après pas loin de quarante années passées derrière la caisse, elle savait reconnaître à qui elle avait affaire, et ce qu'elle voyait ne lui plaisait pas. Il avait pris bien trop de temps pour nouer cette cravate, et au sourire qu'il avait plaqué sur son visage, on aurait pu croire qu'il s'apprêtait à s'adresser à un groupe d'enfants handicapés.

— Un paquet de Camel Light, s'il vous plaît.

Elle se retourna pour en attraper un derrière elle.

— Oh, et mettez-moi aussi une boîte d'allumettes.

Mme O'Driscoll leva les yeux au ciel. Il avait beau déborder d'arrogance, ce n'est pas lui qui ferait sa richesse.

Chapitre 5

Abigail s'attarda sur le seuil de la maison quelques minutes, observant les phares des voitures sur la route. Les branches des arbres accrochaient leur éclat et se détachaient dans l'obscurité du ciel. Elle inspira profondément à plusieurs reprises et contempla son ombre qui s'étirait sur le gravier. Tout était calme. Elle aimait ce moment de la soirée.

En temps normal, Florence était la première à aller se coucher, emportant avec elle un livre et un petit verre de lait. Evelyn la suivait après avoir fini de dresser la table pour le petit déjeuner du lendemain. Abigail savourait alors la petite demi-heure où elle avait la maison pour elle seule. Ce n'est pas qu'elle n'aimait pas les gens ; elle n'avait tout simplement pas besoin d'eux. Parfois, son caractère solitaire lui apparaissait comme un défaut. Était-elle étrange ? Mais, la plupart du temps, elle considérait que c'était un atout.

Nul besoin du docteur Freud pour comprendre que cette circonspection était intimement liée à la mort de ses parents. Elle aurait affirmé les aimer autant l'un que l'autre, mais, en réalité, c'est son père qu'elle adorait. Dans son souvenir le plus ancien, elle tenait sa main, large comme une pelle, et l'accompagnait en trébuchant dans des bottes en caoutchouc bien trop grandes pour elle, à travers un champ fraîchement labouré. Ils nourrissaient les veaux ensemble. Elle s'asseyait sur ses genoux tandis qu'il conduisait le tracteur dans le champ à l'arrière de la maison. Même quand Florence puis Evelyn se joignaient à eux, elle conservait cette proximité particulière avec lui. Tandis que les autres filles restaient à la maison avec leur mère ou jouaient dans le jardin, Abigail ne quittait pas son père. Son petit visage sérieux et sa frange oblique devinrent une vision familière où que Robert Ross se rende. Les hommes qui travaillaient à la ferme prirent l'habitude de la surnommer « Ombre », comme si elle était un fidèle colley.

À sa mort, il lui manqua, bien sûr, mais ce qui brisa surtout le cœur d'Abigail, ce fut l'idée qu'il ne l'avait pas suffisamment aimée pour rester. Lorsque sa mère était morte, elle avait été triste, mais elle avait ressenti autre chose également. Une énergie et une force s'étaient emparées d'elle tandis qu'elle se préparait à devenir la partenaire de son père. Ensemble, ils régneraient sur Ard Carraig. Tandis qu'elle pleurait dans son oreiller les jours et les nuits qui suivirent la découverte du corps par Evelyn, ce fut le constat que son père ne partageait pas ses projets d'avenir qui la blessa le plus. Pour la première fois de sa courte vie, elle comprit qu'elle était seule. Une telle souffrance peut faire des dégâts sur un cœur si jeune.

Abigail rentra et tira la lourde porte derrière elle. Elle ferma le verrou du haut et y glissa l'épaisse chaîne de laiton. Elle traversa lentement l'entrée et éteignit la lampe sur la longue table en chêne. Un bol bleu clair contenait plusieurs trousseaux de clés et quelques billets de tombola. À côté, des photographies des trois filles en uniforme scolaire, à différents âges, étaient alignées dans l'ordre, à côté d'un grand cadre d'argent qui protégeait une photographie en noir et blanc de Rosemary et Robert le jour de leur mariage. Abigail s'était souvent plantée devant, examinant leurs visages à la recherche d'un signe, d'un indice, n'importe quoi qui aurait pu annoncer la tristesse qui allait s'abattre sur eux. Rien. Rien que des sourires confiants en l'avenir, un avenir heureux à n'en pas douter. Florence dans sa robe de communiante, coiffée d'un voile. Elle était le portrait craché de leur mère.

Elle se rendit dans le salon et plaça le garde-feu devant les braises mourantes dans l'âtre. Le bois poli des consoles prenait une jolie teinte dorée à la lumière des lampes. Elle fit le tour de la pièce pour les éteindre l'une après l'autre et récupéra un verre à vin oublié avant de retourner dans la cuisine et le poser sur l'égouttoir où il patienterait jusqu'à ce qu'Evelyn s'en occupe le lendemain matin. En se retournant, elle surprit son reflet dans la vitre et s'arrêta pour se détailler. On aurait dit un fantôme qui flottait dans l'obscurité étouffante ; elle pouvait voir les poches sous ses yeux et les rides profondes qui lui barraient le front. Abigail n'était pas une femme vaniteuse, mais son apparence la décontenança. Quand était-elle devenue si vieille ? Elle n'avait pas encore cinquante ans, et son visage était déjà celui d'une vieille femme. Cela lui semblait injuste. Elle avait toujours l'impression d'être une petite fille, gardienne de la maison jusqu'au retour des adultes. Elle se frotta les yeux et se dirigea vers le buffet pour se servir un verre d'eau. Il était l'heure d'aller dormir.

La soirée avait été un désastre. Personne n'avait eu envie de jouer au bridge. Les invitées avaient seulement voulu échanger les derniers ragots et spéculer sur les ossements. Même Mavis, qui se contentait habituellement de chuchoter, avait crié pour se faire entendre : « C'est passé aux infos ! »

Big Tom, le jeune Tommy, le sergent Collins… Les invitées se renvoyaient les noms des protagonistes comme si elles se faisaient des passes. La partie de bridge n'avait jamais vraiment commencé, et Evelyn n'avait cessé de s'agiter et de se couvrir de ridicule. Qui oublie de mettre le thé dans la théière ? Elle avait embarrassé Abigail. Celle-ci savait bien évidemment ce qui perturbait sa sœur, et il ne faisait aucun doute que les autres joueuses s'empresseraient de cancaner le lendemain matin, mais personne n'aurait osé dire quoi que ce soit devant elles.

Oui, pensa-t-elle en posant le pied sur la première marche des escaliers, *je suis contente que la journée soit finie*.

Tout en Abigail suggérait une femme à l'esprit pragmatique, depuis ses cheveux gris coupés court jusqu'à ses chaussures plates en cuir marron. Il n'y avait pas que la solitude de la nuit qu'elle appréciait ; elle trouvait la routine réconfortante. Toutes ces habitudes qu'elle s'était construites au fil des décennies. La maisonnée vivait selon ses règles. Le cliquètement des interrupteurs ponctua sa progression jusqu'au dernier étage, puis jusqu'à sa chambre. Lorsqu'elle éteignit la dernière lampe, elle fut surprise d'apercevoir une lueur en provenance de la chambre d'Evelyn. Abigail hésita. En temps normal, cela l'aurait agacée. Ses sœurs savaient qu'elle n'aimait pas que les lumières restent allumées, mais ce soir, c'était différent. Devait-elle revenir sur ses pas et frapper doucement à la porte pour demander dans un chuchotement si tout allait bien ? C'est ce qu'elle aurait dû faire, bien sûr, mais, pour être honnête, elle avait peur. Evelyn risquait de lui répondre par la négative ou d'ouvrir la porte, le visage baigné de larmes. Que ferait-elle alors ?

Ce n'est pas qu'elle ne s'en souciait pas, bien au contraire. Evelyn n'était pas comme Florence, qui ne donnait jamais aucune inquiétude à Abigail. L'école et les enfants semblaient fournir à Florence tout ce dont elle avait besoin dans la vie, mais Evelyn, la douce et innocente Evelyn, était... différente, ma foi. Abigail avait-elle eu tort de les forcer à vivre ensemble ? Cela lui avait semblé la meilleure chose à faire à l'époque. Florence n'avait pas hésité à revenir à Duneen pour le bien d'Evelyn. Leur cadette avait traversé beaucoup d'épreuves et s'était révélée si fragile. Il était normal que ses sœurs prennent soin d'elle, mais cette décision motivée par l'anxiété semblait les avoir poussées à se replier sur elles-mêmes. Le refuge d'Ard Carraig, Abigail devait bien l'admettre, était quasiment devenu une prison pour les trois filles Ross. Evelyn était en droit d'avoir des activités plus épanouissantes dans la vie que d'entretenir la maison et faire la cuisine pour ses sœurs.

Mon Dieu, pensa Abigail, *je suis persuadée d'être la plus asociale de nous trois, et pourtant j'ai plus d'amis qu'Evelyn.*

Cette idée la peinait, mais sa sœur avait vraiment besoin d'un homme. Laissant la lumière tamisée continuer à éclairer le tapis élimé, elle entra dans sa chambre et referma la porte.

À cet instant, Evelyn feuilletait un exemplaire de *Vogue*. Il datait de mars 1995 ; elle l'avait pioché sur la pile de magazines bien ordonnée qui se trouvait sous la fenêtre. Chaque année, quelqu'un les donnait au stand de livres dressé pour la fête de la Saint-Patrick. Abigail n'aurait pas été d'accord pour qu'elle gâche de l'argent en les achetant neufs, mais comme ils étaient vendus une misère et que l'argent allait aux bonnes œuvres, l'aînée des sœurs Ross devait se contenter d'un simple haussement de sourcils.

Elle tournait les pages lentement, à un rythme régulier, sans regarder les photographies de Madonna habillée en Versace, les yeux fixés sur le mur opposé, droit devant elle. Le papier peint terne orné d'entrelacs de feuilles vertes et marron devait déjà être là du temps de leur grand-mère. Elle suivait les branches du regard, tentant de repérer l'endroit où le motif se répétait, comme elle l'avait déjà fait tant de fois. Il lui était impossible d'aller au lit et de s'endormir. Pas maintenant. Elle espérait réussir à se calmer. Le fiasco du thé avait été une véritable humiliation. Elle avait versé de l'eau chaude aux invitées ! Cette seule pensée la fit rougir de honte.

Elle avait fini le numéro de mars 1995. Elle referma l'exemplaire posé sur ses genoux et le reposa sur la pile. En se levant, elle aussi surprit son reflet dans la fenêtre. Elle s'arrêta. Oui, elle apercevait bien quelques cheveux gris, et des rides commençaient à apparaître autour de ses lèvres, mais son visage restait le même. Elle se rappela une autre nuit, plus de vingt ans auparavant, où elle avait observé son reflet dans cette même chambre. Ses joues étaient inondées de larmes alors, et sa poitrine se soulevait tandis qu'elle essayait de reprendre son souffle en réprimant ses sanglots. Elle mourait d'envie d'aller chercher réconfort auprès de ses sœurs, mais elle ne pouvait pas leur dire ce qui s'était passé. En y repensant, elle se rendit compte qu'elles devaient être au courant. Dans le fond, toute la paroisse ou presque avait assisté au vaudeville dont elle avait été la protagoniste, mais ni Abigail ni Florence ne lui avaient demandé comment elle allait. Elles n'avaient même pas posé de main réconfortante sur son bras lorsqu'elles l'avaient vue se laver les mains, penchée sur le lavabo de la buanderie.

Elle sentit son visage se contracter bizarrement sous l'effet de l'émotion. Non. Elle ne pleurerait pas. Elle avait supporté cette douleur pendant vingt-trois ans, ce n'était pas aujourd'hui qu'elle la laisserait éclater. Son visage se tordit en un mince sourire.

Elle savait qui était enterré là-haut, et cette pensée lui faisait plaisir. Ce devait être Tommy Burke. Il ne l'avait pas quittée. Il ne s'était pas enfui. Il était resté à Duneen tout ce temps, incapable de la rejoindre. Elle s'assit sur le lit et s'étira avant de serrer son oreiller contre elle. Elle retrouvait soudain ses dix-sept ans. Tommy n'avait jamais cessé de l'aimer.

Elle respira l'odeur de propre de son oreiller et tenta de comprendre ce qu'elle ressentait. Elle était soulagée, mais également triste et en colère parce que sa vie, cette vie complète qu'elle avait rêvée emplie de baisers, d'enfants, de pique-niques et d'éclats de rire, lui avait été volée. Elle retint son souffle. Comment le parfait et adorable Tommy, aux cheveux si brillants, au teint si parfait, au sourire si grand, s'était-il retrouvé enterré à l'insu de tous ? Le mystère de sa vie allait enfin être résolu après toutes ces années. Sa solitude et sa tristesse n'étaient pas de son fait, après tout. Quelqu'un lui avait volé son bonheur, et, maintenant qu'on avait retrouvé le corps de Tommy, elle savait exactement à qui en vouloir.

Chapitre 6

À ce rythme-là, il allait perdre du poids. Mme Meany était rentrée chez elle la veille au soir sans lui laisser de dîner, et il avait quitté le poste avant l'arrivée de la gouvernante le matin. C'était la première fois qu'elle oubliait un repas. Il espérait qu'elle n'était pas malade. Depuis la veille, il n'avait mangé qu'un sandwich la nuit dernière et avait englouti en guise de petit déjeuner un bol de céréales, debout, dans la pénombre de la cuisine. Il avait la tête qui tournait un peu, mais cela faisait des années qu'il ne s'était pas senti aussi en forme.

Le commissaire tout droit débarqué de Cork écrasa du pied sa troisième Camel Light de la matinée. PJ l'observait. Ce type était un connard fini. Tout en lui respirait l'arrogance : ses cheveux gominés, son nez aquilin, long et fin, son costume et sa chemise fraîchement repassée. Qui portait des chaussettes assorties à sa cravate ? Depuis 7 h 30, sa voix nasillarde bourdonnait en continu. Et si c'était un vagabond, et si c'était un suicide, et si c'était un meurtre ? Il avait une théorie détaillée pour toutes les éventualités possibles et imaginables, et se faisait un plaisir de les partager. Tout le monde avait plus ou moins réussi à se donner l'air occupé, et il ne restait donc plus que PJ, spectateur muet forcé du commissaire. Le vent qui battait le site semblait avoir apporté l'hiver avec lui. La nuit passée, le sergent avait redouté le pire en entrant le nom du commissaire Dunne dans la barre de recherche Google et découvert qu'il se prénommait Linus. Linus ? Qu'est-ce que c'était que ce prénom ? Comment pouvait-il prétendre résoudre un crime s'il ne comprenait même pas que son prénom lui donnait l'air d'un imbécile ?

L'équipe de la police scientifique était arrivée tard la veille et avait emporté les ossements retrouvés pour les faire analyser au laboratoire de Cork. Aujourd'hui elle était revenue vérifier qu'il n'y avait pas d'autre corps. PJ était convaincu que, en l'absence de preuve nouvelle ou contradictoire, la meilleure piste à suivre était la sienne. Le jeune homme qui s'était occupé du domaine une vingtaine d'années auparavant avait quitté le village et personne n'avait plus entendu parler de lui depuis ; aujourd'hui, on retrouvait un corps. Il lui semblait qu'on pouvait affirmer sans se tromper que Tommy Burke était soit la victime, soit le meurtrier. Ces prétendus experts ne semblaient intéressés que par les choses qu'ils ignoraient. La présence de pelleteuses prouvait qu'ils n'avaient aucune idée de la profondeur de la tombe et qu'ils auraient donc du mal à établir une date précise du décès. La seule chose qu'ils pouvaient affirmer avec certitude, c'était que les ossements retrouvés jusqu'ici étaient ceux d'un jeune homme.

Le défrichage et les recherches avaient été si intenses qu'il était désormais difficile de dire sur quelle partie de l'ancienne ferme ils se trouvaient. L'entrepreneur avait une carte, mais, pour une raison quelconque, elle se trouvait dans ses bureaux de Skibbereen. Elle n'allait pas tarder à arriver. L'estomac du sergent Collins émit un gargouillement d'impatience, qui passa inaperçu tandis que l'inspecteur poursuivait son interminable monologue sur l'enquête criminelle. Il regardait les amas de terre en essayant de retrouver ses repères.

La première fois qu'il s'était retrouvé à la ferme des Burke, cela ne faisait que quelques semaines qu'il avait été transféré à Duneen. PJ ne se réjouissait pas seulement de cette promotion, mais également de la perspective d'être seul. Une fois son entraînement à Templemore terminé, il avait été envoyé à Thurles. Le poste lui plaisait assez ; c'étaient plutôt les nuits au pub et les plaisanteries qu'il subissait à la caserne qu'il avait eu du mal à supporter. Personne ne lui avait jamais rien dit en face, mais il avait eu du mal à faire abstraction de la façon dont ses collègues l'avaient dévisagé à son arrivée. Il lisait dans leurs regards une question muette : comment diable as-tu réussi à obtenir ta plaque ? La vérité, c'est que PJ avait à peine eu la moyenne au concours, en grande partie grâce à l'examen écrit. À Thurles, c'était toujours lui qui faisait les journées les plus longues, qui était le premier à se porter volontaire pour les astreintes dont personne ne voulait, mais cela n'avait apparemment jamais suffi pour se faire accepter.

Nommé sergent à Duneen, il était impatient de prendre un nouveau départ. Il avait le sentiment qu'il pourrait vraiment se rendre utile. Pendant des années, le village n'avait eu pour seul représentant des forces de l'ordre qu'un vieux bougre qui, d'après ce qu'on lui en avait dit, officiait la plupart du temps depuis un tabouret de bar, chez Byrne. PJ sonnait l'heure de la relève. Il avait décidé d'effectuer des rondes autour du village les dimanches soir. On voit les choses différemment à pied, et c'était l'occasion d'échanger quelques mots avec les villageois chemin faisant.

Il se rappelait cette chaude soirée de début septembre. Il s'était attaqué à la côte derrière l'école, mais commençait à regretter son itinéraire. La route était bien plus abrupte que ce qu'il avait imaginé : le souffle court, il commençait à sentir une fine pellicule de sueur coller ses vêtements à sa peau. Une haie touffue lui avait fourni l'excuse idéale pour faire une pause, et il avait feint de chercher une branche solide qu'il aurait pu casser pour s'en servir comme d'une canne.

Alors qu'il regardait à travers les arbustes, un éclat lumineux à environ cinq mètres de là avait éveillé sa curiosité. De quoi pouvait-il bien s'agir ? Un morceau de métal, l'aile d'un oiseau ? Il s'avança dans le fossé pour jeter un œil de plus près. Du verre. Un petit morceau de fenêtre qui se détachait sous un épais feuillage. Il recula et traversa la route. Oui, il apercevait bien un petit portail tout rouillé, perdu dans la végétation sauvage et, là-bas, plus haut, il distinguait le haut d'une cheminée. Une maison tout entière ensevelie par la nature. PJ essuya la sueur qui lui coulait dans les yeux et laissa échapper un profond soupir. La tristesse qu'il ressentait à la vue d'un tel abandon se mêlait à un certain émerveillement face à la force et à la vigueur de la nature. Toute trace d'humanité disparue en un claquement de doigts. Il poursuivit sa ronde en se promettant de découvrir l'histoire qui se cachait derrière la ferme ensevelie.

Merde. Tout était brusquement devenu silencieux. Le commissaire avait mis fin à sa litanie et regardait PJ avec insistance. Venait-il de lui poser une question ? PJ avait l'impression d'être redevenu un écolier pris en défaut par son professeur. Il n'avait nulle part où se cacher. Il déglutit et tenta un timide : « Pardon ? »

— Qui ? Quel habitant ?

— Euh… qui a fait quoi ? Je suis désolé, j'étais juste…

Il laissa son explication en suspens.

Le commissaire ôta un grain de tabac imaginaire du bout de sa langue et fronça les sourcils jusqu'à presque en loucher.

— Sergent Collins, j'avais espéré que vous seriez d'une quelconque utilité dans cette enquête. Que votre connaissance du village serait un atout pour moi et le reste de l'équipe, mais si ça ne vous intéresse pas…

Il leva les mains comme pour suggérer qu'il se déchargeait de toute responsabilité quant à ce qu'il adviendrait par la suite. PJ lui jeta un regard et jugea préférable de se taire.

— Qui est la dernière personne à avoir vu le fermier ?

— Tommy Burke ? On dit qu'il est allé à Londres.

Le commissaire ferma les yeux et baissa la tête. Il la releva l'instant d'après en soupirant.

— Ça, je le sais déjà, sergent. Qui l'a vu partir ? Avec qui a-t-il été en contact ensuite ?

Le visage de PJ s'éclaira. Il connaissait la réponse à cette question.

— Pour autant que je sache, personne n'a plus jamais entendu parler de lui depuis son départ, mais je ne sais pas pourquoi les gens pensent qu'il se trouve là-bas. J'irai poser des questions au village, à moins que… Cela ne pose pas de problème ? Je ne voudrais pas aller à l'encontre de la procédure.

Un faible sourire étira les lèvres du commissaire.

— Non. Ce sera très utile.

— Est-ce que je dois en profiter pour interroger les femmes, ou c'est votre boulot ?

— Les femmes ?

Dunne pencha la tête sur le côté.

PJ s'en voulut terriblement. Il avait oublié de lui dire. Après tout, ce n'était pas sa faute. Ce connard mielleux n'était pas fichu de la fermer une seconde, et maintenant, c'était lui qui passait pour un imbécile incompétent.

— On raconte que Tommy est parti à cause d'une histoire d'amour qui aurait mal tourné. Je n'ai jamais su exactement ce qui s'était passé, mais je crois qu'il flirtait avec deux filles et que ça s'est terminé en bagarre au village.

— Des noms ?

— Eh bien, je sais qu'une des sœurs Ross était impliquée, mais je ne suis pas sûr de savoir qui était sa rivale. Voulez-vous que je me renseigne ?

Le commissaire expira un long et fin nuage de fumée avant de répondre d'une voix étouffée :

— Oui. Oui, ça serait bien.

Son ton plein de condescendance traduisait à la fois son ennui, son agacement et sa résignation. PJ dut se retenir de lui mettre son poing dans la figure.

Les deux hommes se retournèrent quand un bruissement de papier se fit entendre. Un policier se dirigeait vers eux tout en se débattant avec une immense carte. Il zigzaguait entre les trous creusés par les pelleteuses, tel un frêle esquif en pleine tempête. La carte se redressa, claqua sur son visage et manqua de le faire tomber.

Mon Dieu. Quel con, pensa PJ.

— Seigneur. Encore un con, grommela le commissaire.

PJ sentit ses joues s'enflammer.

Quelques gouttes de pluie s'écrasèrent sur leurs manteaux, et le ciel noir ne laissait présager aucune amélioration. Le commissaire Dunne renvoya le policier qui venait de les rejoindre.

— Tous à la Portakabin, lança-t-il à la cantonade.

Après avoir remonté le col de son manteau, il se dirigea vers le rudimentaire bureau de chantier. PJ hésita un instant avant de le suivre, légèrement en retrait.

Ils se tenaient debout autour de la table en Formica marron, les yeux rivés sur la vieille carte dépliée sous leurs yeux. Des noms de communes étranges étaient écrits au nord et à l'est de la zone où se trouvait le site du chantier. La vieille ferme était signalée juste de l'autre côté de la route, ainsi que plusieurs dépendances et ce qui semblait être un grand jardin ou un enclos. Les yeux du commissaire firent plusieurs allers-retours entre la fenêtre et la table avant qu'il prenne la parole.

— Donc le corps a été retrouvé à peu près ici, rappela-t-il en pointant du doigt l'est des dépendances qui avaient certainement encadré la cour arrière de la ferme.

Il regarda PJ et ouvrit la bouche. Le sergent se prépara mentalement.

— Combien d'hectares ?

PJ sentit une vague de soulagement l'envahir. Il connaissait plus ou moins la réponse.

— Eh bien, je ne peux pas vous indiquer avec certitude la taille de la ferme, mais il reste un peu plus de deux hectares aujourd'hui. Les frères Flynn l'ont achetée il y a quelques années dans le but de construire un lotissement, mais j'imagine que leur projet risque d'être fortement compromis.

Une idée lui traversa l'esprit alors qu'il parlait, comme une illumination. Si les frères Flynn avaient acheté le terrain, ils devaient savoir où se trouvait Tommy Burke. Il s'exclama :

— Oh, vous pensez que…

Mais avant d'avoir pu achever de poser sa question, le commissaire s'était tourné vers l'autre policier.

— Un des Flynn doit savoir où se trouve ce fameux Burke, s'ils lui ont acheté sa ferme. Retrouvez-les.

PJ n'était pas sûr de savoir ce qu'il voulait faire au juste, mais il bouillonnait.

— Justement, un des frères est ici, commissaire.

Le policier désignait à travers la vitre encrassée une grande voiture gris métallisé garée près des camionnettes des ouvriers, juste à côté d'un tas de gravier.

PJ et le commissaire jetèrent un coup d'œil dehors et aperçurent un homme chauve entre deux âges, assis derrière le volant, en pleine conversation téléphonique.

— Amenez-le-moi ! aboya le commissaire, faisant clairement comprendre qu'il se considérait comme le capitaine d'un équipage d'imbéciles.

Une fois l'autre policier parti, PJ voulut saisir l'occasion de redorer son blason. Il avait certainement des informations intéressantes sur le village, une piste à suggérer pour l'enquête. Il se creusa les méninges, sans succès. Les deux hommes se tenaient côte à côte, silencieux, et seul le crépitement de la pluie sur le mince toit de tôle venait rompre le silence. Le vent d'hiver, froid et mordant, faisait virevolter un calendrier de la Banque d'Irlande datant de 2013, suspendu à la porte.

Martin et John, les frères Flynn, avaient repris la petite société de construction de leur père au milieu des années 1990 et l'avaient rapidement transformée en une entreprise prospère, la Flynn's Future Homes, qui, sur les conseils d'une société de gestion de marque londonienne, était devenue Flynn's Futures. Ils avaient pour projet d'exploiter les millions qu'ils s'étaient faits pendant le boom immobilier afin de diversifier l'entreprise. Martin et John avaient beaucoup d'autres idées, mais, malheureusement pour eux, l'économie également. Le krach les avait frappés de plein fouet. La fortune des Flynn se résumait aujourd'hui à leur maison et leur voiture, et ils devaient s'estimer chanceux. Ils n'avaient plus ni bureau ni employés, et les paroissiens ne voulaient même plus leur adresser la parole après la messe, tant les frères Flynn s'étaient endettés auprès d'eux. Ce modeste chantier à Duneen devait marquer leur grand retour, mais voilà qu'un cadavre venait d'être retrouvé. Martin n'était pas versé dans la religion, mais tandis qu'il se tenait assis dans sa voiture et débattait avec son frère John pour savoir si l'assurance les couvrirait, il décida que si Dieu existait, c'était un enfoiré fini.

— C'est un certain Connolly. Fergus Connolly, je crois. Il vit à Dublin. C'est lui qui nous a contactés. Il nous a dit que le terrain appartenait à un proche.

Assis sur une chaise en plastique orange, en face du commissaire, Martin tentait de répondre du mieux qu'il pouvait aux questions de ce dernier. Il était obnubilé par la somme qu'ils avaient dépensée à l'époque, lorsqu'ils pensaient avoir trouvé la poule aux œufs d'or. Soudain, une question lui traversa l'esprit.

— Dites-moi, si ce Connolly savait qu'il y avait un corps enterré là, est-ce que je pourrai porter plainte contre lui ?

Il pouvait presque sentir son portefeuille s'alourdir dans la poche de sa veste.

Le commissaire Dunne referma son carnet et lui adressa un sourire teinté de pitié.

— Je n'en sais rien. Vous feriez mieux d'en parler à un avocat. Merci pour votre aide.

Il se leva, signifiant la fin de l'entretien. Alors que Martin se levait pour partir, il se rappela qu'il avait une question encore plus importante.

— Quand pensez-vous qu'il sera possible de reprendre le chantier ?

Nouveau sourire de pitié.

— Je n'en sais rien. Nous vous recontacterons.

Le commissaire ouvrit la petite porte et accompagna Martin en bas des marches, sous la pluie.

Les policiers le regardèrent rejoindre sa voiture avec empressement.

— Bien. Essayons de retrouver ce Connolly. Je sais par expérience que l'argent et le sexe sont à l'origine de la plupart des crimes, et on vient juste de tomber sur un gros paquet d'argent.

Linus Dunne reboutonna son manteau et se dirigea vers sa voiture.

PJ leva les yeux au ciel. Il venait vraiment de dire ça à voix haute ? Il aurait parié gros que c'était un jeune diplômé qui avait rapidement gravi les échelons. PJ se tint sur le seuil du préfabriqué et observa le commissaire tandis qu'il se frayait un chemin dans la boue vers sa voiture, comme un poney d'élevage. Oui, ce type était vraiment un connard fini.

Chapitre 7

Le village de Duneen était endormi. De lourds nuages noirs défilaient, dissimulant par intermittence le croissant de lune qui brillait dans le ciel, juste au-dessus des habitations. Un renard descendait l'artère principale d'un pas léger, savourant la liberté de déambuler comme bon lui semblait plutôt que de devoir se tapir dans le massif de rhododendrons à l'arrière du presbytère. Les réverbères étiraient l'ombre projetée par sa queue sur le trottoir, telle une cape. Il pressa le pas, comme si quelqu'un l'attendait, en rejoignant l'allée qui longeait l'épicerie des O'Driscoll. La perspective de pouvoir faire tranquillement les poubelles le fit sautiller avant de se fondre dans la nuit.

Le renard n'était pas le seul habitant du village à être réveillé. Dans quatre maisons, quatre femmes cherchaient le sommeil.

Mme Meany se tournait et se retournait dans son lit. Habituellement, quand le sommeil la fuyait, il lui suffisait de réciter quelques chapelets, mais cette nuit-là elle était incapable de se concentrer sur ses prières. Elle perdit le compte des perles et des Je vous salue Marie de si nombreuses fois que cela en devenait inconvenant. Si elle ne parvenait pas à dormir, se raisonna-t-elle, elle pouvait tout aussi bien lire son roman, mais, là encore, les mots se dérobaient, peinant à se transformer en phrases, puis en histoire. Elle referma le livre et caressa sa couverture brillante en suivant le contour des grandes lettres dorées en relief. Elle se sentait épuisée. Pourquoi son esprit n'aspirait-il pas au sommeil ? Évidemment, elle n'avait cessé de penser au corps qui avait été retrouvé chez les Burke, mais il y avait autre chose. Elle ressentait un malaise, une nervosité venue se nicher au creux de son estomac. Le gouffre noir du passé la happait et sa chute lui semblait interminable. Elle ferma les yeux très fort, laissa échapper un gémissement et repoussa le livre, qui heurta le sol avec un bruit sourd.

Susan Hickey savait exactement pourquoi elle n'arrivait pas à dormir. Elle était trop excitée. Elle avait veillé tard pour tout préparer. Le troisième vendredi du mois, elle organisait un petit déjeuner de bienfaisance afin de récolter des dons pour l'hospice de Ballytorne. Habituellement, elle obtenait environ cinquante euros et avait droit à un petit remerciement pendant les annonces à la fin de la messe. Ce n'était bien évidemment pas la raison pour laquelle elle s'investissait, mais elle appréciait le geste. Elle aimait venir en aide aux indigents, mais elle était toujours surprise de la vitesse à laquelle le troisième vendredi revenait chaque mois. Les quelques heures qui la séparaient du lendemain lui semblaient une éternité.

Elle sourit intérieurement en ajoutant une autre pile de serviettes en papier à la tour qui se dressait déjà en équilibre précaire sur le buffet. Ça n'aurait pas pu mieux tomber. Le village fourmillait de policiers et un cadavre avait été découvert à Duneen. Certes, elle avait été déçue en apprenant qu'il ne s'agissait pas d'un charnier, mais, en un sens, c'était presque mieux. Un mystère unique. Les gens viendraient de toute la paroisse. Quelle chance que son petit déjeuner de bienfaisance ait lieu avant la messe du dimanche ; ce serait l'occasion pour chacun de discuter de l'enquête dans les moindres détails. Elle n'était pas femme à lancer des paris, mais après en avoir discuté avec à peu près tous ceux qu'elle avait pu croiser ces dernières quarante-huit heures, elle était convaincue que les ossements retrouvés appartenaient au jeune Tommy Burke.

Elle monta l'escalier en sautillant. L'identité du propriétaire du squelette importait peu : il ne s'était pas enterré là tout seul ! Elle était à bout de souffle lorsqu'elle remonta la couette sous son menton et éteignit la lumière. Elle espérait qu'elle n'allait pas se retrouver à court de tasses.

Telle la Dame de Shalott[1], Evelyn était étendue sur le dos, les bras croisés sur la poitrine et les cheveux déployés sur l'oreiller. Malgré sa respiration profonde et régulière, ses yeux restaient obstinément ouverts, observant l'obscurité qui la submergeait. Elle se demandait si c'était là le début d'un voyage lugubre et solitaire vers la folie. Ces deux derniers jours, elle avait cru vivre l'enfer. Plusieurs fois, elle avait dû courir se réfugier à l'étage ou dans les toilettes pour laisser libre cours à ses larmes. Elle n'avait pas osé se rendre

1. Héroïne d'un poème d'Alfred Tennyson qui s'inscrit dans la légende arthurienne.

au village, parce qu'elle savait exactement ce qui se serait passé. Elle aurait été la cible de tous les regards, le sujet de toutes les messes basses et, pour couronner le tout, elle serait forcément tombée sur une rombière indiscrète qui lui aurait caressé le bras en lui demandant avec hypocrisie comment *elle*, elle allait. Cette seule idée fit trembler Evelyn sous les draps.

Elle savait qu'Abigail la surveillait étroitement, mais elle était persuadée que Florence n'avait rien remarqué. Evelyn suspectait sa sœur d'avoir passé tellement de temps avec les enfants qu'elle avait commencé à percevoir le monde à leur façon. Elle était au centre de son propre univers, et si un événement ne l'affectait pas directement, c'est comme s'il n'existait pas vraiment. Elle s'asseyait à la table et racontait gaiement les allées et venues des voitures de police sur la colline derrière l'école, ignorant le rôle que sa propre sœur pouvait avoir joué dans cette énigme. Bon, évidemment, qui aurait pu imaginer que les événements qui s'étaient produits – ou, plus important encore, qui ne s'étaient pas produits – toutes ces années auparavant exerceraient encore un tel étau sur son cœur ? Au moins, lorsque ses parents étaient décédés, ou lorsque Tommy était parti, elle avait su exactement pourquoi elle pleurait. À l'époque, les nuits blanches avaient eu une raison d'être, mais aujourd'hui ? Comment son cœur et son esprit pouvaient-ils concevoir des sentiments qu'elle ne parvenait même pas à nommer ? S'agissait-il de tristesse, de regret, d'amour ? Non, l'émotion qui dominait toutes les autres, c'était la colère. Elle voulait gifler le visage qui lui retournait son regard dans le miroir. Cette idiote qui s'était résignée à voir sa vie se transformer en un brouillard monotone.

Elle leva la main pour essuyer les larmes qui avaient commencé à couler le long de ses joues et à tremper son oreiller. Que restait-il aujourd'hui de la jeune fille passionnée qu'elle était alors ? Sauvage, c'était le terme ; Evelyn Ross s'était comportée comme une vraie sauvage. Elle s'était tenue droite, jambes écartées, dans la rue principale, et avait hurlé. Elle se rappelait le premier coup, la brusque montée d'adrénaline tandis que les badauds tentaient de les séparer. Pourquoi avait-elle refoulé si profondément cette facette de sa personnalité ? Pourquoi l'avait-elle remplacée par cette sainte-nitouche ? Cette femme si soucieuse de la propreté des joints du carrelage, qui ne manquait jamais d'agrémenter ses salades de quelques fleurs de bourrache ? Et tout ça pour qui ? Pas un homme, non, pour ses *sœurs*, qui n'en avaient rien à faire ou ne remarquaient même pas ses efforts ! Quelle idiote ! Quelle imbécile elle faisait, vraiment.

Elle alluma la lumière et ferma les yeux une seconde pour éviter l'éblouissement qui suit d'ordinaire. Quand elle les rouvrit, elle examina sa chambre comme si elle cherchait quelque chose, n'importe quoi, qui lui permettrait de changer de vie. Il n'y avait aucun retour en arrière possible, mais elle pouvait repartir de zéro. La pile de *Vogue* ! Cet autel ridicule à des vêtements qu'elle ne pourrait jamais porter et à des endroits où elle ne pourrait jamais se rendre. Elle sauta presque au bas de son lit et commença à transporter les vieux magazines jusqu'à la porte de sa chambre, où elle les déposa en piles instables. Lorsqu'elle eut fini, elle observa avec satisfaction le rectangle pâle qui marquait leur ancien emplacement sur la moquette, en se promettant de passer un bon coup d'aspirateur dans la pièce. Le lendemain matin, les vieux magazines poursuivraient leur voyage. Celui qui les mènerait derrière la remise pour être brûlés.

Elle ferma les yeux, imaginant la chaleur sur son visage et les flammes claquant comme des drapeaux dans le vent. Enfin un projet.

Le sommeil avait trouvé Brid Riordan, mais elle venait d'échapper à son emprise et était désormais bel et bien réveillée.

La faute aux bouchons à vis, se répétait-elle.

Il était tellement simple, en finissant une bouteille à 22 heures, de se dire qu'un petit verre de plus semblait une bonne idée, et puis soudain il était 1 heure du matin, et elle se retrouvait à trébucher dans la cuisine, chancelante, en tentant de terminer les préparatifs du lendemain. Que cela avait été drôle, quoiqu'un peu humiliant, la fois où Carmel était rentrée de l'école après avoir trouvé une bouteille de liquide vaisselle dans son panier-repas. Brid avait fait des efforts après cet incident. Enfin, après celui-ci et la fois où elle avait dû souffler dans un alcotest en conduisant les enfants à l'école. Dieu merci, elle s'en était sortie avec un avertissement. Anthony l'avait regardée comme si elle avait tenté de tuer les enfants, mais elle savait qu'elle était parfaitement en état de conduire. Avoir un alcotest positif et être en état d'ivresse étaient deux choses bien distinctes. Tout le monde le savait.

Elle s'était réveillée le visage écrasé contre le plan de travail de la cuisine à 3 heures du matin, et deux heures plus tard elle était toujours assise là, écoutant la radio d'une oreille. Elle savait qu'elle devait monter se coucher. Elle se sentirait terriblement mal le lendemain matin sinon, mais l'idée de devoir affronter le soupir désapprobateur d'Anthony quand elle se mettrait au lit lui était insupportable. C'était une partie du problème. Il montait se coucher tellement tôt, après tout ; elle n'avait personne à qui parler et elle se rabattait donc forcément sur quelques verres de vin. Elle s'ennuyait ! Les enfants étaient scotchés à leurs ordinateurs. Anthony ne voulait pas qu'ils adoptent un nouveau chien depuis qu'elle avait écrasé Trixie, même si toute la famille savait que ce n'était pas sa faute. Oui, elle s'ennuyait.

En journée, elle le supportait plutôt bien. Il y avait des choses à faire. Un peu de ménage, un saut au village ou à Ballytorne pour faire les courses, le dîner à préparer… Mais dès qu'Anthony, Carmel et Cathal avaient fini d'engloutir leur repas, elle restait seule sans rien à faire ni aucune distraction. Plus jeune, elle dévorait des livres, mais elle avait fini par en perdre l'habitude. Adolescente, elle avait trouvé refuge dans les romans. Plongée dans leurs pages, elle s'était imaginé un éventail d'avenirs radieux, mais elle était désormais trop vieille pour ces bêtises. Elle vivait son futur. Désormais, aucun livre ne parvenait à la captiver, bien qu'elle en achète encore au petit bonheur la chance pour les disséminer dans la maison au cas où elle se sentirait d'humeur à lire. En vérité, cela lui faisait simplement du ménage en plus, puisqu'il fallait les dépoussiérer.

Tommy Burke. Elle avait eu besoin d'un verre ce midi-là. Pourquoi personne ne lui avait rien dit ? Elle était sûre qu'Anthony en avait entendu parler, mais elle avait supposé qu'il n'avait pas voulu la bouleverser, ou alors il n'avait tout simplement pas envie de lui parler. C'était fréquent ces derniers temps. Quel choc. Elle changeait une ampoule dans l'entrée. Elle avait demandé à Anthony de le faire, mais elle aurait tout aussi bien pu parler au mur. Elle avait aperçu la silhouette de Pat, le facteur, à travers la glace dépolie de la porte d'entrée. Autrefois cela amusait énormément Carmel et Cathal. Leur courrier était vraiment déposé par Pat le facteur[1]. Quelle joie quand il sonnait à la porte et que, par miracle, ils n'avaient pas école ! Brid avait ouvert la porte pour récupérer les quelques factures et courriers administratifs habituels, mais surtout pour voir un autre visage, entendre une autre voix. Ils avaient échangé des banalités sur le temps, s'accordant à dire qu'il faisait plutôt doux pour un mois de décembre. Ils avaient sans doute évoqué la météo de la semaine précédente, mais alors que Pat s'apprêtait à reprendre sa tournée, il avait lâché l'information :

— Il y a un sacré bazar sur le chantier !

Elle ne pouvait pas savoir de quoi il parlait, bien évidemment ; elle avait simplement supposé qu'un des ouvriers s'était blessé ou même tué.

— Qu'est-ce qui s'est passé, Pat ?

1. Référence à Postman Pat (Pierre Martin le facteur, en français), une série télévisée d'animation britannique diffusée depuis le début des années 1980.

Une question toute simple. Elle s'était penchée pour entendre la réponse et il lui avait parlé des ossements, puis il avait prononcé ce nom. Cela faisait des années qu'elle ne l'avait pas entendu, et voilà que quelqu'un lui annonçait que Tommy Burke était mort et enterré dans sa propre ferme.

Elle s'était effondrée sur la chaise qu'elle gardait près du meuble d'entrée, une ampoule dans une main, son courrier dans l'autre. Pat s'était précipité vers elle.

— Est-ce que tout va bien, madame Riordan ?

Brid avait immédiatement repris ses esprits et lui avait assuré en se relevant que oui, tout allait bien. Elle l'avait reconduit dehors avant de refermer la porte. Puis, sans même en avoir conscience, elle s'était dirigée droit sur le réfrigérateur et s'était servi un grand verre de vin blanc.

Brid Riordan n'avait jamais été la plus belle fille de Duneen. Le menton faible de sa mère associé aux traits épais et à la carrure trapue de son père la faisait paraître beaucoup plus âgée, même lorsqu'elle n'était qu'une fillette. À l'école, elle avait misé sur son intelligence et son sens de l'autodérision pour survivre. Plus tard, elle était restée vivre à la ferme, chez ses parents, et était devenue comptable pour la plus grande pharmacie de Ballytorne. Elle avait fait du mieux qu'elle avait pu, dépensé son salaire en maquillage et en vêtements, été de toutes les soirées, mais malgré son désir ardent de trouver un petit ami, aucun des garçons qui l'abordaient n'était assez bien pour elle. Elle parcourait les magazines et plongeait son regard dans les yeux couleur lagon de John Travolta, ou imaginait

David Soul lui poser une main protectrice en bas du dos pour l'aider à monter dans une décapotable.

À vingt-cinq ans, elle n'avait encore jamais eu de petit ami. Ses camarades lui annonçaient tour à tour leurs fiançailles, et certaines étaient même déjà devenues mères. Brid avait été demoiselle d'honneur à trois reprises et, chaque fois, au cours de la réception où elle arborait une robe mal coupée d'une couleur indéfinissable, tout le monde s'accordait à dire qu'elle serait la prochaine sur la liste. Elle acquiesçait en souriant, même si elle savait que c'était faux. Pourtant, elle gardait espoir. Elle savait que les autres filles disposaient d'atouts qu'elle n'avait pas – des cheveux brillants, un corps séduisant, des dents parfaitement alignées –, mais qu'elle avait un charme bien à elle.

Un dimanche, en début de soirée, tandis que son père finissait la traite, sa mère l'avait fait asseoir à la table de la cuisine pour discuter. C'était une première. Quand elle avait éteint la radio, Brid avait compris que la situation était grave.

Sa mère avait commencé à parler garçons, et Brid avait tout de suite redouté la conversation qui allait immanquablement suivre. À l'école religieuse, elle avait entendu des filles plus âgées discuter de « zizis » et d'« érections » en gloussant. Cela lui avait semblé affreux. En fait, la conversation prit un tour très différent lorsque sa mère lui expliqua avec précaution que les relations avec les garçons seraient compliquées pour elle. Ils seraient toujours davantage attirés par les jolies filles. Les yeux de Brid s'emplirent de larmes tandis que sa mère lui caressait la main en lui affirmant calmement qu'elle ne devait pas s'inquiéter. Son père vieillissait et n'était pas en grande forme ; à sa mort, les garçons se presseraient à leur porte pour tenter de reprendre la ferme. Brid trouverait alors un mari, ce serait un solide gaillard qui ferait un fermier fiable et un bon père, car il aurait la tête sur les épaules. Ce n'était pas ce qu'une adolescente rêvant de princes et de chanteurs rêvait d'entendre, mais cela l'avait préparée aux dix années qui avaient suivi.

Quand son père avait été hospitalisé pour ce qui semblait être la dernière fois, plusieurs amies de sa mère s'étaient présentées avec un gâteau ou un ragoût pour lui éviter d'avoir à cuisiner, puisqu'elle faisait tous les jours l'aller-retour jusqu'à Cork. Elles venaient accompagnées de leur fils. De grands dadais qui, gênés, s'asseyaient dans la cuisine, les yeux rivés au sol tandis que leur mère parlait pour eux à Brid.

« Brendan a passé son bac quelques années après toi, mais il était très bon en littérature. Tu aimes lire, Brid ? »

« Kevin rentre tout juste du lycée agricole de Darrara. Il a eu de très bons résultats. Il est passionné par l'agriculture. N'est-ce pas, Kevin ? »

Ces soirées étaient de véritables séances de torture pour tout le monde, en plus d'être parfaitement inutiles. Un seul prétendant du village était plus ou moins le bienvenu : c'était Tommy Burke. Il n'était pas très grand, mais cela plaisait à Brid. Avec ses cheveux bruns et son sourire timide, il avait des allures d'Espagnol. Elle se demandait si quelque chose d'aussi banal qu'une ferme pouvait lui attirer les faveurs d'un homme comme lui et décida que, tant qu'elle n'aurait pas la réponse, elle ne regarderait aucun de ces paresseux en jeans Lee et sweat-shirts amples sur lesquels figurait le nom de villes américaines qu'ils ne visiteraient jamais.

Elle fit la cour à Tommy pendant plusieurs mois sans même qu'il en ait conscience. Chaque vendredi, elle le suivait d'étal en étal sur le marché de Ballytorne. De loin, elle commença à le connaître. Il adorait le fromage et préférait le boudin blanc au boudin noir. Elle enregistrait soigneusement ces détails en prévision de leur future vie commune. Après la messe, elle se tenait aussi proche de lui qu'elle l'osait chez O'Driscoll, lorsqu'il achetait les journaux. Il sentait merveilleusement bon. Rien à voir avec les autres garçons.

Quand ses rêves devinrent réalité, tout sembla s'enchaîner naturellement. Il avait attendu que l'enterrement de son père soit passé, un geste très prévenant, avait-elle pensé, puis il était venu présenter ses hommages. Elle revoyait sa mère acceptant la bouteille de vin qu'il avait apportée et la lui tendre pour qu'elle aille la ranger dans le cellier avec toutes les autres bouteilles apportées par les villageois en guise de condoléances. Tommy et la mère de Brid avaient échangé des banalités. L'air grave, il posait de longues questions sur le nombre d'hectares et leur rendement, pendant que la jeune femme le dévorait des yeux avec un sourire béat, comme si la mort de son père semblait ne pas la bouleverser.

Une fois Tommy parti, sa mère s'était transformée en petite écolière gloussante, intarissable sur ses yeux et sa peau sans défauts. Brid s'était sentie très mal à l'aise. Elle ne voulait pas imaginer sa mère penser de telles choses au sujet d'un homme, et encore moins de celui qui allait faire d'elle la fille la plus heureuse d'Irlande.

Leur rencontre suivante eut lieu après la messe, lorsqu'il s'approcha d'elles sur les marches qui menaient à la chapelle. Sans aucun préambule, il marmonna une invitation au cinéma à Ballytorne le vendredi suivant. Impossible de savoir s'il s'adressait à elle ou à sa mère, ou bien même aux deux. Seule la vision de sa mère la perçant du regard incita Brid à répondre dans un souffle : « Oui. Avec plaisir. » Le visage de Tommy resta impassible. Il se contenta de grogner avant d'ajouter : « Je viendrai te chercher vers 19 heures, alors. » Et il était parti sur ces entrefaites. Du coin de l'œil, elle vit sa mère hausser les sourcils, les lèvres pincées.

— Quoi ? demanda Brid. On va juste au cinéma !

Les deux femmes échangèrent un sourire, puis, alors qu'elles retournaient à la voiture, se mirent à rire de concert.

Finalement, aucun de leurs rendez-vous ne se déroula comme Brid l'avait imaginé. Il n'y eut aucun baiser langoureux et passionné. Sa joue rugueuse ne vint jamais chatouiller son cou doux et laiteux. Ils ne se tinrent jamais la main sous le clair de lune. Ce premier rendez-vous au cinéma, pour voir *Robin des bois, prince des voleurs* – Kevin Costner avait pris un terrible coup de vieux –, avait donné le ton des six ou sept rendez-vous qui avaient suivi. Il lui tenait les portes et lui achetait un paquet de Maltesers, mais, dans la salle obscure, il n'avait jamais essayé de passer un bras autour de ses épaules ou de lui prendre la main. Brid s'était assise aussi près de lui qu'elle l'avait osé pour que leurs bras se touchent, et même à travers la laine de son gilet, elle avait pu sentir la chaleur qui émanait de son corps.

Après la séance, il leur avait acheté deux paquets de chips et ils s'étaient assis dans la voiture, mangeant plus qu'ils n'avaient discuté. Il lui avait posé quelques questions au sujet de l'enterrement de son père et raconté à quel point cela lui semblait bizarre d'habiter seul chez lui, sans ses parents. Brid ponctuait ses phrases de petits bruits pour montrer qu'elle était d'accord ou compatissait entre deux bouchées de chips. Elle les imaginait tous les deux dans sa maison. Tout serait différent là-bas. Leurs mains qui s'égareraient, leurs étreintes dans les grands draps blancs et puis… Son imagination s'enflammait, véritable déferlante sensuelle.

Après avoir garé la voiture dans l'allée à l'arrière de la maison de Brid, Tommy avait bondi dehors et s'était précipité pour lui ouvrir la portière. Elle était descendue de voiture et leurs visages s'étaient presque touchés. Elle avait senti son haleine imprégnée de vinaigre. Elle avait attendu. Tommy s'était raclé la gorge.

— Bien. Merci beaucoup. Ça te dirait qu'on remette ça ?

Elle avait regardé son visage, mais il était resté impassible. Il montrait davantage d'enthousiasme lorsqu'il choisissait son fromage.

— Volontiers, oui, avait-elle répondu.

Puis, dans un élan de désespoir plutôt que de désir, elle s'était penchée pour l'embrasser sur la joue. Il eut l'air gêné pour elle, et son absence de réponse lui épargna toute humiliation supplémentaire. Brid s'était comportée exactement de la même façon lorsque la robe de tante Rhona s'était ouverte, dévoilant un sein pâle parcouru de veines.

Elle se tint dans l'entrée, le dos plaqué contre la porte, et écouta la voiture de Tommy s'éloigner, sans trop comprendre ce qui s'était passé. Avait-elle fait quelque chose de mal ? Était-ce simplement à cela que ressemblaient les premiers rendez-vous ? Elle s'assura de ne laisser paraître aucun de ses doutes lorsque sa mère la pressa de questions au sujet de la soirée, et le lendemain matin elle était parvenue à se remémorer tout le déroulé de leur rendez-vous. C'était un parfait gentleman qui la considérait comme une princesse et non comme une vulgaire traînée qui se laisse peloter pour un verre de vin, voilà tout.

Deux mois plus tard, ils ne s'étaient toujours pas embrassés, et il n'avait même pas essayé de lui dégrafer son soutien-gorge, et pourtant elle se retrouva à ouvrir une petite boîte blanche renfermant une bague. Ils étaient assis dans la voiture de Tommy, garée sur la place principale de Ballytorne un samedi après-midi. Brid observait les gens qui faisaient leurs courses : certains parlaient, d'autres riaient, mais la plupart semblaient blasés, résignés à vivre leur petite vie. Son regard se posa de nouveau sur le solitaire, puis sur Tommy. Il se détourna et, tandis qu'il regardait droit devant lui à travers le pare-brise, il lui posa la question : « Je me demandais si tu voudrais bien m'épouser ? »

Brid s'imagina à la place d'une passante observant leur voiture. Cette fille venait de recevoir une demande en mariage de Tommy Burke ! Elle était clairement la femme la plus heureuse sur Terre, et pourtant, quel que soit le sentiment qu'elle ait pu ressentir à cet instant précis, Brid était quasiment certaine que ce n'était pas de la joie. Elle mourait d'envie de lui poser des questions. Est-ce que tu m'aimes ? Est-ce que tu as envie de me rendre heureuse ? Est-ce que tu… Elle ouvrit la bouche et, un peu plus fort qu'elle ne s'y attendait, lui répondit oui.

Elle s'avança vers lui, tout engoncée dans son manteau, pour le prendre dans ses bras. Il la laissa l'embrasser sur la bouche. Ses lèvres étaient chaudes et sèches. Il la repoussa gentiment et mit le moteur en route. Tandis qu'ils retournaient à Duneen et que défilait le décor familier, les pavillons, les champs et les intersections, elle s'emmitoufla profondément dans son manteau et éclata en sanglots.

La nouvelle de leurs fiançailles se répandit et déclencha l'enthousiasme des habitants de Duneen. Tout le monde adorait les mariages, et cette bonne nouvelle venait mettre un point à la série de tragédies qui avaient touché le village dernièrement. Il y avait eu bien trop d'enterrements. C'est la mère de Brid qui eut l'idée d'annoncer les fiançailles dans *The Irish Times*. Elle voulait que tout soit parfait. Elle savait à quel point sa fille avait rêvé de ce jour, et elle allait faire en sorte qu'elle ait tout ce qu'elle espérait et davantage encore.

Après l'épisode horrible qui l'avait opposée à Evelyn Ross et les jours qui suivirent la disparition de

Tommy, Brid se demanda souvent si tout le monde avait été au courant depuis le début. Avait-elle inspiré de la pitié à tous ceux qui lui avaient chaleureusement serré la main et présenté leurs félicitations ? Elle décida que non. D'abord parce que c'était ce qu'elle croyait, ensuite parce que toute autre hypothèse l'aurait rendue folle. Il lui coûtait déjà suffisamment d'imaginer comment sa vie pourrait continuer, alors que sa mère et elle emballaient les cadeaux de mariage dans la cuisine pour les retourner à leurs expéditeurs.

La porte de la cuisine s'ouvrit à la volée. Anthony se tenait là, le visage rougi et encore humide de la douche. Sa chemise à carreaux collait à son corps mince là où il n'avait pas pris la peine de sécher son dos.

Merde.

S'était-elle endormie ? Elle ne le pensait pas. Repoussant les mèches qui lui tombaient sur le visage, elle tenta un sourire.

— Bonjour.

Anthony lui lança un regard, celui qui voulait dire que tout allait mal dans leur vie, mais surtout qui lui faisait comprendre qu'elle le dégoûtait.

— Tu es restée debout toute la nuit ?

Elle se tenait devant l'évier maintenant, ouvrant le robinet dans une tentative de faire croire qu'elle avait un but.

— J'ai fait une petite sieste ici. Je me doutais que je n'arriverais pas à dormir et je ne voulais pas te réveiller.

Elle tenta un autre sourire.

Anthony marmonna indistinctement en se dirigeant vers le réfrigérateur. Elle remarqua qu'il s'efforçait d'ignorer la bouteille de vin vide sur le plan de travail. Elle leva les yeux au ciel. Un autre jour au paradis.

Chapitre 8

Le commissaire Dunne avait décidé de se rendre à Dublin pour parler au fameux cousin qui avait vendu le terrain. Il n'avait évidemment pas besoin d'y aller en personne, mais c'était une excuse comme une autre pour passer une nuit loin de June et du bébé. Il avait été décidé qu'un de ses collègues viendrait de Cork pour interroger les deux femmes qui avaient entretenu une relation avec Tommy Burke. PJ servirait de chauffeur et de guide local.

Linus venait de laisser Cork derrière lui et se trouvait sur la M8 en direction du nord, vers Dublin, lorsque son téléphone sonna. Il attendit que le Bluetooth décroche pour lui, mais en vain. Forcément, putain. Il hésita avant de se pencher pour attraper son kit mains libres, priant pour ne pas être arrêté par la police. On lui apprit que, ayant été poignardé cette nuit-là dans le centre-ville, son collègue n'était plus disponible. Dunne ne fit aucun commentaire, mais admit à contrecœur que le sergent Sumo pouvait se charger de contacter les ex de Tommy Burke et de les interroger. Il se raisonna : même le sumo serait capable de récolter les informations élémentaires. S'ils avaient besoin de précisions, il pourrait toujours rendre visite lui-même aux deux femmes plus tard. En raccrochant, il jeta un œil à la jauge à essence. Il avait de quoi rouler sans problème jusqu'à Urlingford.

Quelqu'un était au courant. Un de ceux qu'il avait croisés devait savoir qui était enterré là et comment c'était arrivé. Peut-être étaient-ils tous au courant. Les braves habitants de Duneen étaient-ils liés par la loi du silence ? PJ ne s'était jamais senti aussi étranger au village depuis son arrivée. Les conversations s'interrompaient brusquement quand il arrivait, et, lorsque son regard croisait celui des habitants, il y lisait l'embarras et l'envie de fuir ; même Mme Meany lui servait ses repas en silence. Voilà qui ne plaisait pas du tout à PJ. Avaient-ils tous quelque chose à cacher ? À moins qu'ils ne sachent plus comment se comporter avec lui maintenant qu'il enquêtait sur un véritable crime…

Il se demanda comment allait se passer la visite de ce matin. Que disait l'adage à propos de ce que l'on souhaite ? Il avait pesté de se voir interdire de mener les interrogatoires, mais maintenant que le portail d'Ard Carraig approchait sur la gauche, il se surprit à redouter l'entretien. Il avait pris cette responsabilité inattendue pour une marque de confiance, mais à cet instant, alors que la voiture ralentissait pour s'arrêter et que son cœur s'affolait, il commença à se demander si cette confiance était méritée.

Il éteignit le moteur et se donna le temps de reprendre ses esprits. Bien qu'il ait souvent franchi ce portail au fil des années, c'était la première fois qu'il le faisait pour se rendre à la maison. La façade en crépi gris était moins imposante que ce qu'il avait imaginé, et malgré la grande imposte typique de l'architecture géorgienne au-dessus de la porte d'entrée, et de hautes fenêtres à guillotine, le reste de la maison semblait terne et dépouillé. Elle conservait pourtant une élégance sobre et se dressait fièrement au bout d'une allée de gravier. À gauche, derrière un haut mur de pierre, un panache de fumée grise s'élevait dans un ciel tout aussi morose.

Bien, pensa-t-il. *Il doit y avoir quelqu'un.*

Ne voyant aucune voiture en arrivant, il avait craint de ne trouver personne. Il espérait que la sœur qu'il cherchait – il jeta un coup d'œil au morceau de papier posé sur le siège passager : Evelyn – était chez elle. Il ouvrit la portière et posa un pied sur le gravier, mais il ramena immédiatement la jambe dans la voiture, comme si le sol était recouvert de charbons ardents. Quelle attitude allait-il adopter ? Allait-il faire comme s'il entendait l'histoire pour la première fois ? Non. Ce serait stupide. Forcément, pourquoi serait-il là s'il ne savait rien ? Devait-il se montrer amical ? Peut-être valait-il mieux essayer de l'intimider ?

Il constata qu'il était de nouveau essoufflé. Il agrippa le volant et respira profondément à plusieurs reprises. Evelyn Ross n'avait rien de dangereux. Il se contenterait d'improviser. Avant de changer d'avis, il s'extirpa de la voiture et claqua la porte. Il hésita un moment avant de se décider à se diriger vers la source de la fumée. Il dépassa la maison et marcha jusqu'à la petite porte qui traversait le mur d'enceinte du jardin. Il nota que la peinture était très bien entretenue.

Bien, pensa-t-il, *je remarque des détails. C'est bien. Je suis doué pour ça.*

Il actionna la poignée et, dans un léger soubresaut et un long grincement, la porte s'ouvrit. De l'autre côté, il se retrouva dans une petite cour pavée entourée de remises. La fumée s'élevait derrière leur toit.

Evelyn Ross commençait à croire que le feu avait suffisamment baissé en intensité pour qu'elle puisse le laisser et retourner à l'intérieur. Ses yeux étaient rouges, plus à cause de la fumée que de la tristesse d'avoir dit adieu à sa montagne de *Vogue*. La concrétisation de son projet l'avait moins ravie que ce qu'elle s'était imaginé la nuit précédente, mais elle avait quand même l'impression d'avoir accompli les premiers pas d'un voyage vers une nouvelle vie. Elle regarda autour d'elle. La voûte des arbres derrière les cheminées, les champs qui descendaient doucement vers le cours d'eau dont les rives envahies de mauvaises herbes accueillaient les dépouilles des animaux de compagnie de leur enfance, les traces d'humidité sur le mur de pierre de la longue remise – autant de détails si douloureusement familiers qu'ils semblaient se moquer gentiment d'elle. Que fais-tu encore là ? Evelyn baissa les yeux vers ses chaussures vert foncé. Elle les avait depuis si longtemps qu'elle ne parvenait même plus à se rappeler quand elle les avait achetées. Pourquoi était-elle enracinée à cet endroit ?

Elle n'avait jamais imaginé que cette maison et ces quelques champs représenteraient toute sa vie. Elle croyait que le jour viendrait où elle saurait qu'il était temps de partir, mais, à dire vrai, elle l'attendait encore. Elle se rappelait très bien le jour où Florence était rentrée de l'université. Les sacs dans l'entrée qui arboraient les noms de boutiques délicieusement chics de Dublin : *Brown Thomas, Switzer's, Boyers*. Le papier de soie sur la table de la cuisine sur laquelle elle avait déballé ses cadeaux – un serre-tête recouvert de minuscules billes semblables à des perles et une paire de chaussons doublés de fourrure de lapin. Elle s'était sentie vraiment heureuse, ce jour-là, de les voir toutes les trois réunies, mais lorsque Florence avait annoncé la grande nouvelle au sujet de son nouveau travail à l'école de Duneen, la joie d'Evelyn s'était teintée de culpabilité. Elle savait que Florence était revenue uniquement pour elle, mais que pouvait-elle bien y faire ? Elle ne lui avait rien demandé. Ce n'était pas sa faute. Si Abigail lui avait demandé de revenir, c'était à elle qu'il fallait en faire le reproche ! Mais, au fond de son cœur, elle savait que ses deux sœurs étaient restées pour elle et que, en décidant de partir, cela serait revenu à leur dire qu'elles avaient gâché leurs vies, qu'elle n'avait jamais eu besoin d'elles. C'était absurde. Était-il possible qu'elle ait gaspillé tant d'années de sa vie par pure politesse ?

En levant les yeux, elle aperçut une sombre silhouette d'homme qui approchait. Qui était-ce ? On aurait dit le sergent Collins, mais pourquoi diable… Oh, bien sûr ! Evelyn s'était attendue à ce que quelqu'un vienne. Elle leva la main et le salua. Le policier lui retourna son salut, puis s'arrêta et l'attendit tandis qu'elle se frayait un chemin à travers les herbes hautes et les mauvaises herbes pour le rejoindre.

— Bonjour, monsieur l'agent.

— Bonjour. Vous êtes Evelyn Ross, n'est-ce pas ?

— Oui, c'est bien moi. J'étais juste… En quoi puis-je vous aider ?

— Je souhaitais simplement vous poser quelques questions au sujet de la disparition de Tommy Burke. Que vous nous racontiez tous les détails dont vous vous souvenez. Est-ce que ce serait…

Il s'interrompit.

Evelyn lui répondit d'un large sourire.

— Bien sûr ! Voulez-vous prendre la peine d'entrer ?

Elle lui indiqua le chemin par lequel il était arrivé et s'en fut avant même que le sergent n'ait grogné son assentiment. Ils contournèrent la remise en silence et traversèrent la cour pavée en direction de la porte à l'arrière de la maison.

Evelyn se demanda où le recevoir. Est-ce que la cuisine semblerait trop décontractée, trop informelle ? Le salon lui parut une mauvaise idée également, sans compter qu'elle n'y avait pas encore ouvert les rideaux, ni nettoyé l'âtre. PJ se surprit à se laisser distraire par la façon charmante dont le pantalon gris soyeux d'Evelyn moulait les courbes de ses hanches. Il se demanda quel âge elle avait.

Eh bien, se réjouit-il, *je pourrai lui poser la question dans un instant.*

Evelyn eut un léger sursaut en apercevant sa sœur Florence assise à la table de la cuisine face à une petite pile de livres. Puis elle se rappela que la veille au soir sa sœur lui avait expliqué avoir la matinée libre à cause de problèmes de plomberie à l'école. Florence leva les yeux et sourit, mais avant qu'Evelyn n'ait pu les présenter, PJ s'était avancé dans un élan d'audace insoupçonnée, la main tendue.

— Mademoiselle Ross.

— Sergent.

La réponse s'accompagna d'une vigoureuse poignée de main. L'incompréhension se lisait sur le visage d'Evelyn.

— Je viens parler de sécurité routière plusieurs fois par an dans la classe de Mlle Ross.

— Évidemment, répondit Evelyn alors que sa sœur se levait et repoussait ses livres.

— Je vous en prie, appelez-moi Florence en dehors de ma salle de classe.

Elle ponctua sa phrase d'un petit gloussement haut perché qu'Evelyn n'avait encore jamais entendu. Se pouvait-il que sa sœur flirte avec cette espèce de colosse au visage luisant ? Mon Dieu. Regardez-le. Voilà qu'il s'était mis à rougir.

— Florence, pourrais-tu nous laisser un instant ? Le sergent voudrait me poser quelques questions.

Sa sœur parut surprise, mais ne tarda pas à comprendre ce qui se passait. Elle offrit à Evelyn le même sourire d'encouragement qu'à ses élèves avant un contrôle.

— Bien sûr. Aucun problème. Je peux travailler dans l'autre pièce.

Elle commença à rassembler ses livres. En atteignant la porte, elle regarda par-dessus son épaule.

— Ce fut un plaisir de vous voir, sergent Collins.

— Tout le plaisir a été pour moi…, commença-t-il, mademoiselle… Florence.

Il essaya de sourire. Evelyn remarqua que cela ne lui allait vraiment pas.

Du thé. Devait-elle lui offrir du thé ?

— Que diriez-vous d'une tasse de thé ?

— Non merci, je n'ai besoin de rien. À moins que vous n'en prépariez ?

— Je m'apprêtais à en faire, justement, répondit Evelyn en remplissant la bouilloire au robinet. Asseyez-vous là.

Le policier s'exécuta docilement.

Debout devant le buffet, elle était indécise. Les tasses et soucoupes assorties n'étaient pas de circonstance.

— Je ne suis pas sûre de vous être d'un grand secours. Tout cela s'est passé il y a si longtemps, j'ai probablement tout oublié, s'excusa-t-elle à haute voix, bien qu'elle eût conscience qu'il s'agissait d'un mensonge.

Elle se rappelait tout ce qui s'était passé dans le moindre détail. En versant l'eau bouillante sur les sachets de thé, elle se demanda ce qu'elle allait bien pouvoir dire au policier. Pourquoi ne lui raconterait-elle pas tout ? Elle n'avait rien à cacher. En retournant à la table, elle ressentit un léger frisson d'excitation.

Une fois le thé servi, Evelyn y ajouta un nuage de lait et proposa du sucre au sergent. Horrifiée, elle le regarda en verser trois cuillerées bombées dans sa tasse. Puis ils se préparèrent tous les deux à entrer dans le vif du sujet. PJ chercha son carnet.

Oh, Dieu du ciel !

Il visualisa le petit carnet noir sur le siège passager dans la voiture. Il sortit son stylo et le maintint en l'air telle une baguette avec laquelle il aurait pu faire surgir une feuille de papier. Il était content qu'aucun enfoiré de Cork ne soit là pour assister à sa déconvenue. Il se racla la gorge.

Evelyn se pencha en avant.

— Oh, sergent. Vous voulez de quoi écrire ?

PJ sut qu'elle ne cherchait pas à se moquer de lui, ni à l'embarrasser. Elle se montrait simplement prévenante. Il sourit avec soulagement.

— Oui, merci.

Oh, pensa-t-elle, *ce sourire lui va bien mieux.*

Elle entrevit l'homme derrière l'uniforme de police. Il semblait gentil, presque vulnérable. En dépit de sa carrure, il dégageait quelque chose d'enfantin. Elle lui tendit un vieux calepin à spirales qu'elle utilisait pour écrire ses listes, et l'interrogatoire commença.

Il dura un peu moins d'une demi-heure. Ses questions étaient simples et précises : « Quelle était la nature de votre relation avec Tommy Burke ? » « Quand l'avez-vous vu pour la dernière fois ? » « Avez-vous été en contact depuis ? » « Avez-vous une idée de l'endroit où il se trouve ? »

Evelyn lui répondit d'une voix posée. C'était tellement étrange d'entendre ce prénom prononcé à haute voix après toutes ces années. Elle espérait renvoyer une image calme et donner l'impression qu'elle réfléchissait. Parfois, pour parfaire la comédie, elle s'interrompait comme si elle essayait de se rappeler l'ordre exact dans lequel s'étaient déroulés les événements. PJ prenait d'interminables notes. Ce connard de Linus ne le prendrait pas en défaut cette fois.

Elle lui expliqua qu'à la mort de sa mère Tommy avait eu besoin d'aide pour entretenir la maison.

Il avait dû le mentionner à Abigail en lui payant le loyer, et cette dernière avait suggéré qu'Evelyn s'en charge, pour se faire un peu d'argent. À l'époque, sa sœur pensait encore qu'une vie de soirées et d'idylles l'attendait loin d'Ard Carraig. Elle se remémora le jour où elle s'apprêtait à se rendre à la ferme des Burke, lorsque Florence avait lu à haute voix l'annonce des fiançailles dans *The Irish Times*. Elle passa sous silence la façon dont ses deux sœurs l'avaient taquinée, décrivit son trajet jusqu'à la ferme, où elle avait trouvé porte close. Elle n'avait jamais revu Tommy. Non, elle n'avait pas la moindre idée de l'endroit où il se trouvait actuellement.

Elle répondit aux questions honnêtement et de manière aussi détaillée que possible, et pourtant, alors que le sergent s'apprêtait à mettre fin à l'interrogatoire, déchirant les pages du calepin et la remerciant pour le thé, Evelyn savait qu'elle n'avait pas raconté son histoire. Le policier avait recueilli des faits, mais il ne savait pas ce qui s'était vraiment passé. Elle pensa à toutes les choses qu'elle ne lui avait pas dites.

Elle n'avait pas décrit ce qu'elle avait ressenti le matin où Tommy était entré dans la cuisine la chemise déboutonnée. Il avait été surpris de la voir et avait immédiatement couvert son torse, mais elle avait eu le temps d'apercevoir la ligne de poils foncés qui descendait sous sa ceinture, sa peau lisse et blanche et ses tétons couleur caramel. Sa façon de rougir. Son sourire. La façon dont son cœur s'était mis à battre la chamade. Le nombre de fois où elle avait fermé les yeux pour l'imaginer franchir cette porte, les cheveux humides et la chemise battant au vent.

Elle ne raconta pas au policier comment elle s'activait dans la maison en imaginant un futur où elle y vivrait avec Tommy. Des fleurs dans un vase disposé sur le buffet, deux draps de bain, s'assurer que la lunette des toilettes était bien abaissée… Elle n'arrivait pas à déclarer sa flamme à Tommy, mais en persuadant sa maison de l'accepter, elle avait le sentiment que son futur rêvé se concrétiserait. Elle pouvait se glisser dans la vie de Tommy. Elle se tenait debout et le regardait déjeuner avant de déposer l'assiette vide dans l'évier, les mains tremblant sous son regard, son sourire lorsqu'il la remerciait, une mèche de cheveux tombant devant les yeux.

Elle n'avait pas évoqué le petit paquet de papier kraft qu'elle avait trouvé un matin sur la table de la cuisine. Tommy l'avait désigné du doigt et, sans la regarder, avait marmonné :

— C'est pour toi.

Elle l'avait ouvert lentement, tentant de dissimuler sa joie. Après tout, il pouvait s'agir de banals torchons ou de chiffons. En ouvrant le paquet, elle avait laissé échapper un léger cri de surprise. Des roses roses se détachaient sur un tissu soyeux couleur crème. Elle l'avait soulevé et fait virevolter dans les airs.

— C'est un foulard, avait expliqué Tommy.

— Je sais. Il est tellement beau.

Et elle l'avait pris dans ses bras. L'agent de police ne pourrait jamais comprendre la chaleur de la peau de Tommy, l'impression de force vigoureuse qu'il dégageait, son odeur, mélange d'herbe et de terre rehaussé d'un parfum musqué viril. Lorsqu'elle l'avait relâché, un silence gêné s'était installé entre eux. Evelyn avait fait glisser le foulard entre ses mains et l'avait porté à son visage.

— Merci.

Le sourire de Tommy. Ses joues empourprées. C'était la dernière fois qu'elle l'avait vu.

Pendant des années, elle avait cru qu'il lui avait offert ce foulard en guise d'adieu, mais désormais elle savait qu'elle avait vu juste ce matin-là, tandis qu'elle refermait avec précaution le paquet pour emporter le foulard chez elle et lui offrir une place de choix sur sa coiffeuse. C'était un gage d'amour.

Elle ne parla pas de son humiliation devant l'épicerie des O'Driscoll, ni du fait qu'elle s'était introduite dans la maison lorsqu'elle l'avait trouvée fermée. Une part d'elle voulait le voir pour lui expliquer qu'elle ne reviendrait plus jamais faire le ménage ou cuisiner pour lui, mais la peureuse en elle avait été soulagée de trouver la maison vide. Elle s'était demandé quand il y emménagerait avec sa femme. À cette seule pensée, elle s'était sentie défaillir. Comment pouvait-il lui préférer cette fille ? Comment pouvait-il avoir envie de vivre avec elle ?

Elle ne raconta pas au sergent comment elle avait lavé l'unique tasse sale et sa soucoupe, oubliées sur le plan de travail, comment elle s'était rendue à l'étage et jetée sur le lit défait de Tommy, respirant à pleins poumons son odeur et laissant son oreiller trempé de larmes. Elle ne lui avoua pas qu'elle avait déposé le foulard soigneusement plié sur la table de la cuisine. Elle avait envisagé de laisser également un message, mais avait imaginé Tommy et Brid le lire ensemble et se moquer d'elle ou, pire encore, la considérer avec pitié. Elle avait laissé la porte grande ouverte et était retournée, le cœur lourd, vers ce passé sans amour qui semblait être devenu son futur.

— C'est Tommy, n'est-ce pas ? laissa-t-elle échapper.

— Pardon ?

— Là-haut. Les ossements. Ce sont ceux de Tommy, n'est-ce pas ?

— Il est encore trop tôt pour le dire. Il y aura certainement des analyses et on saura ce qu'il en est une fois qu'on aura les résultats.

PJ s'interrompit et regarda Evelyn. Ses yeux papillotaient dans toute la pièce. Sa lèvre supérieure se tordit brièvement.

— Pourquoi êtes-vous si sûre qu'il s'agit de Tommy ?

Elle hésita avant de répondre. Elle n'en avait parlé à personne, mais, après tout, personne ne lui avait posé la question jusqu'ici. Elle avait trouvé cet interrogatoire étonnamment plaisant. Elle ne parvenait pas à se rappeler la dernière fois que quelqu'un, sans parler d'un homme, s'était intéressé à elle. Elle savait qu'il se contentait de faire son travail, mais elle se sentait flattée.

— Cela me semble évident qu'il s'agit de lui. Quand j'ai entendu parler du cadavre, j'ai tout de suite su. Il… Vous allez me prendre pour une folle, sergent, je sais que je n'étais qu'une jeune fille à l'époque, mais Tommy Burke… eh bien, il m'aimait.

Elle eut soudain l'impression d'être submergée par un tourbillon d'émotions. Elle attrapa les tasses et se leva en tournant le dos au sergent, déterminée à ne pas fondre en larmes devant lui. Elle se dirigea rapidement vers l'évier et laissa l'eau froide lui couler sur les mains. Elle inspira profondément, plusieurs fois. Elle refit une tentative. Que voulait-elle dire, déjà ? Elle décida de ne pas essayer d'expliquer les sentiments que ressentait Tommy ni la raison pour laquelle elle était si sûre d'elle. Elle n'avait besoin de lui dire que ceci :

— C'est Brid Riordan qui a tué Tommy Burke.

Elle se retourna et dévisagea le sergent Collins, attendant qu'il réponde. Elle n'était pas vraiment sûre de la réaction que provoqueraient ses accusations, mais elle s'était clairement attendue à autre chose. Le sergent était demeuré assis, parfaitement immobile, et la dévisageait en retour, la bouche légèrement entrouverte.

PJ réfléchissait.

Bien sûr, Brid ferait partie des suspects, mais Evelyn Ross devait bien savoir qu'elle ferait elle aussi l'objet de soupçons ? Il commençait à se sentir mal à l'aise. Se trouver seul dans cette pièce avec une femme qui se révélait très sensible n'avait, semble-t-il, pas été l'une de ses meilleures idées. Il se demanda s'il devait appeler Florence pour essayer de désamorcer la situation. Les affirmations d'Evelyn tenaient moins de faits avérés que d'un secret très intime qu'elle ne devrait pas partager avec un inconnu. Ils ne détournaient le regard ni l'un ni l'autre, figés dans cette position. PJ avait très chaud et sa bouche était sèche. Il déglutit et brisa le silence.

— Merci beaucoup pour le thé, mademoiselle Ross. Nous vous recontacterons si nous avons d'autres questions.

Il sourit d'une manière qu'il espéra encourageante.

— Vous m'avez entendue, sergent ? Je vous ai révélé qui avait tué Tommy !

— Oui, oui, bien sûr. L'enquête est, hum… en cours et je, nous… ils vont explorer beaucoup de chemins différents… euh, je voulais dire de pistes.

PJ ne rêvait que d'une chose : quitter cet endroit et retourner dans sa voiture. Un regard à Evelyn et aux muscles tendus de son cou lui indiqua que cela n'arriverait pas aussi rapidement qu'il le souhaitait.

— Vous ne me croyez pas ? Je ne suis donc à vos yeux qu'une vieille fille qui a cru à des sornettes ?

Comme un feu qu'on venait d'allumer, Evelyn tempêtait, furieuse qu'au lieu de la remercier et d'aller arrêter cette horrible salope alcoolique, le policier s'adresse à elle comme si elle était l'une de ces vieilles biques qui descendaient de leurs montagnes pour venir retirer leur retraite au guichet de poste chez O'Driscoll.

PJ se leva et se dirigea vers la porte en protestant :

— Il ne s'agit pas du tout de ça. Mais il faut que vous compreniez que nous devons attendre d'avoir rassemblé tous les faits. L'enquête vient seulement de commencer, et nous ne savons même pas à qui appartiennent ces ossements.

Il espéra que ses explications étaient crédibles. Il voulait simplement qu'Evelyn redevienne la femme paisible et charmante dont il avait fait la connaissance à peine une demi-heure plus tôt. Il avait regagné l'entrée.

— Au revoir, sergent !

Il entendit la voix de Florence qui provenait d'une pièce sur sa droite. La porte d'entrée n'était qu'à quelques pas. Sa main venait de se poser sur le verrou en laiton lorsque Evelyn approcha son visage du sien et lui murmura précipitamment à l'oreille :

— Vous verrez. J'ai raison. Cette bonne femme savait qu'il ne l'aimerait jamais vraiment.

PJ arrivait à discerner le fin duvet qui surmontait ses lèvres.

Evelyn recula, surprise par cet éclat qui ne lui ressemblait pas. Elle savait qu'elle avait raison, mais elle prit soudain conscience de son attitude : ce pauvre policier devait la croire folle à lier alors que visiblement il essayait désespérément de s'échapper.

— Je suis désolée, sergent. Je vais vous aider.

Elle s'approcha et lui ouvrit la porte.

Ils se tinrent l'un à côté de l'autre un instant en silence, écoutant le souffle du vent dans les arbres et savourant la caresse de l'air frais sur leur visage. Elle leva la tête vers le sergent.

— Je vous présente mes excuses.

— Ce n'est rien. Je vous recontacterai.

Sans réfléchir, il s'aperçut qu'il s'était rapproché d'elle pour lui caresser le bras. C'était loin d'être un geste qui lui venait naturellement, et pourtant cela lui avait semblé la meilleure chose à faire. Evelyn fut elle aussi surprise par cette main sur son bras, mais apprécia que le policier essaie de l'aider à guérir, à sa manière un peu gauche. Elle sourit, et il traversa les graviers pour rejoindre sa voiture.

Le bruissement des feuilles laissa place au ronronnement d'un moteur. PJ s'arrêta et leva les yeux. Une petite berline rouge descendait la route. Elle roulait un peu trop vite et, lorsqu'elle atteignit la cour de gravier devant la maison, elle s'immobilisa après un brusque dérapage. Derrière le volant se détachaient les yeux écarquillés et horrifiés de Brid Riordan. Trois regards se rencontrèrent, puis la voiture fit brutalement demi-tour avant de repartir en crissant dans un nuage de poussière et de gravier, se dirigeant à toute allure vers le portail. Dans l'habitacle, Brid agrippa le volant et laissa échapper un long et sonore : « Meeeeerde ! »

Chapitre 9

Linus était recroquevillé sur sa chaise, dans un petit carré de lumière tout au fond des bureaux abandonnés et plongés dans l'obscurité. Dans la pénombre grise, les tables désertées étaient alignées en rangées bien ordonnées, tels des lits d'hôpital ; le reflet d'un réverbère filtrait à travers les volets, le panneau de sortie de secours projetait une lueur verte et l'écran de veille d'un ordinateur clignotait. Le commissaire Linus Dunne avait la chance de posséder son propre bureau, un cube en contreplaqué vitré. À cette heure de la soirée, il avait laissé la porte entrouverte pour avoir un peu d'air, mais en journée il la gardait bien fermée. S'il n'entendait pas les idioties qu'ils débitaient, essayait-il de se convaincre, il arriverait à oublier, l'espace de quelques heures, qu'il travaillait avec des imbéciles.

Cela dit, pensait-il alors qu'il faisait défiler une liste interminable de mails provenant de différents services, son cerveau ne lui était pas d'une grande aide à cet instant précis. Cet abruti d'O'Shea avait réussi, sur un coup de chance, à coincer les responsables de l'agression au couteau, et quand lui et ses coéquipiers s'étaient rendus au domicile d'un des coupables pour les arrêter, ils y avaient retrouvé des objets volés : en l'espace de deux heures, il avait donc résolu près de quinze enquêtes et, à cet instant précis, il se récompensait en éclusant des pintes.

Un soupir las échappa au commissaire. Tout allait mal. Il tendit la main vers sa tasse de café. Froid. Il envisagea d'en refaire, avant de renoncer à cette idée. La cuisine était en bas et il devait rentrer chez lui. Il n'arrivait à rien ici.

Son voyage à Dublin n'avait apporté aucune véritable réponse. Il avait rapidement trouvé Fergus Connolly qui vivait dans une petite maison bien entretenue de Ranelagh. Ils s'étaient assis dans une immense cuisine-salle à manger aménagée dans une extension ultra-moderne à l'arrière de la maison, tandis que Mme Connolly préparait des rafraîchissements pour « Monsieur le commissaire ». Linus avait regardé d'un air narquois la rutilante machine Gaggia qui étincelait sur le plan de travail en marbre lorsqu'elle avait placé une tasse fumante de café instantané bas de gamme devant lui.

Fergus lui avait débité son histoire. À la mort de sa mère, il avait découvert qu'elle lui avait laissé bien moins que ce qu'il avait cru. Il avait soupçonné un de leurs voisins, veuf, de l'avoir convaincue d'investir dans des projets à risques, mais il n'avait rien pu prouver et, quoi qu'il en fût, l'argent s'était envolé. Fergus s'était souvenu que sa mère avait fait allusion à la disparition d'un de ses neveux de West Cork et au fait que son terrain devrait lui revenir de droit. Les années passant, il avait complètement oublié cette histoire, car il ne s'agissait que de quelques hectares perdus au fin fond du pays. Que pouvait bien valoir cette parcelle ? Mais aujourd'hui la terre rapportait gros, surtout si on parvenait à obtenir un permis de construire. Il avait engagé un avocat, et la Haute Cour avait accepté d'émettre un certificat de décès pour Tommy Burke. En entendant ce détail, Linus s'était étranglé sur son café et son visage avait viré au rose rhubarbe. Le vieux couple l'avait regardé avec surprise. Même eux étaient stupéfaits qu'un aspect aussi élémentaire de l'enquête n'ait pas été révélé avant. Le vieil homme poursuivit son récit. Il était l'unique héritier de Tommy. D'un air ravi, Fergus regarda sa femme, qui sourit à Linus et agita la main droite, telle l'assistante minable d'un magicien. *Voilà*[1] *!* Une cuisine ridicule à soixante-dix mille euros !

Leur numéro était bien rodé, avait pensé Linus en regagnant sa voiture. Bon sang, est-ce que c'était un Sean Scully dans l'entrée ? Il se promit de vérifier quelle somme ils avaient réussi à soutirer pour la ferme délabrée. Connolly aurait-il pu tuer Burke ? Il se tourna pour regarder le couple qui le saluait depuis le seuil, leurs grands sourires et leurs ventres si proéminents que leurs gilets avaient du mal à les recouvrir. Non, ces deux-là n'avaient rien d'assassins.

Linus avait finalement choisi de ne pas rester en ville et était rentré directement à Cork pour passer un savon à cette bande d'incapables qui lui servaient de subordonnés. Il existait un certificat de décès pour Tommy Burke et personne n'avait pensé à le chercher. Cela dépassait l'entendement ! Des gamins de dix

1. En français dans le texte.

ans s'en seraient mieux sortis rien qu'avec Google. Au moins, les rapports envoyés par les équipes techniques s'avéraient plus éclairants. Le corps appartenait à un homme âgé de seize à vingt-deux ans. La mort avait été causée par un choc sur le côté du crâne, et ils estimaient que les ossements étaient enterrés depuis plus de vingt ans, mais moins de trente. La mauvaise nouvelle se trouvait à la fin du mail : ni les fichiers dentaires ni l'analyse ADN n'avaient permis d'établir l'identité du cadavre.

Le commissaire rassembla ce qu'il savait et ce qu'il souhaitait découvrir. Un jeune homme avait été assassiné, plus de vingt ans auparavant. Bien. Il s'interrompit. À moins de réussir à identifier la victime, ils ne pourraient pas poursuivre l'enquête. Ils devaient vérifier que le corps était celui de Tommy Burke. Cela l'embêtait, mais il s'aperçut qu'il allait devoir demander l'exhumation des parents. La vue du sang ne dégoûtait pas Linus, ni même le fait de retrouver des membres amputés, comme cette jambe près du lac le printemps précédent, mais déterrer des dépouilles le perturbait au plus haut point. Peu importe, il fallait ce qu'il fallait. Il en parlerait au sergent Sumo afin que ce dernier en informe les habitants du village et leur explique pourquoi cela était nécessaire.

Il se pencha pour éteindre sa lampe et jeta un coup d'œil à la photographie encadrée qui se trouvait à la droite de son ordinateur. Une femme petite et mince, dont les cheveux bruns cascadaient en vagues souples de chaque côté de son visage, portait un bébé enveloppé d'une couverture jaune citron. Linus repensa au jour où il avait pris cette photo, quelques heures seulement après leur retour de la maternité. Son pouce pressa l'interrupteur et le bureau se retrouva plongé dans le noir. Il resta immobile un instant, puis, en se levant, décida qu'il pouvait bien faire un saut au pub pour boire un verre avant de rentrer.

Chapitre 10

Brid se détestait. Pourquoi s'était-elle montrée aussi stupide ? Qu'est-ce qui lui avait pris de se rendre à Ard Carraig ? Comment avait-elle pu penser un seul instant que ce serait une bonne idée ?

Sa fatigue lui avait fait faire des sottises. Parfois, elle n'avait tout simplement pas l'énergie de combattre ses impulsions. Depuis ce jour fatidique des années plus tôt, elle avait eu envie de s'en prendre à Evelyn Ross des milliers de fois. Cette garce prétentieuse et parfaite. Déambulant dans le village vêtue de son manteau qui lui allait comme un gant, avec son fichu panier en osier. Chacun de ses pas affirmait au monde entier que son amour pour Tommy avait été véritable et qu'elle attendait son retour. Pas comme Brid, dont la poitrine déformait les chemisiers, bien trop larges au niveau des épaules. Brid et ses enfants bruyants ; Brid, qui s'était empressée de se jeter dans les bras de son assommant mari.

Evelyn ne pouvait pas comprendre. La mère de Brid ne lui avait pas laissé le choix, lui déclarant brutalement qu'elle avait gâché sa vie. Être vierge et posséder une ferme était une chose, traîner des fiançailles rompues derrière soi comme un drap sale en était une autre. Quand Anthony était venu voir ce qu'il allait advenir de la ferme, la mère de Brid les avait pratiquement enfermés dans le salon jusqu'à ce que la question du mariage soit évoquée. Brid savait que cela avait été une mauvaise décision, mais après tout, elle n'avait pas de meilleure solution à proposer. Le mariage s'était révélé une distraction bienvenue, et, au début, Anthony s'était montré plein de charmantes attentions que Tommy n'avait jamais eues. Il aimait l'embrasser et lui caresser la poitrine ; il faisait tout ce qu'il fallait, mais ce n'était pas le bon. Ce n'était pas Tommy.

Elle pensait réussir à oublier Tommy et à prendre un nouveau départ, mais c'était impossible, à cause de cette satanée Evelyn Ross. La paisible, l'adorable Evelyn qui traversait le village d'un pas décidé. Jamais aucune auréole sous les bras, jamais de mèche rebelle, même sous la pluie. Peu importe ce que faisait Evelyn – acheter un journal, déambuler parmi les stands pendant la fête foraine, descendre les marches de la chapelle d'un pas léger après la messe –, en réalité, elle jugeait Brid Riordan. La grosse, moche et moite Brid Riordan.

L'image de Tommy en tête, Brid s'était assise dans sa voiture avant de faire un saut chez O'Driscoll pour acheter du pain de mie. Elle avait regardé en direction d'Ard Carraig et, soudain, le passé avait refait surface. Tout semblait si réel. La luminosité était la même, les nuages lourds qui traversaient le ciel, leur ombre recouvrant les rues, transformant Duneen en un village fantomatique. Il était à peu près la même heure, 9 h 30 ; elle venait de sortir du magasin avec une boîte d'œufs. Sa mère voulait préparer des meringues à offrir aux visiteurs qui venaient admirer les cadeaux de mariage avant le grand jour. Elle l'avait entendue avant de l'apercevoir. Evelyn dont les talons claquaient sur le trottoir. Au début, elle n'était pas sûre que ce fût elle ; elle voyait uniquement une jupe virevolter au-dessus de jambes qui semblaient pressées. Elle se rappelait le balancement des cheveux d'Evelyn, et soudain celle-ci avait surgi devant elle, à bout de souffle. Elle lui fit penser à une vache meuglant derrière la porte en bois d'une salle de traite.

— Pourquoi ?

La question avait retenti si fort qu'un attroupement s'était immédiatement formé sur le seuil de l'épicerie.

Brid tenta de conserver son calme.

— Pourquoi quoi ?

Evelyn brandit un foulard soyeux.

— Pourquoi essaierait-on de séduire une personne qui en aime déjà une autre ?

Elle avait commencé à crier.

— Je suis fian… Je vais me marier.

Brid sentit ses joues devenir brûlantes et s'empourprer.

Sanglotant à présent, Evelyn hurla presque :

— Mais il m'a offert ce foulard !

— Eh bien, *moi*, s'était à son tour écriée Brid, il m'a demandé de l'épouser !

Elle essaya de prendre un ton victorieux, mais en observant les délicates roses qui ornaient le foulard et la jeune fille svelte qui se tenait devant elle, la vérité la transperça.

Elles se dévisageaient, toutes les deux en pleurs, les lèvres tremblantes, cherchant quoi dire tandis que les mots se dérobaient brusquement à elles.

C'est alors que Brid ressentit une douleur lancinante sur sa joue gauche. Elle eut un moment d'absence avant de comprendre qu'Evelyn Ross venait de la gifler. Soudain, ce fut comme si quelqu'un venait de donner le coup d'envoi. Elles se ruèrent l'une sur l'autre, comme des animaux se disputant une carcasse à moitié dévorée. Brid frappa fort et Evelyn se retrouva au sol. Les œufs volèrent lorsque Brid se mit à califourchon sur elle, mais Evelyn était trop rapide pour se laisser coincer. Elle agrippa les cheveux de Brid et la tira vers le trottoir. Elle se débattit et joua des poings jusqu'à se retrouver sur sa rivale. Les habitants s'étaient ameutés dans la rue, et d'autres s'empressaient de descendre la colline pour assister à la bagarre. Brid sentit une violente douleur dans son oreille. Evelyn venait de lui planter ses ongles dans la peau ! Elle leva la main pour la gifler, mais à la place elle parvint à lui assener un violent coup de coude juste sous l'œil droit. Essoufflées, pantelantes, elles étaient tombées dans le caniveau et avaient roulé jusque sur la chaussée.

Les spectateurs, bien qu'appréciant l'altercation, comprirent qu'ils l'avaient déjà trop laissée durer, si bien que quelques badauds s'avancèrent pour les séparer. Tout en reprenant leur souffle, les deux jeunes femmes s'affrontèrent du regard. Le manteau de Brid pendait là où des boutons avaient été arrachés, et une fine traînée de sang lui coulait dans le cou. Le chemisier d'Evelyn était déchiré et tout le monde pouvait apercevoir une bretelle de son soutien-gorge beige.

La vieille Mme Byrne – paix à son âme – leur intima à toutes deux de rentrer chez elles.

— Voyons, ce n'est qu'un homme ! Il y a plein d'autres poissons dans l'océan. Rentrez chez vous !

Quelqu'un avait raccompagné Brid chez elle, tremblante et pleurant à chaudes larmes, le long de la route principale, jusqu'à ce qu'elle affirme que tout allait bien. Elle ne savait pas ce qu'Evelyn était devenue. Elle était rentrée lentement, sans savoir que penser de l'incident. Devait-elle en parler à sa mère ? Elle avait le sentiment que, si elle le faisait, la faute retomberait forcément sur elle. Tandis qu'elle commençait à retrouver son calme, la honte la submergea. Tout le village l'avait vue se comporter comme une vulgaire poissonnière un jour de marché à Ballytorne. Tout le monde savait que Tommy Burke ne l'aimait pas. Mais c'est *elle* qu'il allait épouser. Il lui appartiendrait. Cette garce squelettique pouvait bien agiter des foulards dans la rue toute la journée, ce n'est pas à *elle* qu'il avait demandé sa main. Elle s'essuya le nez sur son manteau et commença à se sentir un peu mieux.

Sa mère ne savait que penser. Une des filles Ross ? En pleine journée ? Elle n'était pas sûre d'avoir toutes les cartes en main, mais sa fille lui faisait face en pleurs, la suppliant de ne pas l'envoyer au village racheter des œufs. Elle la laissa dormir une heure en se disant qu'ils mettraient les choses au clair le soir lorsque Tommy viendrait dîner. Elle avait du maquereau fumé ; accompagné d'œufs durs et de salade de pommes de terre, ce serait parfait.

La journée sembla interminable à Brid, enfermée dans sa chambre. Elle n'arrivait pas à lire. À 16 heures, elle s'aventura en bas et partagea une tasse de thé avec sa mère, qui se montra très gentille avec elle. Lorsque celle-ci lui dit de ne pas s'inquiéter, Brid se sentit beaucoup mieux. À 19 heures, alors que Tommy n'avait toujours pas donné signe de vie, son humeur s'était assombrie. Sa mère ne parlait plus et refusait de la regarder dans les yeux. Finalement, à 21 heures, elle alla chercher son manteau et le boutonna en revenant dans la cuisine.

— Brid, tout ça est ridicule. Je vais le chercher au village. Je ne serai pas longue.

Brid était stupéfaite. Jamais sa mère ne s'était montrée aussi gentille avec elle. L'heure était grave.

Moins d'une heure plus tard, elle entendit tourner le verrou de la porte de derrière. Brid baissa le volume de la télévision en face de laquelle elle était assise sans parvenir à la regarder.

— Maman ?

Sa mère entra, enleva son manteau en silence et le posa sur ses genoux en s'asseyant.

— Je suis allée chez Flynn et au *Long Bar*, mais ils ne savaient rien. Ensuite, je suis allée chez Byrne, et le jeune Cormac m'a dit que Tommy avait été aperçu à Ballytorne cet après-midi. Il portait un sac et il a pris le bus pour Cork. Cormac dit qu'il n'y avait personne à la ferme aujourd'hui.

Brid dévisagea sa mère, attendant la suite.

— Qu'est-ce que ça veut dire, maman ?

Son menton commençait à s'agiter de tremblements.

— Je ne sais pas. On ne peut être sûres de rien, et tu ne dois pas perdre espoir, mais je crois que le mariage va être… reporté.

— Reporté ?

Elle se pencha en avant.

Sa mère se mordilla la lèvre inférieure en observant sa fille. Elle n'y prit aucun plaisir, mais sa fille devait connaître la vérité.

— Oh, Brid ! Je suis désolée pour toi, ma chérie, mais je crois que le mariage va probablement être annulé.

Brid enfouit son visage dans ses mains et se mit à sangloter. À l'autre bout du salon, les premiers cadeaux de mariage étaient joliment disposés sur un guéridon. Une mijoteuse encore dans son emballage, du linge de table rose saumon, un saladier en cristal. Brid avait imaginé Tommy revenir de la traite et demander ce qui sentait si bon lorsqu'elle soulèverait le couvercle de la mijoteuse ; son sourire de ravissement lorsqu'elle lui servirait un bon dessert. Elle se sentait vide. Il n'y avait plus de larmes, plus de rêves ; il n'y avait plus rien. Sa mère se leva et alla suspendre son manteau dans l'entrée, laissant sa fille en proie à une solitude infinie.

Ce matin-là, alors qu'elle revivait cette horrible journée, elle avait soudainement ressenti le besoin impérieux de se rendre chez Evelyn Ross pour en découdre. Brid était convaincue que l'autre savait ce qui était arrivé à Tommy et l'avait regardée souffrir toutes ces années. Il faudrait une éternité pour que la police fasse quoi que ce soit ; elle allait régler cette histoire elle-même. En remontant la route, elle s'était murmuré des encouragements : « Ça fait trop longtemps », « Cette sale menteuse », « Ça suffit ». Ce n'est qu'en apercevant la voiture de police, le sergent Collins s'apprêtant à y monter et Evelyn sur le seuil de sa maison qu'elle s'était rendu compte de la folie de son projet. Elle avait peur de penser à ce que ces deux-là avaient déduit de son attitude. Elle lut la stupéfaction sur leurs visages, rebroussa chemin et fit rugir le moteur de sa berline.

De retour sur la route, elle décida de ne pas rentrer chez elle. Le sergent Collins allait forcément la suivre et elle n'était pas prête. Elle ne pouvait pas encore lui parler. Sans savoir exactement où elle se dirigeait, elle tourna à gauche et se contenta de rouler.

Environ une heure plus tard, elle se retrouva à Schull. Elle regarda l'heure : midi venait de sonner. Elle gara sa voiture derrière le supermarché et descendit la rue principale. Dieu merci ! Le premier pub devant lequel elle passait n'était pas vide. Elle avait toujours détesté être la seule cliente au comptoir. Lorsque cela arrivait, elle se sentait pathétique. Elle commanda un grand verre de vin. Le jeune barman (était-il seulement assez vieux pour boire ?) lui indiqua que le pub ne faisait pas le vin au verre. Il pouvait seulement lui proposer des mignonnettes comme celles qu'on distribuait parfois dans les avions.

— Mettez-m'en une alors. Du blanc, s'il vous plaît.

— Nous en avons deux différentes.

Le barman lui désigna le présentoir de petites bouteilles derrière lui.

Brid détailla les étiquettes inconnues.

— La meilleure des deux.

Le barman lui sourit d'un air penaud.

— La première a une étiquette verte et l'autre une étiquette jaune. Je ne m'y connais pas en vin, pour être honnête.

Impatiente de boire, elle aboya :

— La jaune, alors !

Puis elle ajouta, radoucie, un « s'il vous plaît ».

Après deux autres mignonnettes, qui étaient bien plus fortes que ce à quoi elle s'était attendue, surtout avec le ventre vide, elle ne se sentait pas très bien. Elle avait du mal à se concentrer. Jugeant préférable de manger quelque chose, elle se dirigea vers le supermarché pour s'acheter un sandwich. Elle eut toutes les difficultés du monde à trouver ce qu'elle voulait et fit tomber de nombreux sandwichs par terre. Ils étaient vraiment mal rangés. Son choix se porta finalement sur un jambon-beurre, et elle s'approcha d'une caissière qui semblait s'ennuyer à mourir.

— Deux soixante, s'il vous plaît.

Brid baissa les yeux. Mince, elle avait dû laisser son sac à main au pub. Elle tenta d'expliquer à la fille ce qui s'était passé, mais c'était compliqué. Abandonnant le sandwich, elle retourna au pub. Le barman sourit en la voyant et lui tendit son sac.

— Dieu merci !

Le jeune homme lui proposa ensuite de l'accompagner en bas de la rue. Il avait visiblement très envie de savoir, Dieu seul sait pourquoi, si elle avait une voiture ou non. Cela ne plaisait pas à Brid, qui ne répondit pas et s'échappa de nouveau au supermarché. Cependant, la seule idée de trouver un sandwich lui parut brusquement une épreuve insurmontable, et elle se contenta d'aller directement au fond du magasin pour rejoindre le parking.

Il y avait tellement de voitures rouges. Telle une sorcière maladroite ratant ses sorts, elle pointa ses clés de voiture dans les airs. Le bip familier finit par retentir et elle retrouva la sécurité du siège conducteur. Dès qu'elle fut assise et avant même d'avoir fermé la porte, elle s'endormit.

Lorsqu'elle se réveilla, ce fut avec ce sentiment familier qu'elle ressentait lorsqu'elle se réveillait dans la cuisine ou dans son lit et qu'elle se sentait encore plus fatiguée qu'avant de dormir. Elle avait la bouche pâteuse de tout le vin englouti, et une migraine lui martelait les tempes. Elle regarda l'heure. Elle devait rêver. Elle regarda de nouveau, mais il était toujours 15 h 45. Elle se redressa d'un coup, parfaitement réveillée.

— Les enfants ! Merde, merde et remerde !

Cela lui arrivait parfois – et même assez régulièrement – d'être un peu en retard, mais cette fois elle était vraiment mal. Elle plongea la main dans son sac pour récupérer ses clés de voiture, en vain. Elle eut beau farfouiller, elle ne les trouvait pas. Merde ! Elle fouilla frénétiquement du regard toute la voiture. Rien. Puis… Merci, mon Dieu ! Elle repéra son porte-clés qui dépassait du porte-gobelet en plastique.

Elle démarra la voiture et sortit du parking. Elle avait souvent conduit dans cet état – les réflexes émoussés par le vin, mais suffisamment sobre pour comprendre qu'elle devait être particulièrement vigilante. Elle se demanda si elle devait téléphoner à l'école, mais décida que non. Ce serait une perte de temps supplémentaire et, s'ils s'inquiétaient vraiment, ils l'appelleraient.

Il était presque 17 h 30 lorsque sa berline rouge se gara près du portail de l'école. Le trajet lui avait pris plus de temps que prévu. Elle était restée coincée derrière un camion et, juste avant d'arriver à Duneen, un imbécile faisait rentrer un troupeau de vaches pour la traite. Elle scruta les grilles, mais il n'y avait pas âme qui vive. Elle savait qu'il était interdit de se garer là : elle alluma les warnings avant de sortir de la voiture pour mieux voir. À droite du bâtiment principal, elle s'aperçut que le parking des enseignants était vide, de même que les râteliers à vélos. Le seul signe de vie était un paquet de chips froissé, plaqué par le vent contre les grilles. Brid tenta de déglutir, mais elle avait la bouche sèche. Trop sèche.

En revenant de Schull, elle avait réussi à dompter sa panique, mais elle sentait l'angoisse refaire surface. Elle posa la main sur le capot en essayant de reprendre son souffle, soudain consciente du silence de mort qui régnait autour d'elle. Pas un véhicule, pas âme qui vive. Elle se demanda, hébétée : *Combien de temps suis-je restée endormie dans cette voiture ? Est-ce qu'il s'est passé quelque chose ?*

De retour dans la voiture, elle observa son reflet dans le rétroviseur. Elle n'avait pas l'air si mal en point que ça. Au moins, elle n'avait plus l'air d'une folle. Elle inspira lentement et profondément en démarrant le moteur. Un voisin avait certainement déposé Carmel et Cathal chez eux. Peut-être qu'un des enseignants les avait pris en pitié et raccompagnés. Ils savaient où se trouvait le double des clés. Tout irait bien. Elle rentrerait à la maison et les retrouverait enfermés dans leurs chambres, comme d'habitude, en train de pianoter sur leur clavier comme s'ils travaillaient sur des projets de la plus haute importance. Brid réussit à sourire et exécuta un demi-tour tout à fait respectable avant de retourner à la ferme.

Aucune lumière. Ce n'était pas bon signe. La voiture s'immobilisa dans un crissement de pneus, et, une fois le moteur éteint, le silence se fit presque assourdissant. La maison et le jardin étaient plongés dans une pénombre ouatée. Alors que Brid se précipitait vers la porte arrière, elle entendit une drôle de vibration aiguë ; pendant un moment, elle se demanda de quoi il s'agissait avant de se rendre compte qu'elle avait commencé à gémir comme un chiot apeuré. Elle pria Dieu comme si elle avait retrouvé la foi. *Faites qu'ils soient là, par pitié. Je vous en supplie. Je retournerai à la messe. Faites qu'ils soient là. Je ne boirai plus jamais*.

La porte était verrouillée. Brid posa une main de chaque côté du chambranle en bois et se laissa aller en avant, la tête basse. Elle était démoralisée. Où étaient ses enfants ? Pourquoi s'était-elle conduite de manière aussi irresponsable ?

La porte arrière donnait directement dans la grande cuisine, et au moment où elle alluma la lumière, elle l'aperçut. Une vieille enveloppe de la société d'électricité, dont le dos était couvert d'un message écrit au stylo-bille bleu qui se trouvait encore dessus.

Parfaitement immobile, Brid contempla la scène. Elle savait que ce message ne serait pas plaisant à lire, et pourtant elle devait le faire. Même à l'autre bout de la pièce, elle avait reconnu l'écriture nette et régulière d'Anthony. Elle inspira profondément.

> Brid,
> J'ai emmené les enfants chez ma mère quelques jours. Je sais que tu es bouleversée en ce moment, mais ce n'est pas juste pour les enfants.
> L'école m'a téléphoné. Tout le monde va bien.
> Je t'appellerai.
> Anthony

Le raisonnable Anthony. Pourquoi n'était-il pas là ? Elle aurait voulu qu'il soit là, debout de l'autre côté de la table, à lui crier dessus, à lui reprocher d'être la pire mère au monde pour qu'elle puisse tomber à genoux, balbutier des excuses et supplier sa petite famille de lui pardonner. Comment trouver une issue acceptable à cette situation ? Ils étaient tous les trois assis dans le salon de la mère d'Anthony, buvant leur thé en silence pendant qu'elle se tenait assise encore vêtue de son manteau, avec pour seule compagnie le tic-tac de l'horloge au-dessus de la cuisinière. En quoi cela pourrait-il résoudre quoi que ce soit ? Son regard se posa sur le réfrigérateur. Non. Non, la dernière chose dont elle avait besoin à cet instant précis, c'était d'un verre.

Un peu plus d'une heure plus tard, elle était toujours assise sur la même chaise, le manteau sur le dos, mais elle tenait un verre de vin, et sur la table se trouvait une bouteille, vide aux deux tiers. Elle n'allait pas la finir. Après le premier verre, Brid s'était rappelé qu'elle n'avait toujours rien mangé. Elle était restée debout devant le réfrigérateur ouvert, mais tout lui avait semblé compliqué ; elle était épuisée à la seule idée de faire réchauffer un bol de soupe. Finalement, elle s'était contentée d'un reste de cheddar.

Regardant fixement le mur, elle réfléchissait au nombre de nuits qu'elle avait passées assise seule dans cette pièce. Peut-être mille, et pourtant, ce soir-là, c'était différent. La maison paraissait presque comprendre qu'elle était vide. Un seul battement de cœur n'était pas suffisant pour l'emplir, et Brid avait l'impression de la sentir se refermer sur elle. Un coup d'œil à l'horloge lui apprit qu'il était seulement 19 h 20. Il était encore tôt, et pourtant bien trop tard. La perspective du grand lit vide qui l'attendait représentait la première lueur de réconfort de toute la journée. L'étage ne paraissait plus si menaçant, une fois les soupirs et les grommellements d'Anthony oubliés ; ce dos si hostile auquel elle se heurtait lorsqu'elle se glissait sous la couverture.

Elle mit un moment à remarquer la sonnerie stridente qui retentissait. On sonnait à la porte ! Brid bondit sur ses pieds et se précipita vers la porte de la cuisine, mais avant même de l'avoir atteinte, le désespoir l'avait envahie. Cela ne pouvait pas être les enfants ou leur père. Ils avaient les clés. Se demandant qui pouvait bien sonner à la porte à cette heure, elle se dirigea vers l'entrée et éclaira le porche. Derrière la vitre dépolie, elle distinguait une ombre noire bien trop grande pour n'appartenir qu'à une seule personne.

Elle remarqua que ses mains tremblaient légèrement alors qu'elle déverrouillait la porte, et elle l'ouvrit lentement en retenant son souffle. Leurs regards se croisèrent, et elle hocha simplement la tête avant de reculer. Le sergent Collins entra.

Chapitre 11

Ce n'était pas la première fois que PJ se rendait au domicile des Riordan, ce jour-là. Lorsque la voiture de Brid avait fui Ard Carraig, il avait voulu se lancer immédiatement à sa suite, mais au lieu de ça il avait mis la bouilloire à chauffer pour préparer du thé à Evelyn et sa sœur Florence, qui la réconfortait à la table de la cuisine. Les cris d'Evelyn l'avaient alertée, et lorsqu'elle les avait rejoints à la porte d'entrée, PJ avait eu le sentiment qu'il ne pouvait pas les laisser seules. Il avait endossé le rôle d'adulte responsable et accompagné les deux femmes jusqu'à la cuisine.

Evelyn avait rapidement repris ses esprits et raconté toute l'histoire, révélant la rivalité amoureuse qui l'opposait à Brid. Elle lui parla du foulard et de l'horrible bagarre qui s'était déroulée au village. Alors qu'elle lui livrait tous les détails qu'elle avait omis lors de l'interrogatoire, PJ se dit qu'il n'était pas surprenant que les habitants du village soient persuadés que Tommy avait simplement pris la fuite. N'importe quel homme en aurait fait autant à sa place.

Florence avait gardé les mains croisées autour de sa tasse de thé, le regard rivé sur la table en bois. Elle se sentait affreusement mal. Elle connaissait évidemment une partie des faits, mais pas en détail. Dans son souvenir, il s'agissait simplement d'une amourette d'adolescente d'Evelyn. Quand était-ce devenu le récit d'un amour perdu, et pourquoi n'en avait-elle rien su ? Parce qu'elle n'avait jamais posé de questions. Elle n'avait jamais interrogé sa sœur ; il avait été plus facile de ne rien demander. Même maintenant, alors qu'elle savait qu'elle aurait dû tendre la main et prendre celle de sa sœur, elle était comme figée, incapable de faire le moindre geste. Leur relation n'avait jamais eu cette dimension, pas plus qu'avec leur autre sœur. Elles avaient bien retenu les leçons que la vie leur avait données. Il fallait redouter tout sentiment, se tenir à l'écart des tourments quoi qu'il arrive, et si cela les empêchait d'accéder au bonheur, alors ainsi soit-il, c'était le prix à payer.

Evelyn s'interrompit. Florence releva la tête et croisa le regard de sa sœur qui la dévisageait, comme si elle attendait quelque chose.

— Je suis tellement désolée, Evelyn. Je n'ai jamais… Eh bien, je ne m'en suis jamais vraiment rendu compte.

Elle sourit faiblement.

— Ne sois pas bête. C'était il y a vraiment très longtemps.

Mais personne n'était dupe autour de la table.

PJ se leva.

— Bien. Si vous n'y voyez pas d'inconvénient, je suppose que je devrais aller parler à Mme Riordan maintenant. Est-ce que ça ira ?

— Oui, oui, je vais bien, répondit Evelyn en se relevant.

— Merci pour votre franchise et… votre honnêteté.

Ils échangèrent des sourires et, tandis que PJ s'éloignait dans sa voiture en la laissant sur le seuil, le bras droit levé en guise d'adieu, il se sentit transformé. Il regarda dans le rétroviseur sa silhouette élégante disparaître dans la maison et, lorsqu'il s'arrêta au portail, il se surprit à sourire sans savoir pourquoi.

En arrivant chez les Riordan, aucune voiture n'était en vue et il avait trouvé porte close. Il avait glissé une carte à l'aspect officiel avec ses coordonnées dans la boîte aux lettres et était retourné au village. Il voulait commencer à interroger les habitants pour obtenir les noms des amis de Tommy Burke et découvrir qui l'avait vu partir ou était resté en contact depuis, mais en arrivant dans la rue principale, il éprouva le besoin pressant de vider sa vessie de tout le thé qu'il avait bu à Ard Carraig. En voyant l'heure sur sa montre, il décida d'utiliser les toilettes du poste de police et de prendre un rapide déjeuner.

Le vendredi était le jour du poisson pané et des pommes de terre bouillies. La nouvelle Mme Meany, qui ne s'était toujours pas améliorée, posa l'assiette sur la table d'un air distrait avant de regagner la cuisine. PJ regrettait presque l'époque où elle se tenait debout devant la table et le regardait manger tandis qu'un flot ininterrompu de paroles sortait de sa bouche. Qui avait un cancer. Les problèmes qu'elle rencontrait avec le robinet extérieur. Cet horrible chantier là-haut. Il avait conscience qu'il aurait dû lui demander ce qui n'allait pas, mais la perspective de devoir écouter la réponse à sa question l'épuisait. Il opta pour le silence.

D'ordinaire, après déjeuner, il s'occupait de la paperasse ou se montrait au village, mais la seule chose qui occupait son esprit aujourd'hui, c'était Ard Carraig et la raison qui justifierait qu'il y retourne. Il finit par décider qu'annoncer qu'il ne pouvait pas interroger Brid Riordan était une excuse valable. Il imagina prendre place à côté d'Evelyn et lui dire de se tranquilliser, et l'expression de gratitude qui éclairerait alors son visage fin et laiteux. Il savait qu'il se conduisait comme un imbécile et qu'il n'en ressortirait rien de bon, mais il n'y avait pas de mal à flirter.

Il n'arrivait plus à se rappeler la dernière fois qu'il avait ressenti cela. Et, d'ailleurs, avait-il seulement déjà ressenti quelque chose d'approchant ? Bien évidemment, il avait déjà trouvé d'autres femmes attirantes, des centaines, d'ailleurs, tout le temps, mais, cette fois, c'était différent. La façon qu'elle avait de le regarder… Il savait qu'elle ne le trouverait jamais séduisant, mais il avait l'impression qu'elle arrivait à voir au-delà de son obésité, au-delà de son uniforme étriqué et inconfortable, et que lorsqu'elle lui parlait, c'était à un homme qu'elle s'adressait. Qu'est-ce que cela pouvait bien faire ? Il ne se laisserait pas dominer par ses émotions, il savait que ce serait la chose la plus stupide à faire. Une leçon qu'il avait apprise à ses dépens il y a bien longtemps.

Quand il arriva à Ard Carraig, personne ne répondit à son coup de sonnette ; la maison semblait déserte. PJ recula et leva les yeux vers l'éclat terne des fenêtres, se demandant derrière laquelle se trouvait la chambre d'Evelyn. Il contourna la maison, appréciant le crissement du gravier sous ses pas. Les croassements rauques de quelques corbeaux venaient briser de temps à autre le silence, le rendant plus saisissant encore. À droite de la maison, une pelouse se divisait en terrasses qui descendaient vers un champ. Elle était bien entretenue et, à ses yeux d'amateur, les massifs semblaient avoir été plantés et taillés avec le plus grand soin. Soudain, une tête grisonnante surgit d'un des massifs inférieurs. PJ laissa échapper un cri involontaire.

— Puis-je vous aider ?

La tête s'éleva, révélant une femme trapue vêtue d'un jean ample et d'un gilet bien trop grand. Elle semblait n'attendre personne et ne se réjouissait visiblement pas de la présence d'un visiteur.

— Sergent Collins, du village.

PJ s'avança vers elle et s'aperçut trop tard à quel point le terrain était en pente ; il dévala la pelouse vers la femme, déstabilisé par sa précipitation. L'hôtesse prit l'air alarmé qui s'imposait, mais le policier parvint à s'arrêter et retrouver son équilibre juste avant de les envoyer rouler tous deux en direction des champs.

— Abigail Ross, dit-elle en agitant ses gants boueux dans les airs pour éviter la poignée de main. Quelque chose ne va pas ?

— À vrai dire, je cherchais Evelyn.

— Pour quelle raison ? lui demanda Abigail, l'air furieux.

Il ne savait pas si c'était le soleil d'hiver, bas dans le ciel, qui lui faisait plisser les yeux ou le simple fait de le voir. Si sa sœur lui donnait l'impression d'être un homme, face à Abigail, il se sentait comme un petit garçon qui serait venu demander si Evelyn pouvait sortir jouer avec lui. Il avait le pressentiment que la réponse serait non.

— Je… Nous enquêtons…

— Je sais, l'interrompit Abigail. Evelyn m'a tout raconté. Elle n'est pas là. Est-ce que je peux lui transmettre un message ?

— Euh, non. Ça ira. Je repasserai. Rien d'urgent. Je vous laisse.

Il agita la main sans conviction et lui tourna le dos pour rejoindre l'endroit où il avait garé sa voiture.

— Oh, à propos, sergent ! l'appela Abigail.

Il se retourna.

— Je préférerais que ma sœur ne soit pas inutilement dérangée. Elle peut être très sensible et… quoi qu'il se soit passé dans cette ferme, cela n'a rien à voir avec Evelyn. J'en suis tout à fait convaincue.

Elle le transperçait du regard et, ne sachant que dire, il se contenta de hocher la tête avant de rebrousser de nouveau chemin.

— Je me suis bien fait comprendre, sergent ?

PJ se figea. Elle venait de franchir une limite. Il se retourna lentement pour lui faire face et patienta aussi longtemps qu'il l'osa avant de répondre.

— Oui. Oui, j'ai compris.

En remontant la pente, il se fit la réflexion qu'il ne savait pas du tout où Abigail voulait en venir.

Le reste de la journée passa lentement. Il vérifia ses mails, lut les différents signalements qu'on lui avait envoyés avant de s'accorder une pause télévision, Mme Meany partant tôt le vendredi après-midi.

Il ne savait pas combien de temps il avait dormi. Il faisait nuit dehors, et l'ancienne chambre qui lui tenait lieu de salon était faiblement éclairée par la lueur vacillante d'un programme d'informations. Il alluma la lampe qui se trouvait à côté du fauteuil et regarda sa montre : 18 h 45. PJ s'assit et décida de retenter sa chance chez les Riordan.

Lorsque les phares de sa voiture de fonction balayèrent le jardin, il aperçut la voiture de Brid garée sur le côté de la maison. La portière conducteur était ouverte et la lumière était restée allumée dans l'habitacle. Il n'y avait aucun autre signe de vie. Il remonta l'allée jusqu'au véhicule et, après un bref coup d'œil à l'intérieur, il referma la portière, ce qui plongea le jardin dans l'obscurité la plus totale. Armé de sa petite lampe de poche, il se dirigea avec précaution vers la porte d'entrée et sonna. Rien. Il était sur le point de sonner de nouveau lorsque la lampe du porche s'alluma brutalement, et Brid, vêtue d'un manteau en laine bleu foncé, ouvrit la porte. Elle resta abasourdie en apercevant le sergent, avant de s'adosser au mur, dans une invitation silencieuse à entrer. Il s'avança et elle referma la porte derrière lui avant de le guider dans le couloir puis dans la cuisine, ni l'un ni l'autre ne ressentant le besoin de parler.

Le grincement de la chaise sur le carrelage résonna étrangement lorsque Brid invita PJ à s'asseoir.

— Je préfère rester debout, si vous n'y voyez pas d'inconvénient. Je ne serai pas long.

Tels furent les premiers mots qu'il prononça. Elle était adossée au plan de travail et regardait droit devant elle. Il remarqua la bouteille de vin et se rappela la voiture abandonnée dans l'allée.

— Est-ce que tout va bien, madame Riordan ? demanda-t-il en étudiant son visage.

Elle refusait toujours de croiser son regard, mais sa respiration s'était modifiée. Elle expirait longuement, lentement, dans un souffle de plus en plus rauque et de plus en plus fort. On aurait dit qu'elle se préparait à soulever quelque chose de très lourd ou à gravir une colline abrupte.

— Madame Riordan ?

Ses grands yeux se posèrent sur lui.

— Mes enfants.

Elle détachait chaque mot en articulant soigneusement, comme si elle prononçait une incantation.

— Il a pris mes enfants.

Et sur ce constat, elle s'effondra, la tête renversée, en laissant échapper un long et profond sanglot.

Avant que PJ n'ait pu réagir, Brid s'était jetée sur lui. Ses petits bras encerclaient son ventre, et elle avait enfoui sa tête contre son torse. Tout son corps était agité de soubresauts. PJ envisagea de la repousser, mais cela lui sembla plus simple de l'enlacer. Les mains posées sur le dos de Brid, il se sentit grand et fort. Il baissa la tête pour lui murmurer un « chut » réconfortant à l'oreille, comme il l'aurait fait à un bébé en pleurs qu'on lui aurait confié à l'improviste. Brid l'agrippa de plus belle, et PJ sentit ses seins ronds et lourds peser sur son ventre.

Cette étreinte maladroite sembla durer une éternité, mais, en vérité, ni l'un ni l'autre ne souhaitaient y mettre fin. C'était si bon de sentir la chaleur d'une autre personne, et ils savaient que, une fois le charme rompu, l'un d'eux devrait prendre la parole. Les yeux fermés, PJ se perdit dans un sombre et dangereux territoire de sensualité. Une mèche de cheveux lui chatouillait la joue, les doigts de Brid empoignaient fermement sa chair, et il ne pouvait ignorer la pression de son membre durci contre son corps…

Brid éloigna le visage de son torse et il comprit ce qui allait se passer. Était-ce elle ou avait-il… Peu importe qui avait pris l'initiative, ils étaient en train de s'embrasser. Lorsque leurs lèvres se touchèrent et que leurs langues chaudes et humides s'entremêlèrent, toutes leurs réserves cédèrent. Leurs mains se parcouraient, avides de peau nue ; ils tombèrent à genoux, puis roulèrent sur le sol. Une chaise tomba à la renverse. PJ savait qu'il devait arrêter : il fallait mettre fin à ce malentendu, oui, il devait faire un pas en arrière et rompre leur étreinte… Mais à cet instant précis elle passa sa main le long de sa cuisse, et il comprit qu'il était perdu.

Chapitre 12

La chambre était plongée dans la pénombre, seulement éclairée par la lumière du jour qui filtrait à travers les rideaux encore fermés. Une bruine légère cliquetait sur la fenêtre. Aucun chant d'oiseau. Cela faisait environ une heure que Brid était réveillée et observait l'homme imposant allongé à ses côtés. Sa peau délicatement rosée, les poils noirs et drus de son dos, sa respiration lente et régulière. Elle se sentait remarquablement calme. Les yeux rivés au plafond qui n'avait pas été repeint depuis la mort de sa mère, elle faisait l'inventaire de ses émotions, mais elle avait beau chercher au fond d'elle, elle n'éprouvait aucune culpabilité. La nuit qui venait de s'écouler lui revenait par bribes, et elle ne cessait de retourner les événements dans sa tête. Les boutons de son manteau éparpillés sur le sol, son poids au-dessus d'elle, leurs corps moites s'ébattant sur le sol, les cris qu'ils avaient poussés ! Elle rougit et un mince sourire étira ses lèvres. Elle se pencha et embrassa doucement le dos de PJ. Elle n'avait aucune idée de ce qui allait se passer ensuite, mais ce moment volé entre la nuit et le reste de sa vie lui procura un bonheur intense.

La montagne de chair allongée à ses côtés s'étira. PJ s'appuya sur un bras et se retourna maladroitement pour faire face à Brid.

— Il faut que j'aille aux toilettes, murmura-t-il.

— D'accord. Vas-y.

Brid sourit à PJ qui l'imita. Devinant qu'il était gêné, elle détourna le regard pour lui permettre de s'extirper du lit. Elle sentit sa grande carcasse quitter le matelas et l'entendit récupérer quelques vêtements abandonnés sur le sol. Elle jeta un coup d'œil et le vit se débattre pour faire passer sa cuisse à travers la jambe gauche de son caleçon. Elle pouffa.

— Je crois que c'est celui d'Anthony.

Il se retourna vers elle et resta figé l'espace d'un instant avant qu'ils éclatent de rire en chœur. Il laissa tomber le caleçon et se rassit au bord du lit.

— C'est terrible…

— Je crois que le tien est quelque part dans l'escalier.

Une autre vague de rire les emporta.

Le regard de PJ se posa sur le cadran lumineux du réveil.

— Merde, il est presque 8 h 15. Je dois y aller.

Il se releva et commença à chercher ses vêtements.

— Va aux toilettes. Je vais rassembler tes affaires, murmura Brid en lui caressant l'épaule.

PJ était presque arrivé au commissariat lorsqu'il se rappela qu'on était samedi et que Mme Meany ne serait pas là. Il n'aurait pas dû s'inquiéter. Il n'aurait pas à répondre à d'embarrassantes questions. Il était parti troublé de chez Brid. Il avait passé un bon moment, et elle semblait être une femme adorable, mais elle était mariée et il était officier de police. Cela ne devait plus se reproduire. Mais ça ne l'empêcha pas de durcir dans son pantalon au souvenir de la nuit qu'ils venaient de vivre.

Ce n'était pas la première fois que PJ avait des rapports sexuels. Plus jeune, il s'était rendu à Dublin et avait fait appel à une prostituée : une femme grande et mince qui s'était fait appeler Anna. Elle parlait avec un fort accent, probablement d'Europe de l'Est, mais tout ce dont il parvenait à se souvenir, c'était sa peau laiteuse et son cou rose vif, conséquence d'une coloration rouge qui avait déteint. Il l'avait vue trois fois en deux ans, mais avait chaque fois ressenti moins d'excitation qu'à sa visite précédente. L'habitude qu'elle avait de compter les billets avant d'ôter son soutien-gorge et sa culotte ; la façon qu'elle avait de caresser son corps sans faire le moindre effort pour qu'il se sente désiré. Elle travaillait, avait une tâche à accomplir, et, lors de sa dernière visite, il s'était promis de ne jamais retourner la voir.

Il se rendait compte que ce n'est pas l'amour physique qu'il avait recherché pendant tout ce temps. Il aspirait à trouver quelqu'un qui le désirait, et c'est en cela que la nuit précédente avait été si extraordinaire. Brid l'avait aimé, sans restriction. À aucun moment elle ne s'était dérobée. Même le matin, lorsqu'ils s'étaient dit au revoir, elle avait plaqué un baiser chaud et humide sur ses lèvres et caressé son ventre des deux mains. Il sourit avant de se réprimander : il devait arrêter de penser à elle ou il risquait d'avoir un accident.

— Oh non, pas l'autre connard !

En arrivant au commissariat, PJ avait découvert une Mercedes argentée garée dans l'allée et, adossé à sa voiture, une cigarette à la main, le commissaire Linus Dunne. Il éteignit le moteur. Avant même de descendre de la voiture, il arrivait à distinguer son sourire plein d'arrogance.

— Bonjour, sergent ! Vous êtes bien matinal pour un samedi.

PJ réprima un accès de violence.

— Je suis simplement sorti acheter les journaux.

— Vraiment ?

Un rictus déforma les lèvres du commissaire tandis qu'il désignait les mains vides de PJ.

Le sergent décida de répondre au culot.

— Vous-même êtes très matinal, commissaire.

— Effectivement. Navré de débarquer à l'improviste, mais j'ai essayé d'appeler le poste. Personne n'a décroché, ajouta-t-il dans un sourire.

Le sergent envisagea de trouver une explication avant de se raviser.

— Vous voulez entrer ? Je vais mettre la bouilloire à chauffer.

— Parfait. Je me demandais justement comment vous vous en étiez sorti hier, et j'ai besoin de consulter quelques dossiers qui sont ici.

Quelques minutes plus tard, les deux hommes se faisaient face à la table de la cuisine, leurs tasses de thé comme seul rempart. PJ mourait de faim et rêvait de se préparer à manger, mais il n'avait aucune intention de cuisiner pour le connard. Linus lui révéla ce qu'il avait découvert à Dublin et lui expliqua qu'il était nécessaire de procéder à une exhumation. PJ acquiesça en silence tout en se mordillant le pouce. Il savait que la présence d'une pelleteuse dans le cimetière bouleverserait de nombreux habitants. Comme s'il lisait dans son esprit, Linus poursuivit :

— Je n'aime pas cette idée non plus, mais c'est la seule façon d'identifier le corps avec certitude. Nous savons qu'il ne s'agit pas d'un inconnu : cet homme a été assassiné, ce qui veut dire que quelqu'un l'a tué. Qu'est-ce que l'interrogatoire des deux femmes a donné ?

PJ hésita. Il ne devait rien laisser paraître. Si quelqu'un découvrait ce qui s'était passé, c'en était fini de lui.

— Eh bien, une chose est sûre, c'est que leurs relations sont plus que tendues. Evelyn Ross est persuadée que c'est Brid Riordan qui a tué notre homme, mais j'en doute. Somme toute, je dirais que Brid a réussi à aller de l'avant. En ce qui concerne Evelyn Ross, la blessure est toujours à vif. J'aurais tendance à penser que ni l'une ni l'autre n'ont pu commettre ce meurtre, mais Dieu seul sait comment étaient ces femmes il y a vingt-cinq ans.

— Quelqu'un a été en contact avec Burke pendant tout ce temps ?

— Non. Encore et toujours la même histoire : il est monté dans le bus pour Cork et on ne l'a plus jamais revu.

— Et est-ce que vous avez réussi à trouver quelqu'un qui l'a réellement vu monter dans ce bus ?

— Pas encore, mais je pensais faire la tournée des pubs ce soir pour poser la question. L'alcool délie les langues, tout le monde sait ça.

Linus haussa les sourcils, quelque peu surpris.

— Bonne idée. Oui, faites ça et appelez-moi si vous apprenez quoi que ce soit.

Alors que PJ acquiesçait d'un signe de tête, il fut frappé par une constatation : la conversation était loin d'avoir été aussi terrible que ce qu'il avait craint. Il devait reconnaître que le connard était plutôt doué et, pour la première fois depuis des jours, il eut le sentiment qu'ils pourraient bien résoudre cette enquête.

— Maintenant, c'est l'heure de la paperasse, et nous ne serons pas trop de deux. Je veux voir dans les dossiers si l'un de nos protagonistes – les sœurs Ross, Mme Riordan ou notre introuvable Tommy Burke – a déjà eu des démêlés avec la justice.

PJ se rengorgea.

— Je l'ai déjà fait !

Le détective lui répondit par un sourire.

— Et ?

— Négatif. L'aînée des sœurs Ross s'est fait retirer quelques points pour excès de vitesse, Brid Riordan s'est déjà fait arrêter pour conduite en état d'ivresse et Tommy Burke avait porté plainte pour vol de carburant agricole, mais aucun d'entre eux n'a fait l'objet de poursuites. C'est tout.

— Eh bien, je dois admettre que vous m'impressionnez, sergent.

PJ se détestait d'apprécier autant ses compliments.

— Toutes ces informations sont parfaitement inutiles, mais vous m'impressionnez.

Il se leva de table.

— J'y vais. Je vous laisse à votre petit déjeuner.

Il affichait un grand sourire.

PJ se sentit devenir cramoisi, mais resta silencieux.

Après avoir englouti deux œufs sur le plat, un morceau de boudin noir, deux tranches de bacon et une saucisse, le sergent envisageait de retourner au lit faire une courte sieste digestive. Il n'avait pas beaucoup dormi la nuit précédente et il savait qu'il risquait de se coucher tard s'il enquêtait dans les pubs ce soir-là. Il venait de déposer son assiette dans l'évier lorsque quelqu'un frappa à la porte. Bizarre. Il n'avait entendu aucune voiture.

Il ouvrit la porte et se retrouva nez à nez avec Evelyn Ross, qui arborait un grand sourire. Ses joues étaient rosies par sa promenade et elle tenait un panier.

— Sergent !

— Evelyn. En quoi puis-je… Que puis-je… Est-ce que tout va bien ?

PJ eut l'impression d'être pris en flagrant délit, comme si à cet instant précis Brid Riordan s'était trouvée étendue nue sur son lit. Il se sentait ridicule.

Evelyn leva son panier.

— J'ai préparé une fournée de pains ce matin et j'en ai fait un peu plus à votre intention. Je voulais simplement vous remercier pour votre gentillesse, hier. Je me suis comportée de manière stupide, et vous vous êtes donné bien du mal pour me réconforter.

Leurs regards se croisèrent au-dessus du panier.

— Oh, et j'ai cru comprendre qu'Abigail ne s'était pas montrée très agréable lorsque vous êtes revenu. J'en suis désolée.

— Elle jouait son rôle de grande sœur, ne vous en faites pas.

— Pour quelle raison me cherchiez-vous, à propos ?

L'espace d'un instant, la réponse échappa à PJ avant de lui revenir en mémoire. Il souffla :

— Brid Riordan.

Le simple fait de prononcer son nom à haute voix lui donna l'impression d'avoir tourné une sex tape qui avait fait le tour du Web.

— Je voulais simplement vous prévenir que je n'ai pas encore eu l'occasion de l'interroger correctement. N'ayez crainte, je vais le faire, bien sûr, mais je ne sais pas encore quand. Croyez-moi, j'ai pris vos déclarations très au sérieux.

Ils échangèrent un rapide sourire.

— Vous voulez entrer ?

PJ recula d'un pas.

— Non. Non, il vaudrait mieux que je rentre.

Elle se retourna pour prendre congé, puis, après coup, ajouta :

— Mes sœurs et moi allons au concert aux chandelles organisé à la chapelle mardi soir. Si vous voulez nous accompagner, ce sera avec grand plaisir.

Elle débita son invitation à toute vitesse, mais sans rougir. Elle réussit même à croiser le regard de PJ une fois ou deux.

Le sergent était perdu. Est-ce que c'était un rendez-vous galant ? Les sœurs l'avaient-elles pris en pitié et décidé de le convier à leur sortie ? Il sondait le visage d'Evelyn à la recherche d'indices, mais elle resta impassible. Il décida qu'il avait besoin de davantage de temps.

— C'est une très bonne idée, mais je dois d'abord vérifier avec les grands patrons de Cork qu'ils n'auront pas besoin de moi. Est-ce que je peux vous confirmer ma venue un peu plus tard ?

Il était fier de lui. Il était resté calme et posé.

— Bien sûr. Eh bien, je croise les doigts.

Elle descendit le porche et le salua de la main.

— Au revoir… Oh, le pain ! (Elle éclata de rire.) Quelle tête de linotte !

Elle tendit les deux miches à PJ.

— Elles sont encore chaudes, fit-il remarquer, un pain dans chaque main.

Mon Dieu, pensa-t-il, est-ce qu'elle aurait pu y entendre un quelconque sous-entendu sexuel ? Evelyn souriait encore, il estima donc que ce n'était pas le cas.

— Merci beaucoup. C'est trop.

— Mais non, mais non, rétorqua Evelyn qui se dirigeait vers le trottoir. N'oubliez pas de nous dire, pour mardi, lança-t-elle par-dessus son épaule.

— Je n'y manquerai pas ! lui assura PJ.

Une fois la porte refermée, il baissa les yeux sur les miches croustillantes. Se pouvait-il que lui, PJ Collins, cinquante-trois ans, se retrouve pour la première fois de sa vie l'objet des attentions de non pas une, mais deux femmes ? Il palpa doucement le pain. Il était encore chaud.

Chapitre 13

La chapelle n'était pas jolie. Petite et trapue, elle était plantée au sommet d'une colline. Aucun clocher ne se dressait vers Dieu, seule une cage surélevée avait été ajoutée au pignon ouest pour y accueillir la cloche. Les murs de pierre grise étaient surmontés d'une toiture en ardoise, grise elle aussi, qui ce matin-là s'élevait vers un amas nuageux menaçant, promesse de pluie imminente. Une rangée de cyprès mal entretenus séparait le presbytère du cimetière et, de l'autre côté de la chapelle, on pouvait apercevoir un pin solitaire. La seule tache de couleur visible provenait de la pelleteuse jaune vif qui opérait dans le cimetière.

Debout à côté, le prêtre observait la scène en compagnie de Linus Dunne et de deux membres de l'équipe technique, un homme et une femme, vêtus d'une combinaison intégrale blanche. PJ s'était posté en haut des escaliers pour empêcher les curieux d'approcher, que ce soit les habitants du village ou l'un des journalistes qui posaient des questions devant l'épicerie des O'Driscoll, secondés par un photographe. Il s'avéra que personne n'avait eu envie de venir voir les Burke retourner à la lumière du jour. Susan Hickey avait fortement ralenti et s'était presque arrêtée lorsqu'elle était passée en voiture un peu plus tôt, mais même elle n'avait pas voulu s'approcher davantage.

Un brusque silence incita PJ à jeter un œil sur la tombe. Le moteur de la pelleteuse s'était arrêté et le petit groupe de spectateurs s'était massé autour du monticule de terre. PJ ne voulait pas abandonner son poste, mais il avait le sentiment qu'il devait se rapprocher du cœur de l'action. Le commissaire Dunne avait commencé à le traiter comme un collègue, et il voulait être impliqué dans cette enquête. Il s'avança discrètement de quelques pas, mais il ne voyait toujours pas grand-chose. L'équipe technique était-elle descendue dans la tombe ? Il jeta un regard derrière lui pour vérifier que personne ne montait les escaliers et s'avança de nouveau. C'était mieux. Il voyait la femme en combinaison blanche, agenouillée, mais ne parvenait pas à déterminer ce qu'elle faisait. Elle triturait sans doute le couvercle du cercueil. Non, il devait déjà avoir été retiré. Essayait-elle de récupérer un os ? Mme Burke avait-elle été enterrée moins profondément que son mari, ou reposaient-ils côte à côte ? Son visage se tordit en une grimace involontaire à cette idée, et il regagna son poste.

Qu'est-ce que c'était que ça ? Quelque chose venait de bouger. Il croyait avoir aperçu un éclat de couleur – du vert peut-être ? – de l'autre côté de la chapelle. Il hésita. Ses yeux pouvaient l'avoir trompé, mais non, il avait bien vu quelque chose, quelque chose de vert, qui venait de bouger. PJ piqua un sprint à sa façon, qui tenait davantage de grandes enjambées rapides, et se dirigea vers l'extrémité du mur de la chapelle. En arrivant à destination, il aperçut de nouveau l'éclat d'un manteau vert qui disparaissait derrière les cyprès, sur le chemin qui menait au presbytère. Son regard capta également une chevelure grise et un sac de courses rayé rouge et blanc. Cela ne faisait plus aucun doute. Cette silhouette en fuite n'appartenait à nulle autre que Mme Meany.

Elle avait la certitude que le sergent l'avait vue. Elle descendit le chemin aussi vite que possible, les épaules recroquevillées, la tête baissée, dans l'espoir futile de devenir invisible. Elle n'aurait jamais dû venir. C'était une décision stupide, mais lorsque le sergent lui avait annoncé ce qui se tramait, elle s'était sentie si désolée pour… eh bien, Mme Burke, c'est sûr, mais ils s'étaient tous les deux montrés bons pour elle à leur façon. Peut-être qu'il ferait comme si de rien n'était. Mais non, il lui poserait forcément des questions. Il fallait qu'elle trouve une excuse crédible. En rapport avec la paroisse ? Oui, c'est ça, elle cherchait le prêtre ! Cela le dissuaderait de l'interroger davantage. Le sergent était toujours terrifié à l'idée qu'elle essaie de l'impliquer dans quoi que ce soit.

Baissant les yeux, Mme Meany observa le sol détrempé, recouvert d'un fin tapis d'aiguilles et de mousse. Elle aurait voulu courir, mais ses pieds se frayaient un chemin avec précaution, pour ne pas risquer de tomber. Lorsqu'elle eut dépassé les arbres, elle s'arrêta pour reprendre son souffle et repensa à la jeune fille qui se hâtait le long de ce même chemin, quarante ans auparavant. À l'époque, elle était gouvernante pour le prêtre, après que les Burke lui eurent donné une deuxième chance. Comment se faisait-il qu'elle se retrouve à cet endroit précis, des années plus tard, toujours apeurée, continuant à se cacher ? Lorsqu'elle observait les jeunes filles d'aujourd'hui, elle enviait l'éventail de choix qui s'offrait à elles. Elles pouvaient se rendre n'importe où, faire ce qu'elles souhaitaient. Parfois, elle était rongée par la jalousie, mais le reste du temps elle les observait, leurs cheveux aussi longs que leurs jupes étaient courtes, riant et se bousculant en attendant le bus scolaire pour Ballytorne, et elle se demandait si l'adolescente qu'elle avait été aurait eu le courage de quitter Duneen.

Il n'y avait jamais eu de M. Meany. Lorsque le père Mulcahy était décédé, il avait été remplacé par le père Carter, un ancien jésuite. Un après-midi, alors que la jeune femme frottait le carrelage derrière les escaliers, elle avait entendu sonner la cloche de service. Elle s'était rapidement relevée et avait séché ses mains rougies sur son tablier. Lorsqu'elle avait frappé à la porte du bureau du prêtre, une voix aussi feutrée que si elle était parvenue d'une boîte garnie de velours lui avait demandé d'entrer. Le père Carter était assis à son bureau, la lumière de sa lampe se reflétant sur ses lunettes. On avait toujours l'impression qu'il faisait nuit dans cette pièce. Elle s'était approchée du bureau et, comme le prêtre ne l'avait pas invitée à s'asseoir, elle était simplement restée debout face à lui, les mains croisées dans le dos.

Après quelques raclements de gorge, le père Carter lui avait lentement exposé le fruit de ses réflexions. Il lui semblait inconvenant qu'une jeune femme célibataire travaille au presbytère et, à l'avenir, elle se ferait donc appeler Mme Meany. Elle avait incliné la tête en guise d'assentiment avant de regagner la cuisine, mais, en son for intérieur, elle était abasourdie. Tout le monde savait qu'elle n'était pas mariée. À quoi bon faire croire le contraire ? Mais le pouvoir de suggestion et l'approbation papale étaient tels que, au bout de quelques mois, il n'y eut plus ni sourcils haussés ni questions. Elle était devenue la femme d'un mystérieux M. Meany, puis, à mesure que les années passèrent, sa veuve, mais elle avait été mariée et c'est tout ce qui importait. Parfois, elle en venait elle-même à oublier qu'elle n'était pas célibataire par devoir envers son mari décédé. Elle avait appris à jouer le rôle qu'on lui avait imposé, soulagée de fuir la vérité : en réalité, elle avait toujours été seule.

Tout en descendant doucement la côte qui longeait le presbytère, Mme Meany vérifia ses cheveux et son manteau avant de rejoindre la route qui menait au village.

La chapelle était beaucoup moins lugubre de nuit, principalement parce qu'elle se fondait presque dans l'obscurité. Au début des années 1990, Susan Hickey avait lancé une importante levée de fonds pour l'équiper d'éclairages. Au départ, ils étaient un peu trop lumineux, si bien que les visiteurs nocturnes qui ne connaissaient pas Duneen auraient pu croire que le village abritait un réacteur nucléaire. Vingt ans plus tard, le manque d'entretien avait laissé place à une lueur orange irrégulière qui éclairait au hasard certains pans de la chapelle.

Un attroupement d'ombres patientait devant la porte de la chapelle, composé d'une vingtaine d'habitants qui discutaient calmement dans l'obscurité, projetant des nuages de buée dans la lumière qui se déversait du grand porche en pierre. Evelyn Ross montait les marches avec précaution, encadrée de ses deux sœurs. Il était rare de les voir sortir toutes les trois, et leur présence était d'autant plus exceptionnelle que c'était Evelyn qui avait suggéré qu'elles assistent au concert aux chandelles. Ni Florence ni Abigail n'avaient fait preuve d'un enthousiasme débordant en voyant la mince brochure couleur menthe ornée d'une bougie surmontée de quelques notes de musique, mais chacune à sa façon ressentait une certaine culpabilité envers leur cadette et avait donc accepté de l'accompagner.

Les trois femmes se trouvaient presque au milieu des escaliers lorsqu'elles perçurent une respiration pantelante derrière elles. Florence jeta un coup d'œil par-dessus son épaule avant de s'écrier :

— Sergent Collins !

Evelyn renchérit en s'exclamant :

— Vous nous avez trouvées !

Et Abigail, quoique souriante, se contenta d'un :

— Comme on se retrouve !

Les trois femmes tentèrent en vain de cacher leur surprise à la vue du sergent en civil. Il portait des chaussures de toile marron à grosses semelles, à mi-chemin entre des baskets et des chaussures orthopédiques. Son jean était d'un bleu immaculé, religieusement repassé par Mme Meany, le pli bien marqué sur les jambes. L'entrejambe semblait commencer au niveau des genoux. Un tee-shirt rayé vert et beige s'étirait sur son ventre, et il portait un anorak bleu marine qui trahissait le fait que ses épaules n'étaient qu'une illusion créée par son uniforme.

Il avait acheté sa tenue sur Internet. En quittant le commissariat, PJ s'était regardé dans le miroir et avait jugé son apparence décontractée, mais à présent l'expression des sœurs Ross lui suggérait qu'il ressemblait plutôt à un lycéen rondouillard. Il déglutit nerveusement, plaqua un sourire sur son visage et agita timidement la main droite.

Il fut brusquement paralysé par le doute. Pourquoi diable avait-il accepté cette invitation inattendue ? Il s'était renseigné chez O'Driscoll, où on lui avait décrit la soirée comme un mélange d'arias d'opéra et de harpe. Le concert avait été organisé par Mairead Gallagher, qui poursuivait des études au conservatoire de Cork. Personne ne semblait vraiment savoir pourquoi il se déroulait à la lueur des chandelles ; Noël était encore loin. PJ fut rassuré à l'idée que les musiciens ne remarqueraient rien s'il s'endormait.

Le week-end avait été calme, trop calme. Il avait eu bien trop de temps pour ressasser. Le sommeil avait été difficile à trouver, même après avoir bu quelques coups au pub le samedi soir. Au moins, sa gueule de bois du dimanche matin l'avait empêché de penser à sa vie personnelle. Sa vie personnelle ! Cette idée même était choquante. Depuis quand en avait-il une ? Il avait traversé plusieurs décennies de sa vie d'adulte sans attaches émotionnelles, et voilà qu'aujourd'hui, sans même l'avoir cherché, il se retrouvait entraîné dans… Il ne savait même pas exactement quoi. Lorsqu'il restait calme et rationnel, il se disait qu'Evelyn se contentait d'être polie et avait pris en pitié un homme solitaire, tandis que son aventure avec Brid était une simple incartade d'épouse malheureuse sous l'effet de l'alcool. Pourtant, peu importe le nombre de fois où il se le répéta, cela ne changea rien à ses sentiments. À l'attraction que ces deux femmes exerçaient sur lui, chacune à leur façon. Il se sentait perdu et inquiet. Il ne se reconnaissait pas.

— Je suis si contente que vous soyez venu, se réjouit Evelyn alors que le quatuor de choc continuait à monter les escaliers. La jeune Mairead nous a chanté un solo à Noël dernier, sa voix est de toute beauté.

— Je l'ai eue comme élève, elle a toujours été très douée. C'est une bonne chose qu'elle exploite son don, ajouta Florence.

— Oui, en effet, renchérirent les autres.

Un silence gêné s'installa.

— Il fait frisquet ce soir.

PJ tenta de briser la glace, sans succès. Ils s'avancèrent en silence vers le porche éclairé.

Evelyn savait qu'elle aurait dû dire quelque chose, mais impossible de trouver quoi. Cet homme était balourd au possible. Si on lui avait montré sa photographie, elle l'aurait rejeté, mais en personne il dégageait un charme insoupçonné. Cela la troublait. Elle se rendait compte qu'elle voulait toucher sa peau, caresser sa joue, peut-être même presser ses lèvres contre les siennes. C'était de la folie pure. Depuis que Tommy lui avait brisé le cœur en disparaissant, elle avait tiré un trait sur cet aspect de sa vie. Pendant un quart de siècle, elle s'était interdit de ressentir quoi que ce soit pour un homme ; en réalité, elle n'en avait même pas fréquenté. Mais tout à coup, c'est comme si son cœur avait ressurgi, en même temps que le cadavre. Était-ce parce que le sergent Collins était le premier homme qu'elle rencontrait après cette retraite hors du monde ? Était-elle l'une de ces ingénues de contes de fées, persuadées d'être amoureuses alors qu'elles étaient en réalité sous l'emprise d'un philtre ? Elle n'avait pas la réponse à ces questions, mais elle était loin de détester ce qu'elle ressentait.

Tandis que les sœurs Ross prenaient place sur un banc situé au milieu de l'église, une autre voiture se garait en bas de la rue. Les Riordan portaient tous les deux une variante de leur tenue de messe de Noël, Anthony en costume foncé et chemise blanche, mais sans cravate, et Brid dans son plus beau manteau boutonné jusqu'au cou, le col piqué de la broche en ambre qu'Anthony lui avait offerte pour leur dixième anniversaire de mariage, un rouge à lèvres écarlate qu'aucune femme n'aurait porté pour aller à confesse. Elle s'éloigna de la voiture de quelques pas, puis s'arrêta le temps qu'Anthony se retourne pour verrouiller les portes. Les phares clignotèrent et la voiture émit un petit bip. Le couple échangea un mince sourire avant de se diriger vers les escaliers en pierre.

Après le départ discret de PJ le samedi matin, Brid s'était assise à la table de la cuisine pour réfléchir à ce qu'elle allait faire. Elle se sentait submergée par les émotions. C'était comme si elle voulait tout changer dans sa vie. La tâche lui semblait si insurmontable qu'elle n'était pas sûre qu'il vaille la peine de s'y atteler, puis elle pensa à Carmel et Cathal. Elle voulait que ses enfants reviennent. Elle voulait enfouir son visage dans leurs cheveux et les étreindre. Si elle pouvait les sauver, peut-être parviendrait-elle à se sauver elle-même. Elle s'était levée et avait commencé à nettoyer la cuisine.

Cet après-midi-là, fraîchement douchée et sans même la moitié d'un verre dans l'estomac pour se donner du courage, elle s'était rendue au pavillon de sa belle-mère. Elle s'était dirigée vers la porte de derrière et, après y avoir brièvement frappé, elle était entrée. Elle ne sonnerait pas à la porte d'entrée comme une simple visiteuse. Elle était de la famille, après tout.

Lorsqu'elle vit ses enfants, elle ouvrit les bras comme si elle était juste partie pour la nuit. Carmel vint immédiatement vers elle, mais aussi subtilement qu'il ait tenté de le faire, Brid aperçut Cathal jeter un regard vers son père pour obtenir son accord avant de traverser la pièce et de l'embrasser sur la joue. Son cœur battait la chamade, tel un oisillon qui apprend à voler, mais elle ne laissa rien paraître de sa tristesse. Elle demanda aux enfants s'ils avaient été sages avec leur grand-mère. Avaient-ils fini leur assiette ? Avaient-ils bien dormi ? Anthony et sa mère, une fois la gêne initiale disparue, avaient renchéri à cette mascarade de famille heureuse.

— Ils ont été adorables.

— Cathal mangerait un éléphant, pas vrai ?

Du thé fut préparé et, sans y être invitée, Brid ôta son manteau et le suspendit sur le dossier d'une chaise plutôt que sur le portemanteau dans l'entrée. Il fallait progresser doucement. Elle observa Anthony, appuyé au plan de travail, une tasse entre les mains. Il n'avait presque pas changé depuis le jour où elle l'avait rencontré. Il n'avait jamais grossi et, sans les cheveux qui se clairsemaient sur son front et les rides qui encadraient ses yeux, il aurait pu paraître vingt ans de moins. Ce n'était pas un homme vaniteux, et pourtant la façon dont il l'observait indiquait à Brid qu'il pensait mériter mieux qu'elle.

Elle avait posé les mains sur la table, paumes ouvertes. Elle sentait qu'elle avait besoin de s'ancrer dans quelque chose, sans quoi elle risquait de s'envoler dans cette pièce pour hurler sa douleur, se dégonflant à vue d'œil, comme un ballon de baudruche incontrôlable. Elle prit une inspiration profonde et, affichant un air neutre et détaché, annonça :

— Les enfants, je dois discuter un peu avec votre père.

Elle tenta de faire abstraction de leurs visages inquiets. Que pouvaient-ils imaginer ? Croyaient-ils vraiment qu'elle pourrait les quitter ? Elle regarda sa belle-mère.

— On peut s'installer dans le salon un moment ?

La vieille femme se leva et répondit à Brid comme si cette dernière était un haut dignitaire en visite maîtrisant à peine l'anglais.

— Où vous voudrez ! Toutes les pièces de cette maison sont à votre disposition.

Une fois seuls, ils restèrent silencieux.

— J'ai merdé, commença-t-elle.

Avant qu'Anthony n'ait pu prendre la parole, elle poursuivit.

— Ce n'est pas la première fois. Je suis désolée.

Il ouvrit la bouche, mais Brid leva la main.

— Non, Anthony. Je n'ai pas fini. Je sais que je me suis déjà excusée avant, mais aujourd'hui c'est différent. Je n'ai pas été une bonne mère. Ni une bonne épouse. Je le sais, mais cette fois je vais vraiment changer. Je te promets d'arrêter de boire. J'ai conscience que tu ne me crois pas et qu'il faudra du temps pour que tu me fasses confiance, mais je n'ai jamais été aussi déterminée de toute ma vie, à aucun sujet.

Elle s'avança et prit les mains de son mari, le regard direct, en retenant son souffle. Comment tout cela allait-il finir ? Elle pensait avoir été convaincante. Elle savait que si elle voulait une trêve, elle devait prendre sur elle l'entière responsabilité de leurs problèmes. Elle n'avait aucun intérêt à se défendre. Elle ne mentionnerait ni sa froideur ni ses longs silences. Elle était une épouse affreuse et indigne, tandis qu'il était le saint qui l'avait supportée toutes ces années. Elle était très sérieuse en affirmant sa volonté d'arrêter l'alcool, mais c'était pour elle et les enfants qu'elle le faisait, pas pour ce connard moralisateur. Elle serra les mains d'Anthony et… ses yeux s'emplirent de larmes. Si cela ne suffisait pas, elle ne savait plus quoi essayer.

Anthony soupira.

— C'est injuste. Que crois-tu que les enfants aient ressenti hier, en t'attendant devant l'école ? Les gens jasent. Ils parlent dans ton dos. Nos enfants veulent t'aimer. Nous voulons tous t'aimer, mais tu n'es qu'une blague, Brid. Une blague si vieille qu'elle n'en est plus drôle.

Il repoussa ses mains.

Elle pleurait pour de bon, cette fois. Ses larmes avaient commencé à couler lorsqu'il avait affirmé qu'ils voulaient tous l'aimer. Est-ce que lui voulait l'aimer ? L'avait-il jamais aimée, d'ailleurs ? C'était la première fois qu'elle l'entendait affirmer une telle chose.

Elle s'assit sur le canapé bas et inconfortable avant de baisser les yeux vers le sol.

— Je sais, Anthony. Je me suis comportée de façon monstrueuse, mais cette fois je te jure que ce sera différent. Qu'est-ce que je peux faire pour que tu me croies ? dit-elle en levant la tête, le visage défait, couvert de larmes et de morve. Je ne boirai plus. Plus jamais. Plus une goutte !

— Mon Dieu, Brid, est-ce que tu es saoule ?

— Non ! gémit-elle en se relevant.

Elle voulait le supplier de la croire, mais elle n'arrivait tout simplement plus à parler.

Il se gratta la nuque et se mit à arpenter la courte distance qui séparait la porte de la cuisine du buffet, tel un chat en cage, tantôt soupirant, tantôt soufflant. Il finit par s'arrêter et la regarda. Debout l'un en face de l'autre, les épaules affaissées, ils ressemblaient à deux boxeurs sur un ring attendant qu'on sonne le dernier round.

— Il faut penser aux enfants, Brid.

— Ils n'ont pas envie d'être ici.

— Je sais, mais ils ne peuvent pas rester près de toi quand tu es…

— Je ne le serai plus.

— Ah, Brid. J'aimerais te croire, pour les enfants, je t'assure, mais comment te faire confiance ?

— Accorde-moi une semaine. Une semaine. Tu ne comprends pas que c'est différent ? Si je merde cette fois, je partirai. Les enfants et toi pourrez rester. Je ferai mes valises et je m'en irai. Je t'en prie !

À cet instant, elle eut vraiment l'impression de demander à Anthony de revenir, lui aussi. Peut-être qu'elle ne voulait pas d'une nouvelle vie. Elle désirait simplement améliorer l'ancienne, comme on cire une vieille paire de chaussures.

Anthony fit courir son doigt le long du verre biseauté du buffet. Il ne leva pas les yeux et se contenta de murmurer :

— Une semaine. Je te laisse une semaine.

Elle eut envie de le serrer dans ses bras, mais cela lui sembla déplacé. Elle avait remporté la bataille, mais elle avait conscience qu'elle devait éviter tout geste triomphant. Elle opta pour un simple hochement de tête et un timide : « Merci, Anthony. »

Bien plus jouissif encore que de reprendre ses enfants à leur grand-mère, elle savoura l'expression qui se dessina sur le visage de sa belle-mère lorsque Anthony annonça qu'ils rentraient tous à la maison. Brid dut prendre sur elle pour se retenir de lui décocher un sourire triomphant.

Ce concert aux chandelles marquait le début de leur nouvelle vie. Il était le symbole de leurs efforts communs. Alors qu'ils montaient les marches, Anthony prit le bras de Brid. Un étranger aurait trouvé qu'ils formaient un joli couple, mais la plupart des habitants de Duneen supposèrent que c'était pour lui éviter de tituber.

Le concert étant sur le point de commencer lorsqu'ils entrèrent, ils se glissèrent sur un banc au fond de la chapelle.

Mairead Gallagher s'avança devant l'autel vêtue d'une robe qui aurait davantage eu sa place à une cérémonie de remise des oscars plutôt qu'à un simple concert amateur à Duneen. En dévoilant autant de peau nue, elle espérait sans doute paraître sexy, mais entre les murs glacials de la chapelle St Michael, sa tenue suscita uniquement la surprise, chacun et chacune se demandant si elle n'avait pas froid.

Les deux mains jointes étroitement pour s'empêcher de frissonner, elle présenta un harpiste et un pianiste du conservatoire de Cork. Les deux jeunes hommes s'avancèrent sous de faibles applaudissements avant de rejoindre leurs instruments. Le concert commença et confirma les pires craintes de l'auditoire lorsque Mairead chanta deux arias d'un obscur compositeur polonais. Terriblement embarrassé par le moindre mouvement, PJ s'efforça de remuer le moins possible. Parfaitement immobile, Evelyn regardait droit devant elle, tandis qu'Abigail inspectait ses ongles. Florence affichait une palette d'émotions destinées aux braves gens de Duneen, pour leur montrer à quel point elle appréciait cette cacophonie discordante.

La situation s'améliora lorsque Mairead annonça qu'elle allait interpréter un medley d'*Oklahoma*[1] *!*. Tout l'auditoire se détendit en entendant les chansons familières, et même les maris les moins enthousiastes commencèrent à apprécier la soirée. Il y eut de nouveau quelques morceaux d'opéra, mais de Mozart et Puccini, compositeurs appréciés du public, puis le harpiste joua un solo, et si personne

---

1. Comédie musicale créée à Broadway en 1943, mettant en scène l'histoire d'amour entre un cow-boy et une jeune fermière dans le futur État d'Oklahoma.

ne pouvait affirmer avoir vraiment apprécié la performance, tout le monde s'émerveilla de la prouesse technique. Mairead finit le concert sur une interprétation si puissante de « You'll Never Walk Alone » que la chanson ressembla plus à une menace qu'une promesse. La chapelle résonna d'applaudissements et de « Encore ! ». Le trio n'avait visiblement pas envisagé d'être rappelé et entonna donc une curieuse version de « Take Me Home, Country Roads », en incitant l'auditoire à reprendre avec lui le succès de John Denver.

Il s'avéra que tout le monde, sans même se souvenir de les avoir jamais apprises, connaissait en réalité les paroles. Evelyn fut surprise par la voix de baryton puissante de PJ : « *West Virginia, mountain mamma !* »

Le sergent s'amusait. Il avait oublié le bonheur que lui procurait le fait de chanter. Sa carrière au sein de la chorale de l'école avait tourné court lorsque, devenu trop timide pour se tenir face à un auditoire, il avait demandé à partir. Il tendit l'oreille pour entendre la voix d'Evelyn, car cette dernière chantait dans un murmure presque inaudible. Florence était la musicienne de la famille et avait rejeté la tête en arrière comme si elle essayait d'être entendue jusqu'à ces fameuses « routes de campagne » à l'autre bout de Ballytorne.

Les spectateurs se précipitèrent ensuite vers les portes, remettant leur manteau, saluant de la tête leurs voisins, s'accordant à dire que le concert avait été une réussite.

— C'était bien, n'est-ce pas ?

— En effet ! Très réussi.

Brid et Anthony furent presque les premiers à partir, tandis que PJ et les sœurs Ross se retrouvèrent coincés dans la foule qui se dirigeait vers la sortie. Evelyn posa une main sur le bras de PJ. Il baissa les yeux pour la regarder et fut frappé par la délicatesse de sa peau et le mince sourire qui étirait ses lèvres.

— Il est encore tôt, sergent. Voulez-vous venir boire une tasse de thé ou un verre à la maison ? J'ai préparé quelques sandwichs avant de partir.

L'idée de devoir bavarder de la pluie et du beau temps avec Abigail et Florence assis sur une chaise inconfortable n'avait rien d'une perspective réjouissante, mais il était si rare qu'il reçoive une invitation d'une telle gentillesse qu'il ne se sentit pas le cœur de la refuser. Sans compter qu'il était affamé.

Ils s'arrêtèrent en bas des marches, le temps de décider que PJ prendrait son véhicule et suivrait les sœurs jusqu'à Ard Carraig. Il s'apprêtait à tourner les talons lorsqu'une voiture s'avança lentement, essayant d'éviter la foule qui se dispersait. Il aperçut le visage de Brid, assise sur le siège passager. Elle le remarqua et lui sourit, puis elle reconnut Evelyn à ses côtés et son visage se ferma aussitôt. PJ jeta un regard à Evelyn, qui avait elle aussi repéré Brid. Son expression était indéchiffrable, mais aucun sourire ne vint éclairer son visage. PJ en perdit l'appétit.

Chapitre 14

Il ne pleuvait pas, mais c'était tout comme. Un épais brouillard s'était répandu, et l'horizon disparaissait dans les différentes nuances de gris qui marbraient le ciel et la mer. La petite berline rouge garée sur la falaise se détachait du paysage morose, aussi vive qu'une blessure ouverte.

Brid observait le puissant ressac et la façon dont les minces arbres nus ployaient sous l'effet du vent. La vitre côté conducteur était baissée et elle inspirait profondément l'air iodé. Elle n'avait pas vraiment eu l'intention de conduire jusqu'ici, mais elle savait qu'elle ne pouvait rester à la maison dans cet état d'esprit. Se verser un verre de vin était une idée si tentante qu'elle devait fuir la cuisine et la lourde porte du réfrigérateur. Elle espérait que prendre le temps de respirer l'air frais en haut de la falaise l'aiderait à décider ce qu'elle voulait faire.

Pendant presque toute sa vie d'adulte, Brid ne s'était jamais autorisée à analyser ou remettre en question la vie qu'elle menait. Elle se laissait porter par le quotidien et, lorsque le besoin s'en faisait sentir, se servait du vin pour reléguer ses sentiments dans un recoin obscur de son cœur. Cela avait été un véritable choc d'apercevoir PJ aux côtés de cette fichue Evelyn Ross la veille au soir. Elle n'avait aucun doute sur ce qu'elle avait ressenti à ce moment-là. Une jalousie profonde et irrationnelle. Elle avait cependant davantage de mal à déterminer si c'était parce que cet homme qu'elle connaissait à peine se trouvait avec quelqu'un d'autre ou si cela tenait simplement à sa rivale. De toutes les façons, c'était puéril, et elle en avait honte.

Anthony s'était finalement décidé à lui demander ce qui n'allait pas, car, sans même s'en rendre compte, elle n'avait plus décroché un mot du trajet. Pauvre Anthony. Il était certes arrogant et insipide, mais après tout aucun homme ne méritait d'être traité de la sorte. Sa vie n'avait pas été facile, et Brid s'était souvent demandé pourquoi il restait. La ferme importait-elle donc autant à ses yeux ? Plus encore que son bonheur ? Plus encore que de vivre aux côtés d'une femme qu'il aimait vraiment ? Peut-être que les enfants étaient une raison suffisante. Ils l'étaient pour elle, après tout, non ?

Jalouse. Elle n'avait aucun droit de ressentir quoi que ce soit après leurs ébats alcoolisés, mais, même le jour suivant, elle savait que cela représentait beaucoup plus pour elle. C'était peut-être une connexion physique, tout simplement. Elle continuait à avoir des rapports avec Anthony de temps à autre, mais rien de comparable avec les étreintes fougueuses partagées avec le policier. À dire vrai, elle ne s'était jamais sentie aussi désirée de toute sa vie, et cela l'avait bouleversée. Cela ne les engageait toutefois pas dans une relation, et elle avait conscience que s'il avait été accompagné d'une autre femme que cette sorcière d'Evelyn Ross, elle n'aurait pas du tout réagi de la même façon.

Brid sortit de la voiture et, remontant le col de son manteau, marcha jusqu'au bord de la falaise. Malgré tous les moments difficiles, elle n'avait jamais souhaité mettre fin à ses jours. Mais aujourd'hui, en observant les vagues qui venaient s'écraser sur les rochers en contrebas, elle envisagea de sauter. Imagina l'incroyable légèreté, l'ivresse de la liberté qu'elle ressentirait en volant dans les airs, puis la morsure glaciale des profondeurs qui effacerait à tout jamais ses soucis. Elle sourit intérieurement. Elle ne le ferait jamais, bien évidemment. Pas seulement pour les enfants, mais aussi parce qu'elle continuait à croire que la vie avait autre chose à lui offrir. Il le fallait, car jusqu'ici cette dernière n'avait pas été très généreuse avec elle.

Elle se demanda si elle devait en parler à PJ. Est-ce qu'une liaison améliorerait ou aggraverait la situation ? C'était étrange d'imaginer de coucher de nouveau avec lui, sans pouvoir envisager de le regarder droit dans les yeux en lui demandant ce qu'il ressentait.

Le vrombissement d'un moteur en approche interrompit le cours de ses pensées, et elle aperçut les couleurs bleu et jaune caractéristiques des véhicules de police. Il était trop tard pour s'esquiver ou se cacher ; heureusement, la voiture ne fit que passer et disparut derrière une haie épaisse. Brid soupira, soulagée. Elle n'était pas prête à avoir une quelconque discussion à cet instant précis. Mais elle entendit le moteur monter de nouveau en décibels et, en se retournant, distingua PJ au volant ; il redescendait lentement la colline en marche arrière. Il s'arrêta à environ quinze mètres avant de couper le contact.

Brid essaya de se ressaisir, agita la main droite tout en sachant qu'elle devait avoir l'air… quelqu'un de poli aurait sans doute dit « échevelée », mais elle savait que « débraillée » était plus proche de la vérité. PJ s'avança vers elle, luttant contre le vent. Il souriait.

— Il me semblait bien que c'était toi.

— En effet.

— Quel temps abominable !

— Oui.

Il détourna le regard vers la mer, comme si ce qu'il s'apprêtait à demander était écrit dans les nuages.

— Je me demandais juste si tu avais retrouvé tes enfants.

— Oui. Tout va bien… très bien.

Un autre silence, puis Brid vit les lèvres de PJ bouger, mais ses paroles se noyèrent dans les vagues et le vent.

— Je ne t'entends pas, cria-t-elle pour se faire comprendre.

PJ s'approcha de quelques pas.

— Je demandais simplement si tout allait bien entre nous.

— Entre nous ?

— Eh bien, tu sais, après l'autre nuit ?

Il avait l'air si sérieux et préoccupé qu'elle ne put s'empêcher de lui sourire.

— C'était de la folie, mais je n'ai aucun regret. Je me suis amusée. Est-ce que tout va bien de ton côté ?

PJ rougit.

— Oui. J'ai passé un bon moment moi aussi.

Ils échangèrent un sourire, et PJ fut surpris de constater que cela l'excitait un peu. Comme pour se rappeler lui-même à l'ordre, il lâcha :

— Ce n'était pas du tout professionnel de ma part. Si quelqu'un le découvrait…

— Oh, ne t'inquiète pas ! Ton secret est bien gardé avec moi.

L'air narquois, elle ajouta :

— Je m'en voudrais de faire perdre son travail à notre sergent.

— Le sergent en question s'en voudrait aussi terriblement, pouffa-t-il.

Ils se demandèrent tous deux si c'était cela qu'on ressentait lorsqu'on flirtait.

— Qu'est-ce qui t'amène ici, Brid ?

— J'avais simplement besoin de m'éloigner un moment.

— De t'éloigner ?

— Tu sais bien. Anthony, le réfrigérateur…

— Anthony est un réfrigérateur ?

Brid sourit.

— On pourrait dire ça, mais non, je pensais au vin. J'essaie d'arrêter de boire, mais c'est difficile avec tout ce qui se passe en ce moment. Ne me dis pas que tu es la seule personne à Duneen à ne pas connaître ma réputation !

— J'ai entendu circuler un ragot ou deux.

À cet instant précis, il eut envie de l'étreindre. De se laisser tomber au sol avec elle et de s'abriter ensemble du vent marin qui balayait la falaise, mais il savait qu'il n'en avait pas le droit. Il avait des choses à faire. Il se racla la gorge.

— Brid. C'est bizarre, mais je dois toujours te poser quelques questions au sujet de la disparition de Tommy Burke. Je suis désolé. Je ne veux pas te déranger.

C'était toujours un choc pour Brid d'entendre le nom de Tommy après toutes ces années, et il lui fallut un moment pour répondre.

— Oui, bien sûr. Tu veux qu'on s'installe dans la voiture ?

PJ jeta un coup d'œil à la petite Honda.

— Je pense qu'on sera plus à l'aise dans ma voiture de fonction, si ça te convient.

Brid jeta un coup d'œil aux deux véhicules, puis à PJ.

— Aucun problème.

Ils franchirent les quelques pas qui les séparaient de la voiture de police avant de monter dedans. PJ démarra le moteur et tripota les commandes en plastique à côté de la radio.

— On devrait être tranquilles comme ça.

— C'est parfait, dit Brid avec sincérité.

PJ s'étira pour atteindre la boîte à gants et en tirer son carnet et son stylo.

— Très formel, fit remarquer Brid.

— C'est à cause du grand patron de Cork. Il veut que tout soit fait selon les procédures, s'excusa PJ. Alors. Tu étais fiancée avec Tommy Burke ?

— Oui.

— Quand l'as-tu vu pour la dernière fois ?

— La veille de sa disparition. Il est venu dîner.

Brid se tourna sur son siège et posa la main sur le bras de PJ.

— Quelle étrange situation.

— Étrange ? Que veux-tu dire par là ?

— Eh bien, simplement que… Je me comportais comme une enfant. J'ai toujours considéré Tommy Burke comme l'amour de ma vie. Je l'ai rendu responsable de tout – tu sais, ma vie. C'est ridicule. Il ne m'a jamais aimée. Je le savais déjà à l'époque. Mon Dieu, je ressemblais plus à ces filles qui gagnent un concours pour rencontrer leur idole qu'à une véritable fiancée. J'ai cru devenir folle quand j'ai appris qu'on avait retrouvé son corps et, quelques jours plus tard, me voilà en train de me moquer des sentiments que j'ai pu éprouver pour Tommy Burke. Manquer de perdre les enfants, Anthony, toi – c'est ça, la réalité. C'est la vie que je dois essayer de tirer au clair.

Elle regarda PJ. Il ne prenait pas de notes.

— Est-ce que ce que je dis est confus ?

— Oh non, pas du tout ! Je te comprends, mais… je suis toujours obligé d'interroger la femme qui était fiancée au disparu. Tu sais qu'Evelyn Ross est persuadée que tu l'as tué ?

Brid laissa échapper un ricanement.

— Evelyn Ross ! J'ai évidemment cru qu'il était parti à cause d'elle, et quand j'ai su qu'on avait découvert un corps, je me suis demandé si elle s'était laissé emporter par la folie. Tu n'as aucune idée de qui est cette femme. Je l'ai vue se transformer en folle à lier. Elle a l'air si paisible quand elle se promène dans le village, ou quoi qu'elle fasse, d'ailleurs, mais garde bien dans un coin de ta tête ce que je vais te dire : elle est dingue. Je dirais qu'elles le sont toutes. Je veux dire, trois sœurs devenues vieilles filles, vivant cloîtrées tout là-haut, ce n'est pas normal.

PJ n'était pas sûr de savoir quoi répondre. Il finit par acquiescer à ce que lui racontait Brid, tout en ayant l'impression de se comporter de façon déloyale envers Evelyn. Il décida de poser une autre question.

— Je suis désolé de te demander cela, mais est-ce que tu couchais avec Tommy Burke ?

Elle ricana brièvement.

— Non. Absolument pas.

— Et penses-tu qu'Evelyn Ross et lui auraient pu entretenir une liaison ?

— Tu es sérieux ?! s'exclama Brid. Ça crève les yeux qu'elle est vierge ! Je suis sûre que personne ne l'a jamais embrassée, alors pour ce qui est du reste…

PJ se tortilla maladroitement sur son siège.

— Très bien.

Il décida de ne pas s'appesantir sur cet aspect des questions.

Brid haussa un sourcil et lui jeta un regard en coin tandis qu'elle se remémorait leur duo devant la chapelle.

Peut-être… Non. Non, c'était impossible.

— As-tu reçu des nouvelles de Tommy depuis ?

— Non.

— Entendu parler de quelqu'un qui l'aurait vu ?

— Non. À vrai dire, ma mère a entendu des gens affirmer qu'ils l'avaient vu monter dans le bus pour Cork. Ils étaient plusieurs à raconter la même histoire.

— Qui a parlé à ta mère ?

— Pour autant que je me rappelle, c'est Cormac Byrne qui lui avait répété ça au pub.

PJ nota l'information.

— Personne n'a été surpris par sa disparition soudaine ?

— Pas que je me souvienne. J'imagine que les gens comprenaient qu'il ait envie de se faire discret après la bagarre.

PJ choisit de feindre l'ignorance. Il se demanda en quoi la version de Brid différerait de celle d'Evelyn.

— Quelle bagarre ?

Brid grimaça. Il n'était pas au courant de la bagarre. Cela la gênait terriblement de raconter ce qui s'était passé ce matin-là, devant l'épicerie des O'Driscoll.

Une sonnerie retentit et PJ commença à palper ses différentes poches pour tenter de retrouver son téléphone. Brid remercia en silence cette interruption bienvenue.

— Allô ?

PJ fronça les sourcils tandis qu'il se concentrait sur la voix de son interlocuteur.

— Oui…

Un long silence s'ensuivit, PJ se contentant de tenir le téléphone près de son oreille. Son visage se détendit et sa bouche s'arrondit en un petit cercle rose. Il finit par répondre.

— Très bien. Merci de m'en avoir informé. Bien sûr. Évidemment. Oui, je n'y manquerai pas. Encore merci. Au revoir.

Il appuya sur le petit bouton rouge pour raccrocher et regarda fixement le volant. Brid resta silencieuse, impatiente qu'il reprenne la parole. Au bout d'un moment, PJ se tourna vers elle.

— Je viens d'apprendre les résultats de l'analyse ADN. Qui que soit notre cadavre, ce n'est pas Tommy Burke.

Dehors, une mouette solitaire affrontait le vent, suspendue dans l'instant.

PARTIE II

Chapitre premier

Quatre mois venaient de s'écouler. Quatre longs mois difficiles, mais de timides bourgeons verts étaient apparus, et quelques jonquilles laissaient présager les corolles jaune vif qui s'ouvriraient bientôt. Certains jours, les nuages s'espaçaient, offrant un bout de ciel bleu aux braves gens de Duneen. Les enfants qui rentraient de l'école restaient dehors une fois que le bus les avait déposés, et leurs voix légères et haut perchées résonnaient jusqu'à ce que la nuit tombe. Cormac Byrne passa tout un dimanche à poncer et vernir les tables de pique-nique avant de les sortir de la réserve et de les aligner soigneusement devant le pub. Rien de comparable avec un café branché, mais cela permettait aux fumeurs de conserver un semblant de dignité plutôt que de rester adossés au mur comme s'ils tapinaient sans succès.

Le temps semblait toujours s'écouler lentement pour les habitants du village, mais lorsque la nouvelle s'était répandue au sujet de Tommy Burke, c'est comme s'il s'était arrêté complètement. Tout le monde s'était empressé d'avancer ses théories sur ce qu'il était advenu du fils de Big Tom, mais lorsqu'il s'avéra que la découverte se limitait à quelques ossements dans un champ qu'on ne parviendrait probablement jamais à identifier, les habitants de Duneen s'étaient désintéressés de l'enquête. Ils avaient l'impression d'avoir été bernés. Le vent boudait leurs voiles, leur quotidien était redevenu affreusement terne.

Susan Hickey s'était changé les idées en se convainquant que ce dont le village avait le plus besoin, c'était d'une tondeuse autoportée pour le cimetière. Jusqu'ici, elle avait collecté moins de deux cents euros. Elle comprenait. Le cœur n'y était pas vraiment.

À l'épicerie-bureau de poste, les affaires tournaient au ralenti, comme d'habitude. Tous les visages étaient redevenus familiers. Il n'y avait plus de journalistes en quête de scoops ni de policiers débarqués de Cork, debout devant leurs voitures banalisées, essayant de se donner l'air important. Mme O'Driscoll avait récemment remarqué que quelques-uns des ouvriers revenaient à la boutique pour acheter des cigarettes ou des briques de lait. Le chantier avait certainement repris. La vie avait retrouvé son cours normal.

Brid et Anthony cohabitaient dans un calme de façade. Il n'y avait plus d'éclats de voix, et elle s'efforçait d'aller au lit à peu près à la même heure que lui. Elle restait souvent allongée à ses côtés, sobre et réveillée, laissant libre cours à ses pensées. Parfois le visage de Tommy resurgissait dans ses rêveries ; certaines nuits, elle se revoyait s'ébattre dans les escaliers avec PJ, et de temps à autre elle s'imaginait quelque part dans un bureau, vêtue d'habits élégants, pressée de retrouver ses amis après le travail, un grand sourire aux lèvres.

Brid avait décidé qu'il valait mieux ne pas faire de vagues, et elle avait tenu parole. En même temps que sa sobriété, elle avait retrouvé du temps pour réfléchir et elle parvenait à se souvenir de ses idées le lendemain. Quand les enfants auraient grandi, le moment viendrait où elle échapperait à cette vie, qu'elle se représentait comme une barque en train de couler, et où elle plongerait seule dans l'inconnu. Cette perspective la terrifiait, mais lui permettait de continuer d'avancer, chaque jour plus sobre et monotone que la veille.

Elle avait délibérément conservé toutes les bouteilles de vin. Elles se trouvaient toujours dans le réfrigérateur et elle prenait plaisir à observer leurs étiquettes brillantes. Chaque fois qu'elle refermait la porte sans un verre à la main, elle avait l'impression d'être devenue une superhéroïne.

Les choses avaient changé à Ard Carraig également, ces quatre derniers mois. Une nuit, environ une semaine après que Tommy Burke fut officiellement revenu d'entre les morts et simplement porté disparu, Abigail était entrée dans la cuisine, un petit carton orné de tomates grossièrement dessinées dans les bras. Evelyn se tenait devant l'évier, retirant l'étiquette de boîtes de conserve pour qu'elles puissent être recyclées. Elle jeta un regard à sa sœur par-dessus son épaule.

— Qu'est-ce que tu as là ?

Abigail s'éloigna de la table.

— C'est pour toi. À vrai dire, c'est pour nous toutes, mais tout particulièrement pour toi.

Elle agita brièvement la main en direction du carton.

Evelyn s'essuya les mains sur un torchon et traversa la pièce pour s'approcher de la table. En regardant dans le carton, elle découvrit une vieille serviette, qu'elle souleva avec curiosité.

— Oh, Abigail ! s'exclama-t-elle. Je n'arrive pas à y croire.

Allongé au fond de la boîte, un chiot dodu couleur sable était sur le point de s'endormir. Ses yeux étaient fermés, un petit bout de langue rose dépassait de sa gueule, et son ventre soyeux bougeait au rythme de sa respiration régulière.

Evelyn plongea la main dans le carton et caressa la minuscule boule de poils toute chaude. Le chiot ouvrit les yeux et se redressa maladroitement, comme l'un de ces vieux poivrots qui s'endormaient sous l'abribus.

— C'est un petit mâle, annonça Abigail. Comment vas-tu l'appeler ?

Le premier nom qui vint à l'esprit d'Evelyn fut bien évidemment Tommy, mais elle rejeta immédiatement cette idée.

— Que dirais-tu de… Que dirais-tu de Bobby ? Ce prénom lui irait comme un gant.

Abigail resta silencieuse.

— Qu'est-ce qu'il y a ?

— Rien, c'est juste que c'est le surnom que maman avait l'habitude de donner à papa.

— Je sais.

— Tu ne trouves pas que c'est un peu… je ne sais pas… bizarre ?

— Est-ce que ça t'embête ? Je trouve que ça sonne bien.

— Bon, acquiesça Abigail dans un sourire, alors ce sera Bobby.

— Tu crois que ça embêtera Florence ?

— Ce n'est qu'un chiot ! Tu pourrais l'appeler Adolf qu'elle s'en ficherait. Elle va l'adorer !

Les deux femmes éclatèrent de rire, et Evelyn prit le petit Bobby dans ses bras.

— Et si on te donnait un bol d'eau ?

Bobby dodelina de la tête, visiblement surpris de découvrir qu'il avait des oreilles.

Il était surprenant d'observer ce qu'entraîna l'arrivée d'une si petite chose au sein de leur foyer. Boule de poils minuscule prédisposée au bonheur, et complètement ignorante des drames du passé, Bobby transforma la vieille et terne maisonnée. Même les traces d'urine sur le tapis élimé de l'entrée devenaient une source de joie. La vie avait repris ses droits.

Les mois passant, le chiot grandit et gagna en audace. Abigail l'avait acheté à l'une de ses amies jardinières à la sortie de Bandon, sur la route de Cork. Sa mère était une chienne de race golden retriever, son père un colley du voisinage un peu trop amical. Ses larges pattes ne laissaient nulle place au doute, il serait grand, et, quatre mois plus tard, il avait déjà fallu lui racheter deux paniers et deux colliers. La plupart du temps, il se contentait de gambader en liberté dans le jardin ou le champ qui s'étendait jusqu'à la rivière en contrebas, mais, plusieurs fois par semaine, Evelyn lui attachait sa laisse et partait le promener au village. Les voitures ralentissaient pour observer le curieux duel qui opposait le long du trottoir la digne et impassible Evelyn Ross au chiot plein de fougue. Aucun cow-boy dompteur de chevaux sauvages n'aurait pu se mesurer à la détermination d'Evelyn, qui se retrouvait entraînée à toute allure vers sa destination ou tirant un Bobby étonnamment récalcitrant, s'efforçant d'aller dans le sens inverse de celui de sa maîtresse.

Quelques mois plus tard, elle décida que son chien était un prétexte parfait pour rendre visite à PJ, si bien que, un vendredi matin, ils se présentèrent à la porte du commissariat, Evelyn suant à grosses gouttes tandis que Bobby bondissait de joie à l'idée d'entrer dans une maison inconnue. Il s'avéra que le sergent était sorti, mais Mme Meany promit de l'informer qu'ils étaient passés. Alors qu'ils rebroussaient chemin, à une allure digne d'un jogging plutôt que d'une balade, Evelyn se demanda pourquoi la gouvernante n'avait pas remarqué Bobby. Sans pour autant avoir envie d'un animal de compagnie, c'était un chiot magnifique, et tout le monde s'arrêtait pour l'admirer. Cela dit, pensa Evelyn, elle n'avait pas l'air dans son assiette. Pas du tout, même.

Si un vent de renouveau soufflait sur Ard Carraig, cela avait été le calme plat au commissariat. Mme Meany continuait à faire le ménage et à préparer des repas bien trop sophistiqués pour une personne, mais elle restait murée dans le silence. Alors qu'autrefois ses monologues, joyeux mélange de bavardage et de commérages, résonnaient en permanence en arrière-fond, semblables à la musique diffusée au centre commercial, désormais, seuls le bourdonnement de l'aspirateur et le léger raclement métallique des couvercles que l'on pose sur les casseroles venaient troubler la quiétude du sergent.

What do you call a dog with a bunch of daisies on its head?
A collie-flower!
Give a sticker to the person...
Who has the Biggest Smile?
Who is the Best Cook?
Who is the Moodiest?
Who is the Tallest Female to your right?
if nobody wins, keep the sticker for yourself.

un poste p 83

PJ était assis à son bureau et contemplait l'écran de son ordinateur, rêvant à une vie différente. Il regrettait qu'un cadavre ait été découvert. Un crime impossible à résoudre était bien pire que l'absence de crime tout court. Il regrettait d'avoir attiré l'attention de Brid et d'Evelyn. La frénésie et la passion qui avaient marqué leur bref triangle amoureux s'étaient rapidement évaporées. Il se sentait plus seul que jamais. Pour la première fois en vingt-cinq ans, il envisagea de quitter la police. Lorsque la nouvelle s'était répandue que le cadavre n'était pas celui de Tommy Burke et qu'il était devenu évident que l'enquête se retrouvait dans une impasse, cela s'était ressenti dans la façon dont les habitants le regardaient. Pendant quelques semaines, ils l'avaient traité avec déférence et intérêt, mais désormais ils le dévisageaient avec pitié. Tandis qu'il descendait la rue principale vêtu de son uniforme, il avait conscience qu'ils l'observaient derrière leurs fenêtres et se moquaient de lui :

— Regardez donc ce gros bêta, habillé de pied en cap sans nulle part où aller.

S'il l'avait aperçue à travers la vitrine de l'épicerie, il ne serait jamais entré chez O'Driscoll, mais, lorsqu'il remarqua Evelyn, ses longs doigts engourdis par le froid serrant les miches de pain qu'elle venait d'acheter, il était trop tard.

— Sergent Collins !

Il se sentit rougir et se détesta à cet instant précis. Une femme le saluait dans un magasin. Pourquoi fallait-il toujours qu'il se sente si mal à l'aise ? Il réussit à la regarder dans les yeux. Son visage était un livre ouvert, et il y discerna uniquement le sourire d'une femme qui semblait sincèrement heureuse de le voir. Il se détendit légèrement.

— Bonjour.

Evelyn s'avança vers lui, et ils se retrouvèrent piégés dans l'allée étroite. PJ sentit la gêne refaire surface. Elle se trouvait bien trop près de lui à son goût.

— Je pensais que vous seriez venu nous rendre visite, depuis le temps.

La perplexité se lisait dans le regard de PJ.

— Mme Meany ne vous a pas informé que j'étais passée vous voir avec Bobby ?

— Oh si. Bien sûr, mentit PJ.

Mme Meany n'avait jamais mentionné une telle visite.

— C'est un amour ! Vous aimez les chiens, sergent ?

— Oui.

— Dans ce cas, il faut absolument que vous veniez le voir. Vous êtes très occupé ?

PJ ouvrit et referma la bouche, comme un poisson hors de l'eau.

— Pas du tout.

Voilà. Il avait craché le morceau.

— Parfait, sourit Evelyn. Vous n'avez qu'à venir maintenant, ajouta-t-elle. Je vais même être égoïste : vous pourriez peut-être me raccompagner !

Elle laissa échapper un petit gloussement.

PJ acquiesça d'un signe de tête, mais, en son for intérieur, il se demanda ce qu'était devenue la surprenante et timide Evelyn qu'il avait rencontrée à peine quelques mois auparavant. Elle devait être sous traitement, supposa-t-il. Être en adoration devant un petit chiot ne pouvait expliquer un tel comportement.

Dehors, il faisait encore jour et quelques voitures sillonnaient les rues du village en direction de l'école ou, au contraire, en revenant. PJ contourna son véhicule pour ouvrir la portière à Evelyn. Elle plaqua le bas de son manteau contre l'arrière de ses cuisses avant de s'asseoir sur le siège, comme si elle s'installait dans une limousine garée devant un palace, avant de poser son panier sur ses genoux. PJ se glissa derrière le volant et referma la portière. Il venait de mettre le contact lorsqu'il entendit des petits coups frappés sur sa vitre. Quelque peu agacé, il tourna la tête vers sa droite. Aucune erreur possible, il s'agissait d'un des ouvriers du chantier.

Il baissa la vitre et tendit la tête vers le trottoir.

— Qu'y a-t-il ?

Le policier essaya de paraître occupé, mais il était plus probable qu'il ait tout simplement l'air d'un agent qui s'ennuyait et allait rendre visite à une femme et son chien.

L'ouvrier se racla la gorge et jeta un regard à Evelyn. PJ l'observa à son tour. Elle était immobile et avait les yeux rivés droit devant elle, les deux mains posées sur le haut de son panier.

— Tout va bien. Vous pouvez parler.

— C'est juste que… eh bien, il est possible que nous ayons retrouvé d'autres ossements en haut. (L'homme s'interrompit.) Des petits os.

Evelyn couina, comme un chiot qui rêve de lapins.

Chapitre 2

PJ n'en croyait pas ses oreilles. Il se considérait comme athée, mais cette nouvelle semblait être la réponse aux prières qu'il ne se rappelait pas avoir adressées. Lorsque les résultats de l'analyse ADN des vieux ossements étaient revenus, il avait désespérément essayé de maintenir l'enquête ouverte. Ils pouvaient continuer à chercher Tommy Burke et, finalement, l'identité du cadavre importait peu : un meurtrier était toujours en liberté. Toutefois, lorsque aucune correspondance ADN ne put être établie à partir du système, les pointures de Cork se désintéressèrent de l'affaire, et les policiers de Ballytorne le traitèrent de la même façon qu'il se comportait avec la vieille Mlle Baxter, convaincue que chaque été quelqu'un venait voler les mûres des haies devant son pavillon. Il avait fini par se faire une raison, mais, désormais, tout le monde allait devoir l'écouter. Un autre cadavre !

Très vite, le village fut de nouveau investi par les voitures de police et les journalistes. Ce second cadavre prouvait que l'affaire était bien plus sérieuse qu'il n'y avait paru. Cela pouvait être l'œuvre d'un tueur en série ou le résultat d'un mystérieux pacte de suicide. Les longs rubans jaunes de la police claquaient au vent, et les membres de l'équipe technique, reconnaissables à leurs combinaisons blanches, se frayaient un chemin avec précaution sur la scène de crime boueuse. Cela signifiait également le retour du commissaire Linus Dunne.

Celui-ci avait connu quelques bouleversements au cours des mois précédents. Un soir (c'était un jeudi, il s'en souvenait, car il avait rencontré des collègues au pub, venus boire une pinte ou deux après leur entraînement de foot), il était rentré chez lui vers 22 heures, et avait trouvé le pavillon où il vivait plongé dans l'obscurité. Il se souvenait d'avoir poussé un soupir de soulagement : quel bonheur de marcher dans une maison silencieuse, sans bébé qui hurle, sans femme dans son sempiternel jogging, les cheveux gras, pour lui rappeler hargneusement tout ce qu'il lui restait à faire. Le message qu'il avait trouvé était bref.

Je suis chez ma mère. Appelle-moi.

Il avait supposé que le bébé était malade et s'était préparé un sandwich au fromage. Puis il avait regardé les informations avant d'appeler. Avec un peu de chance, sa femme serait déjà au lit. C'est sa belle-mère qui décrocha, bien évidemment. Elle avait l'air encore plus agressive que d'habitude. L'heure était grave. La voix à l'autre bout du fil l'informa que sa femme était trop bouleversée pour lui parler. Elle en avait assez de jouer les mères célibataires, elle avait donc fini par partir avec le bébé. Si Linus voulait les voir, il pouvait leur rendre visite le lendemain matin.

Lorsqu'il raccrocha, il était sous le choc, évidemment. Il ne s'était pas rendu compte que June était si malheureuse. Il savait que ce n'était pas facile tous les jours, mais, pour une raison qui lui échappait, il s'était convaincu qu'elle était heureuse. S'ils détestaient tous les deux leur nouvelle vie de jeunes parents, pourquoi s'embêter ?

Assis sur le canapé, l'écran lumineux de la télévision projetant des ombres sur les rideaux, il se demanda s'il était devenu un monstre. Sa femme et son bébé étaient partis, mais, pour être tout à fait honnête, il n'en avait rien à faire.

Au début, la vie avec June avait été merveilleuse. Il mettait une chemise propre après le travail avant de la rejoindre quelque part pour boire un verre ou dîner, souvent même les deux. Il aimait l'avoir à son bras. Elle était belle, séduisante, et lorsqu'ils avaient fini par coucher ensemble, leur relation était devenue presque parfaite à ses yeux. C'était cette vie-là qu'il voulait retrouver. Il voulait sa petite amie. Se marier avait été une erreur, et pourquoi diable avait-il accepté d'avoir un bébé ? Il pensait que devenir mère distrairait June et l'occuperait pendant qu'il retrouverait du temps pour lui. Les choses ne s'étaient évidemment pas passées comme prévu, mais la solution à tous ses soucis s'était présentée d'elle-même. Il n'y avait pas âme qui vive à l'étage, et l'entrée n'était pas bloquée par une poussette de la taille d'une petite voiture. Il était seul chez lui et savourait sa tranquillité. Si cela faisait de lui un monstre, alors tant pis.

Lorsque le nom du sergent Sumo s'était affiché sur son téléphone quelques mois plus tard, Linus avait été tenté d'ignorer l'appel. Lorsqu'il s'était avéré qu'il était impossible d'identifier les ossements de Duneen, il avait voulu s'atteler à d'autres enquêtes, mais Sumo n'en avait pas démordu. Linus comprenait. Duneen n'avait rien d'une zone sensible, et il devinait la solitude du sergent, mais ni l'un ni l'autre n'était son problème.

Il avait été occupé à gérer une sordide affaire d'enlèvement qui s'était terminée tragiquement. Le chef français d'un restaurant de Cork avait décidé de régler lui-même la bataille juridique qui l'opposait à la mère pour la garde de leur enfant et avait pris le ferry pour Roscoff, son fils de sept mois caché dans le coffre de sa voiture. Linus avait été chargé de se rendre au domicile des grands-parents du bébé. À l'intérieur, la mère attendait sur un canapé, encore dans son uniforme de serveuse. Elle-même n'était encore qu'une enfant, avait-il pensé en s'asseyant face à elle avant de lui expliquer que la police française avait arrêté la voiture quelque part entre Morlaix et Rennes. Elle avait été si soulagée qu'elle n'avait prêté aucune attention à l'expression de son visage ou au ton de sa voix.

— Ils ont retrouvé Killian ? Ils ont récupéré mon bébé ?

Linus la regarda dans les yeux, espérant qu'elle lirait dans ses pensées ce qu'il devait lui annoncer. Rien. Les yeux emplis de larmes, elle le dévisageait avec espoir.

— Ils ont retrouvé le corps d'un bébé, lui avoua-t-il. Ils pensent qu'il est mort d'asphyxie.

Il entendait encore ses hurlements lorsqu'il s'était assis dans sa voiture. Le sergent Sumo n'avait aucune idée de la chance qu'il avait, putain.

Lorsque la Mercedes gris métallisé s'était arrêtée sur le terrain boueux et sillonné d'ornières qui faisait office de parking, ni PJ ni Linus n'aurait jamais osé l'avouer, mais ils étaient heureux de se revoir. Le sergent se dirigea vers la voiture, et ils échangèrent une poignée de main solennelle, comme deux vieux camarades se retrouvant à une réunion d'anciens élèves. PJ le guida au sommet d'une pente douce, à l'extrémité du site. On apercevait les hommes en combinaisons blanches. Le sergent fut fier de pouvoir informer Linus de l'avancement de l'enquête.

— Les gars sont formels : s'ils n'avaient pas été enterrés dans une sorte de boîte en métal, les ossements auraient complètement disparu depuis le temps. Les restes sont là depuis au moins trente ans. On en saura plus après les analyses.

— Certainement.

Ils se tenaient au bord de la fosse de fouille, et Linus observa la terre couleur chocolat qui avait été retournée. Quelques débris rouillés étaient disséminés dans un large rectangle et, au milieu, de petits os ternes se détachaient. Pour un simple observateur, il aurait pu s'agir des restes d'un ancien pique-nique ou d'un rôti dominical abandonné là, s'il n'y avait eu ce minuscule crâne renversé, le regard braqué sur le fossé pour l'éternité. Linus pensa à son bébé. Avait-il beaucoup grandi ? Il se remémora la serveuse et ses hurlements de détresse. Qui avait bien pu verser des larmes pour ce petit être ? Qui avait placé la minuscule dépouille dans cette boîte avant de l'enterrer là-haut, loin de la maison ?

À sa droite, une nuée d'oiseaux piaillaient sur un prunellier où ils avaient élu domicile. Des pinsons peut-être ?

Si seulement ils pouvaient la fermer.

Malgré le ciel bleu, le vent restait frais et il resserra son manteau autour de lui tandis qu'il se retournait sans un mot et redescendait en direction de sa voiture. Il entendait le souffle rauque de PJ qui le suivait.

— Est-ce qu'on est sûr qu'il n'y a qu'un seul corps ? On n'a pas affaire à un de ces étranges cimetières pour bébés indésirables, rassurez-moi ?

— On n'en a aucune certitude pour le moment, mais c'est peu probable. Ces bébés sont enterrés dans l'ancien cimetière des pauvres, derrière la laiterie. Le dernier qu'on y a retrouvé remonte à environ quatre ans. On a découvert qu'il s'agissait d'un nouveau-né de Ballytorne. Il…

— C'est parfait, annonça Linus en coupant PJ. Une fois que nous aurons une date, je veux que vous interrogiez tous ceux qui sont en âge de se rappeler ce qui a pu se passer. Les bébés ne sortent pas de nulle part. Qui étaient les femmes enceintes cette année-là ? Lesquelles d'entre elles ont perdu leur bébé ?

— Je le ferai. J'ai déjà retiré Mme Burke de la liste. Elle n'a été enceinte qu'une seule fois, de Tommy.

À la mention de ce nom, les deux hommes se dévisagèrent. Tommy Burke. Où se trouvait-il ? Est-ce qu'il continuait à les narguer, ricanant à l'idée que son secret restait bien gardé ?

— Vous pensez qu'il y a un lien entre…

— Je ne pense rien du tout, l'interrompit sèchement Linus. Je ne sais rien du tout.

Il ouvrit la portière de sa voiture. En s'y installant, il se retourna vers PJ et ajouta :

— Nous en saurons plus bientôt.

Haussant les sourcils comme s'il s'excusait pour sa mauvaise humeur, il referma la portière et se fraya un chemin sur le terrain accidenté pour rejoindre la route.

PJ regarda la voiture argentée s'éloigner et, clignant des yeux à cause du soleil, tourna le regard vers l'endroit où le bébé avait été enterré. Il n'était pas un homme d'instinct du genre à se fier à ses intuitions, mais il était persuadé qu'il y avait un lien. Deux corps et une ferme. Les deux victimes étaient liées d'une façon ou d'une autre. Il serra les poings tandis qu'il rejoignait sa propre voiture. Il se sentait prêt à relever le défi qui s'annonçait.

De retour au commissariat, seul le silence l'accueillit. PJ passa la tête par la porte de la cuisine, mais il n'y avait aucun signe de Mme Meany. Il envisagea de descendre au pub manger un sandwich. Les habitants avaient de nouveau envie de lui parler, et la solution de cette énigme se trouvait sûrement dans la mémoire collective de Duneen. C'était la seule façon de mener l'enquête. Il suffisait qu'une seule personne se rappelle un détail insignifiant pour faire toute la lumière sur ce qui s'était passé. Il trouva dans son bureau un petit morceau de papier sur lequel il reconnut l'écriture de Mme Meany. Le message était bref :

Je reviens bientôt.

Il se demanda s'il devait l'attendre. Non, il irait au pub.

Il se gara devant chez Byrne, le seul pub qui proposait autre chose à manger que des chips ou des sachets de cacahuètes. Ses yeux mirent une seconde ou deux avant de s'accoutumer à la pénombre quand il entra dans le pub, et quand il parvint à discerner les lieux, il constata qu'il était le seul client. Les enceintes diffusaient une émission de radio. Une femme reprochait aux mères paresseuses d'Irlande d'être responsables de l'obésité infantile. PJ leva les yeux au ciel. C'était bien la dernière chose qu'il avait envie d'écouter. Il envisagea de s'installer au comptoir, mais se rabattit finalement sur une petite table nichée derrière la porte, juste sous la cible du jeu de fléchettes. Cela faisait plus de dix ans qu'il était interdit de fumer ici, mais il flottait toujours une vieille odeur de tabac froid. Il n'y avait pas un chat, même derrière le bar. PJ se contenta donc de s'asseoir et d'attendre. Il n'était pas pressé.

« Si vous aimiez vos enfants, vous le feriez. Ce n'est pas compliqué d'éplucher quelques pommes de terre.

— Quand je rentre du travail, j'ai tout juste l'énergie de mettre quelque chose au micro-ondes, et, de toute façon, il n'y a que ça qu'ils ont envie de manger. Ce n'est pas pour une pomme de terre qu'ils me diront merci. »

Derrière la vitre en verre ambré dépoli, PJ aperçut quelques passants fantomatiques, sans doute en route pour l'épicerie des O'Driscoll. Un gros camion avança avec précaution, plongeant momentanément le pub dans l'obscurité.

Il n'était certes pas pressé, mais cette attente rendait le sergent anxieux. Et s'il avait été un voleur ? Il aurait largement eu le temps de s'emparer de la caisse et de rejoindre sa voiture. Il se leva et alla s'accouder au comptoir. Il entendit le bruit de bouteilles qu'on déplaçait en sourdine. Au moins, il n'était pas seul.

— Il y a quelqu'un ? hasarda-t-il.

La réponse lui parvint de la porte du fond.

— Je suis à vous dans une seconde.

Il reconnut la voix de Cormac Byrnes.

Quelques minutes s'écoulèrent encore avant que Cormac pousse la porte et surgisse en s'essuyant les mains sur un vieux torchon.

— Je suis désolé. Les livreurs avaient du retard.

— Aucun problème, Cormac.

— Ah, c'est vous, sergent ! s'étonna-t-il, comme s'il ne connaissait que sa voix et n'avait pas reconnu le géant en uniforme de police. Qu'est-ce que je vous sers ?

— Je me contenterai d'un sandwich de pain noir au jambon et au fromage, si vous en avez, et d'un verre de 7Up. Merci.

Cormac retourna à la porte et transmit la commande de PJ à un commis anonyme, dans une cuisine invisible. Il sortit ensuite une bouteille verte de l'un des réfrigérateurs.

— Des glaçons ?

— Oui, s'il vous plaît.

— En fait, vous êtes précisément la personne que je voulais voir.

— Ah oui ?

— Vous étiez au courant que ma mère se trouve dans une maison de repos près de Schull ?

— Non. Je suis navré de l'apprendre. Est-ce qu'elle va bien ?

— Oui, elle va bien. Ses jambes ne la soutenaient plus vraiment et elle commençait à perdre la mémoire, j'étais inquiet de la laisser toute seule. Je lui ai dit que je la ramènerais à la maison si elle ne s'y plaisait pas, mais elle y est heureuse. Je vais lui rendre visite assez souvent ; de manière générale, j'y vais en semaine parce qu'on a des week-ends chargés, ici.

— Je comprends, acquiesça PJ en buvant une gorgée de soda.

Il se demandait où leur discussion allait mener.

— Vous savez, c'est très difficile de trouver des sujets de conversation. Elle me reconnaît, mais c'est à peu près tout. Je me suis rendu compte qu'elle se rappelait parfois davantage les événements qui se sont déroulés il y a longtemps. C'est pour ça qu'elle a été très intéressée par toute l'affaire autour de Tommy Burke. Elle se souvenait de ses parents, des filles qui s'étaient bagarrées dans la rue et de tout le reste.

— D'accord.

Voilà qui intéressait davantage PJ.

— Je me suis rappelé qu'il y a quelques mois vous posiez des questions au sujet de Tommy et du bus pour Cork, et je vous avais dit que c'était ma mère qui m'avait raconté ça, mais que je n'avais aucune idée de la personne qui avait pu lui en parler. Hier soir, je lui parlais des ossements de bébé, et elle m'a demandé où était Tommy. J'ai dû lui répéter qu'il était parti il y a longtemps, et là, elle m'a répondu, et c'est peut-être vrai ou pas, mais hier soir, elle m'a dit : « Oh, c'est vrai. Abigail Ross l'a vu monter dans le bus. »

— Abigail ?

— C'est ce qu'elle a dit. Elle délirait peut-être. Après tout, elle est persuadée que Margaret Thatcher vit dans la chambre voisine, mais quand il est question du passé, elle est souvent plus lucide.

— Abigail Ross.

PJ repensa aux conversations qu'il avait eues à Ard Carraig. Il ne se souvenait pas d'avoir posé la question directement, mais l'une des sœurs lui aurait certainement dit quelque chose si Abigail avait effectivement vu Tommy Burke monter dans le bus.

Une jeune fille, petite et svelte, les cheveux noirs et gras remontés en queue-de-cheval, apparut derrière le comptoir et laissa lourdement tomber une assiette devant PJ.

— Votre sandwich. Le sel et le poivre sont sur la table.

Elle tourna les talons et disparut de leur vue.

Le sergent baissa les yeux. C'était du pain blanc, et il ne voyait aucun fromage. Il décida de ne pas faire d'histoires. Récupérant l'assiette et son verre, il retourna s'installer à la petite table.

— Merci pour l'information, Cormac. Je me renseignerai. Et si votre mère a une illumination au sujet de l'identité de la mère du nourrisson qu'on a retrouvé, faites-nous signe.

Les deux hommes éclatèrent de rire, puis le silence retomba et on n'entendit plus qu'une voix désincarnée déplorant le prix dérisoire des nuggets de poulet.

Chapitre 3

Une ombre noire se mouvait lentement le long de la haie. On aurait pu croire à un fantôme, mais le crissement d'un talon sur quelques gravillons qui avaient roulé jusque sur la route indiqua qu'il s'agissait bien d'un être vivant. Quelqu'un gravissait d'un pas confiant et régulier la colline derrière l'école primaire, dans l'obscurité. Un pas après l'autre, les mains resserrant le col de son manteau bien que la nuit fût douce et sans vent.

Rien n'avait changé depuis l'enfance de Mme Meany, qui avait parcouru cette même route tous les jours pendant près d'un an. Elle savait exactement où elle se trouvait. Elle s'arrêta près du vieux portail enfoui sous les ronces et les mauvaises herbes avant de poursuivre son chemin jusqu'à ce qu'elle trouve la large brèche qui avait été ouverte pour marquer l'entrée du chantier. Elle hésita un instant, puis s'aventura en avant. Elle marchait plus lentement désormais, le terrain ne lui étant pas familier. Elle suivit les traces laissées par les nombreuses voitures et camionnettes qui sillonnaient le site et grimpa en haut de la côte. Lorsqu'elle se retrouva devant la bande de plastique qui pendait mollement, elle sut qu'elle se trouvait au bon endroit. En se tournant, elle pouvait à peine discerner les lumières du village en contrebas. Oui, c'était bien là.

Mme Meany ne savait pas pourquoi elle était venue, mais il lui avait semblé que c'était la meilleure chose à faire. Un pèlerinage, en quelque sorte. Elle serra ses paupières de toutes ses forces et enveloppa étroitement sa silhouette osseuse de ses bras. Il était facile de garder un secret lorsque personne ne soupçonnait rien, mais la situation était désormais insoutenable. Il y avait encore quelques jours, seules quatre personnes avaient été au courant qu'un bébé était enterré là, et trois d'entre elles étaient mortes. Elle savait que bientôt, il lui faudrait tout avouer à quelqu'un et que la vérité éclaterait au grand jour. Son esprit s'égara, et elle se vit clouée à la grande croix qui s'élevait derrière l'autel. Elle vit sa tête grisonnante affaissée sur le côté, le sang gouttant de la couronne d'épines le long de son visage, son corps drapé dans une robe de chambre en soie. Tous les habitants du village qu'elle avait rencontrés au long de sa vie, les morts et les vivants, étaient assis sur les bancs et la dévisageaient d'un regard accusateur et implacable.

Mme Meany ouvrit les yeux et plongea son regard dans les ténèbres. Près de cinquante ans s'étaient écoulés depuis la dernière fois qu'elle s'était tenue à cet endroit précis, frissonnant sous le ciel étoilé, récitant le rosaire. Le vieux Tommy Burke lui avait demandé de réciter des prières, mais elle n'avait assisté qu'à un seul enterrement, celui de sa grand-mère, et s'en souvenait à peine. Elle était tellement jeune alors qu'elle ne savait pas exactement ce qu'elle devait dire. Au début, elle n'avait pas pleuré. Elle s'était contentée de rester debout et de tenir l'énorme lampe de poche tandis que la pelle butait contre les cailloux du sol, sous la haie. Elle se demandait pourquoi ils n'avaient pas choisi un endroit dans le joli petit potager à l'arrière de la maison, mais le vieux Tommy lui avait expliqué qu'on y creusait la terre bien trop souvent et que leur secret risquerait d'être découvert. Elle avait hoché la tête pour montrer qu'elle comprenait, mais de nombreuses questions sans réponse tourbillonnaient dans sa tête. Pourquoi ne pas avoir appelé le prêtre ? Le docteur ne devrait-il pas être là ? Si ce qu'ils faisaient était mal, où finirait cette petite âme ? N'y avait-il aucun moyen de la faire baptiser ? Elle avait conscience que, d'une façon ou d'une autre, cette absence de réponse avait pour but de la protéger, elle resta donc silencieuse.

Les larmes commencèrent à jaillir lorsque le vieux Tommy souleva la boîte en fer-blanc qui, quelques heures auparavant, avait contenu une sélection hétéroclite d'outils. Elle semblait si petite, si légère entre ses grandes mains tannées. Elle pensa au berceau vide, à ses couvertures soigneusement pliées avant d'observer à ses pieds le trou froid et humide où l'enfant minuscule reposerait à tout jamais. Ses épaules furent secouées de soubresauts.

— Veux-tu bien tenir cette lampe torche, fillette, l'avait réprimandée le vieux Tommy alors qu'elle essayait de maîtriser les sanglots qui l'agitaient.

La boîte disparut et les pelletées de terre martelèrent son couvercle en une pluie battante.

Mme Meany regarda autour d'elle, tentant de reprendre ses esprits. C'était peine perdue. Maintenant que la maison avait disparu et que les arbres étaient tombés, rien ne pouvait l'aider à retrouver l'endroit où le second corps avait été retrouvé. Elle avait mal à la tête à force de penser, à force de garder des secrets. Bientôt, pensa-t-elle, il leur faudrait s'échapper. Comme on perce un abcès, elle devait se débarrasser du passé qui l'empoisonnait.

Tandis qu'elle redescendait avec précaution jusqu'à la route, elle se rappela la dernière fois qu'elle avait quitté la ferme. Le bruit et l'agitation avaient laissé place à un calme saisissant. Les cris qu'elle avait poussés lui brûlaient encore la gorge, son corps lui paraissait étranger et chacun de ses pas la faisait tressaillir. Elle était rentrée à la maison depuis peu lorsque sa mère lui avait trouvé ce travail au presbytère. Est-ce que cette dernière avait été mise dans la confidence ? Elle était morte sans en avoir jamais laissé rien paraître. Mme Meany rêvait de tout lui raconter, mais lorsqu'elle s'était retrouvée à son chevet, devant le lit étroit de la maison de retraite, il lui avait paru trop cruel de lui faire cette peine.

Cela importait peu. Rien n'avait plus d'importance. Travailler pour le prêtre équivalait à entrer dans les ordres dans son esprit, et elle avait simplement choisi de s'interdire toute forme de bonheur ou de plaisir. À l'époque, vivre lui avait semblé bien suffisant ; le simple fait de savoir parvenait à la réconforter. La consolation avait laissé place au chagrin et, à mesure que la maison disparaissait lentement sous les ronces et les mauvaises herbes, elle en avait fait autant. Elle avait choisi de ne pas exister. Sa lâcheté et son égoïsme étaient à l'origine de tous ces ennuis. Ils avaient mené à cet instant, cinquante ans plus tard, alors qu'elle retournait à la maison dans la nuit solitaire.

Le lendemain matin, elle fut surprise d'apercevoir deux voitures garées devant le commissariat. Le commissaire de Cork était apparemment très matinal, et elle prépara donc deux copieux petits déjeuners. Cela représentait une charge de travail supplémentaire, mais il était agréable d'entendre des voix dans la cuisine après des mois de silence. Tandis qu'elle essuyait le plan de travail et laissait la poêle à tremper quelques minutes, elle écouta les bribes de conversation qui lui parvenaient. Ils allaient interroger de nouveau Brid Riordan et la fille Ross. D'après eux, l'une des deux était probablement la mère du bébé, qui était lié à la disparition de Tommy. L'autre corps pouvait être celui d'un petit ami jaloux ou… Leurs hypothèses donnaient sur une impasse.

Mme Meany se demanda si elle avait un comportement suspect. Était-il possible en l'observant de deviner qu'elle avait la solution à leur énigme, au moins en partie ? Elle aurait pu tout leur avouer. Au lieu de cela, elle prépara une nouvelle théière et servit une tasse de thé aux deux hommes. Ils évoquaient maintenant le fait qu'Abigail Ross avait été la dernière personne à avoir vu Tommy. La vieille dame plia soigneusement un torchon humide et le déposa sur le robinet. Abigail ? Quelque chose clochait. Le commissaire expliquait à PJ qu'il leur faudrait recueillir l'ADN des deux femmes pour identifier le bébé. L'ADN ? Mme Meany avait regardé suffisamment d'épisodes des *Experts* pour savoir que de telles analyses pouvaient tout révéler. Ils découvriraient bientôt la vérité.

Chapitre 4

C'est Abigail en personne qui ouvrit la porte d'entrée d'Ard Carraig. Elle avait le visage pâle et les traits tirés ; PJ se demanda si elle était malade. Elle ne les salua pas et ne sembla pas le moins du monde gênée qu'ils restent tous les trois à se dévisager. Linus rompit le silence.

— Bonjour. Je suis le commissaire Dunne, et je crois savoir que vous connaissez déjà le sergent.

PJ lui adressa un faible sourire en guise de confirmation tandis qu'Abigail se contentait de hocher la tête. Elle n'était visiblement pas d'humeur à faire des mondanités. Linus se racla la gorge et essaya de reprendre le contrôle de la situation.

— Nous avons fait d'autres découvertes sur le chantier, et j'aurais aimé vous poser quelques questions.

— Voici Abigail Ross, intervint PJ. C'est Evelyn que nous souhaitons voir, en réalité.

— Ma sœur est absente pour le moment, mais je suis sûre qu'elle sera ravie… Oh.

Abigail s'interrompit en pleine phrase lorsqu'un immense golden surgit au coin de la maison et se jeta sur Linus et PJ comme s'ils étaient des membres de la famille revenant de guerre après une longue absence.

— Bobby ! Couché ! Vilain chien ! ordonna Abigail sans grande conviction. Il est un peu sauvage, j'en ai bien peur. Il va se calmer dans un instant.

Linus n'aimait pas les chiens en temps normal et il apprécia encore moins de devoir lutter avec cette montagne de poils et de salive qui ne cessait de gesticuler alors qu'il essayait de mener l'enquête. PJ se réjouissait secrètement de la gêne du commissaire. Il caressait le dos de Bobby, admirant le lustre de son pelage et la fougue impétueuse du jeune chien, dont le corps chaud semblait ne pas contenir un seul os tant il remuait.

— Je suis vraiment navrée ! s'écria Evelyn, légèrement essoufflée, qui se hâtait vers eux sur les traces de son chien. Il a entendu des voix et est parti comme une fusée. Il adore voir de nouvelles têtes. Il va se calmer dans un instant.

— Oui, il paraît…, grommela Linus.

Bobby, que rien ne parvenait à calmer, paraissait encore plus déchaîné maintenant qu'Evelyn avait rejoint le groupe. La meute était au grand complet !

Evelyn écarta les bras comme si elle rassemblait de jeunes enfants.

— Et si nous rentrions ?

Abigail tourna les talons et se faufila dans l'entrée plongée dans la pénombre, suivie de Linus et PJ. Tandis qu'Evelyn refermait la porte derrière eux, Bobby décida qu'il s'agissait d'une course pour déterminer qui atteindrait la porte de la cuisine le premier. Il la remporta.

PJ fut frappé par les changements qui s'étaient opérés à Ard Carraig. Aucune lampe n'était allumée pour dissiper les ténèbres, et, alors que la cuisine était autrefois étincelante, un peu de vaisselle sale traînait désormais ici et là tandis que le sol était recouvert d'un patchwork de vieux journaux maculés de taches d'urine de chien. Une forte odeur imprégnait la pièce, mais ce n'était pas celle d'un plat qui mijote.

— Pardonnez le désordre, les pria Evelyn en se dirigeant vers l'évier. Bobby n'a pas encore tout à fait compris où il devait faire ses besoins. Pas vrai, Bobby ?

Elle se pencha vers le chien pour lui gratter les oreilles.

— Tu ne sais pas où faire tes besoins, pas vrai ?

Bobby remuait énergiquement sa queue touffue comme si sa maîtresse lui proposait un pilon de poulet.

Les policiers se dévisagèrent, sans savoir comment réagir. PJ était pris au dépourvu par l'attitude d'Evelyn. Quelque chose ne tournait pas rond dans la maisonnée. Il parcourut la pièce du regard et se rendit compte qu'Abigail se tenait toujours sur le seuil de la cuisine, silencieuse, le visage imperturbable et impassible.

Impossible qu'elle accepte que sa maison se retrouve transformée en chenil, pensa PJ.

Linus décida qu'il était temps d'essayer de réaffirmer son autorité de commissaire.

— Auriez-vous un moment à nous accorder ? Nous avons quelques questions à vous poser.

— Oui, oui, bien sûr, répondit Evelyn. Laissez-moi juste donner un peu d'eau à Bobby.

PJ haussa un sourcil. Avec ça, le chiot risquait d'uriner encore plus, se dit-il.

Abigail entrouvrit la porte.

— Je sors dans le jardin. Ça va aller, Evelyn ?

Evelyn se détourna du robinet qu'elle venait d'ouvrir.

— Bien évidemment. À tout à l'heure. On risque de déjeuner un peu tard. Florence m'a dit que c'était le jour des photos de classe.

— Très bien.

— Oh, avant que vous partiez, intervint PJ. On m'a raconté que c'était vous qui aviez vu Tommy Burke monter dans le bus le jour où il a été vu pour la dernière fois ?

L'air sembla se figer dans la pièce. Evelyn tenait la gamelle du chien qui débordait, et même Bobby parut sentir que tous les regards étaient fixés sur Abigail. Celle-ci se retourna lentement.

— Moi ? Non. J'ai entendu des gens en parler au village, voilà tout.

— Est-ce que vous vous rappelez qui ? Cela pourrait être déterminant pour l'enquête.

— Je ne sais plus. C'était certainement l'une des commères du village. Probablement la vieille Mme Byrne, du pub… Oui, je suis presque sûre que c'est elle qui m'en a parlé.

Abigail leur lança un sourire crispé. Le sujet était clos.

PJ persévéra, s'exprimant lentement.

— Eh bien, quelle étrange coïncidence ! C'est justement elle qui a affirmé que vous aviez vu Tommy partir.

Si l'atmosphère de la pièce s'était refroidie, elle était à présent glaciale. Tous les regards étaient braqués sur la statue aux cheveux grisonnants qui se tenait sur le seuil. Un ange passa, puis un autre. PJ retenait son souffle.

Un tic nerveux agita la joue d'Abigail avant qu'elle prenne la parole.

— Cette femme n'est-elle pas en maison de retraite, sergent ?

Elle dévisagea froidement PJ, mais ce dernier s'arma de courage pour ne pas baisser le regard.

— Si. En effet.

— Eh bien, je crois que vous tenez là votre explication. Elle doit avoir perdu la tête. Maintenant, j'ai du travail qui m'attend. Excusez-moi.

Elle fit volte-face, sur le point de quitter la pièce, avant de se raviser. Évitant délibérément de regarder en direction d'Evelyn, elle s'adressa aux deux hommes :

— Cela dit, si j'avais vu ce garçon monter dans le bus, je lui aurais dit adieu sans regret. Il a causé suffisamment de torts par ici. Tout ce que j'ai à dire, c'est bon débarras. Il est parti, il n'est pas revenu, et c'est très bien comme ça. (Elle s'interrompit, puis se tourna vers Evelyn.) Si tu as besoin de moi, je serai en bas, dans la dernière serre.

— D'accord, répondit Evelyn avec un hochement de tête.

Avec un dernier regard à PJ et Linus, Abigail quitta la cuisine et ferma la porte derrière elle avec précaution.

Le silence qui suivit son départ fut rompu par Bobby, qui se leva du poste qu'il occupait derrière la table de la cuisine pour se précipiter vers Evelyn, comme si un barman imaginaire venait de sonner pour lancer les dernières commandes.

— Bon chien ! s'exclama-t-elle avant de poser l'eau à côté d'une deuxième gamelle vide posée au milieu de lambeaux de journaux tachés.

PJ s'éclaircit la gorge.

— Est-ce que votre sœur va bien ? Elle n'a pas l'air dans son état normal.

Evelyn haussa les épaules.

— Elle va bien, je crois. Elle s'est plainte d'avoir l'estomac barbouillé. Peut-être qu'elle a mal dormi. Voulez-vous que je mette la bouilloire à chauffer ?

Les deux hommes échangèrent un regard, puis Linus prit les devants.

— Oui, volontiers. Merci beaucoup.

— Je vais nous préparer du thé, alors. Asseyez-vous, je vous en prie. J'ai bien peur de n'avoir que cela à vous offrir. Je cuisine très peu en ce moment.

Elle désigna Bobby, qui était désormais allongé sur le sol et se léchait une patte avant.

— J'ai l'impression que son arrivée a changé votre vie.

PJ estima qu'il était plus avisé de parler de sujets neutres jusqu'à ce qu'ils soient tous assis. Il n'était pas sûr de comprendre pourquoi Linus avait accepté l'invitation d'Evelyn. Peut-être qu'il avait simplement envie d'une tasse de thé. C'était étrange, cependant, car il en avait déjà bu trois au commissariat. Essayait-il de s'attirer la sympathie d'Evelyn ?

Je réfléchis trop, se morigéna-t-il.

Evelyn parlait rapidement.

— J'avais oublié le travail que cela représente. Bien sûr, nous avons eu des chiens lorsque nous étions petites, mais je suppose que c'étaient mes parents ou mes sœurs qui s'occupaient généralement de les surveiller et de nettoyer. Je ne me plains pas. J'apprécie sa présence. Vous savez, on a l'impression d'avoir un peu de vie dans la maison au lieu de n'être que trois vieilles filles qui prennent la poussière, dit-elle dans un éclat de rire.

Ne sachant ni l'un ni l'autre comment réagir à cet autoportrait, PJ et Linus se contentèrent de lui sourire.

— Quel âge a-t-il maintenant ? demanda Linus, estimant qu'il devait feindre un peu d'intérêt pour l'animal.

Evelyn posa la théière et les tasses sur un petit plateau en métal.

— Il n'a que six mois. Espérons qu'il arrête de grandir bientôt !

— Il a de grosses pattes, fit remarquer PJ, tel un fermier aguerri évaluant une vache à vendre sur le marché.

— C'est ce que tout le monde dit !

Evelyn posa le plateau sur la table et s'assit. Elle commença à verser le thé.

— Alors ? Que puis-je pour vous ?

Elle s'aperçut soudain qu'elle ne connaissait pas la raison exacte de la présence des deux policiers. Elle sentit un léger malaise s'emparer d'elle.

PJ se tourna vers Linus, qui prit la parole.

— La découverte des ossements d'un nourrisson a apporté un nouvel éclairage sur le corps découvert à la fin de l'année dernière. Nous souhaitions simplement vous poser quelques questions supplémentaires. Elles sont assez personnelles, j'espère que cela ne vous gênera pas.

Evelyn haussa les sourcils et fit mine d'épousseter quelques miettes imaginaires sur ses genoux. Elle l'écoutait attentivement.

— La première fois que l'on vous a interrogée, il y a quelques mois, vous avez affirmé n'avoir eu aucune relation sexuelle avec Tommy Burke.

— C'est exact.

— Est-ce que votre réponse reste identique aujourd'hui ?

— Pardon ? Oui. Je veux dire, je n'ai pas menti, si c'est ce que vous sous-entendez.

— Personne n'est en train de suggérer une telle chose ; vous souhaitiez peut-être garder pour vous certains éléments qui ne vous semblaient pas pertinents. Le bébé remet en perspective toute notre enquête.

— Je comprends.

— Est-ce que vous savez si Tommy Burke avait une relation avec quelqu'un d'autre à l'époque ?

Avant qu'Evelyn n'ait pu lui répondre, il ajouta :

— … en dehors de Brid Riordan, évidemment.

Evelyn entoura sa tasse des deux mains et observa la fumée qui s'en échappait lentement.

— Non. Non, je n'ai jamais rien vu ni entendu, et pourtant je me trouvais chez lui presque tous les jours. Pour être honnête, je ne crois pas que lui et Brid aient jamais… Vous savez, ce n'était pas un mariage d'amour.

— Et qu'en est-il des autres filles ? Est-ce que des rumeurs circulaient à l'école ? Est-ce qu'une de vos camarades a abandonné l'école précipitamment ou disparu pendant quelques semaines ?

Elle leva les yeux au ciel.

— Je ne m'en souviens pas du tout. Je ne crois pas. Il n'y a eu aucun scandale de la sorte.

Comme excité par toute cette discussion sur les rapports sexuels, Bobby s'étala sur le sol et commença à lécher bruyamment ses parties intimes. Les trois humains jetèrent un coup d'œil au chien avant de retourner à leur tasse de thé. Aucun d'eux ne se sentit le courage de relancer la conversation.

Linus était frustré. En temps normal, il arrivait à lire ses interlocuteurs. Il se targuait de pouvoir deviner lors des interrogatoires qui disait la vérité et qui essayait simplement de gagner du temps. Evelyn ne laissait rien paraître. Elle se contentait de rester assise là, l'esquisse d'un sourire sur les lèvres.

— Comment avez-vous appris la disparition de Tommy ?

— Par Abigail. Et probablement Florence. Elles en avaient entendu parler au village.

— Vous n'avez jamais essayé de le contacter ?

— Je l'ai déjà dit au sergent Collins il y a des mois.

— Je sais. Je suis désolé, c'était juste pour être sûr. Il arrive que certains souvenirs remontent à la surface.

— Même si je l'avais voulu, cela aurait été impossible. C'était une autre époque alors. Je m'approchais parfois de la maison pour essayer de voir s'il y avait un signe de vie, mais je n'en ai jamais aperçu aucun. Et après quelques années, la maison a disparu.

— Elle s'est effondrée ?

— Non, pas exactement. Le jardin a juste repris ses droits jusqu'à ce que la ferme soit complètement enfouie.

— C'était sacrément sinistre, renchérit PJ, tentant d'avoir le dernier mot.

Linus et Evelyn se tournèrent vers lui, comme surpris qu'il fût encore là.

Le commissaire soupira. D'autres questions lui venaient à l'esprit, mais il savait que la discussion menait à une impasse. Il referma son carnet.

— Merci de nous avoir accordé un peu de votre temps. Et préparé du thé, ajouta-t-il en prenant sa tasse et en la finissant.

— Oui. Merci, répéta PJ en souriant à Evelyn.

Ils se levèrent de concert et se dirigèrent vers la porte. Au moment où ils quittaient la cuisine, PJ jeta un coup d'œil en arrière et aperçut Bobby accroupi devant la porte arrière, une flaque d'urine s'étalant autour de lui. Il se demanda s'il devait dire quelque chose, mais se sentit brusquement très las. Tant pis, elle s'en rendrait compte bien assez tôt.

PJ n'aimait pas se retrouver à la place du passager et, pour empirer la situation, il venait à peine de boucler sa ceinture de sécurité quand il se rendit compte qu'il aurait dû prendre exemple sur Bobby et passer aux toilettes à Ard Carraig. Il devrait tenir jusqu'à ce qu'ils arrivent à la ferme des Riordan.

Il indiqua à Linus de reprendre la direction du village, avant de le guider de manière plus détaillée. Tandis que le paysage défilait, le silence s'installa dans l'habitacle. PJ fit une tentative pour retrouver les rapports un peu plus détendus qu'ils avaient instaurés ce matin-là au commissariat.

— Comment va le bébé ?

Linus hésita un instant avant de répondre.

— Bien. Bien.

— Et votre femme ?

Il mit davantage de temps.

— Elle se porte bien.

— J'imagine que votre fils fait ses nuits maintenant ?

— Oui, en effet.

Comprenant que PJ ne laisserait pas tomber le sujet, Linus expira lentement et expliqua d'un ton aussi neutre que possible :

— À vrai dire, nous avons décidé de faire une pause, June et moi.

PJ se figea. Ce n'était pas la direction qu'était censée prendre cette discussion. Comment sa timide tentative pour engager la conversation avait-elle pu aboutir à cet aveu ? Il frotta ses mains légèrement moites sur ses cuisses et se demanda ce qu'il était supposé répondre. Il s'empressa de trouver une réplique qui ferait l'affaire.

— Oh. J'en suis navré.

Linus hésita un instant avant d'ajouter à voix basse :

— Je ne vous ai pas vraiment dit la vérité, en réalité. June souhaite que l'on donne cette explication pour le moment, mais c'est fini.

Avant même que PJ n'ait pu réagir, il poursuivit :

— C'est la meilleure chose à faire. Ce travail est… difficile.

PJ se démenait pour trouver quelque chose à lui répondre, mais il savait qu'il ne pouvait laisser le silence envahir de nouveau l'habitacle.

— Oui, je suppose.

Linus lui jeta un regard.

— Avez-vous déjà été marié, sergent ?

PJ était horrifié. Il détestait parler de lui, quelle que soit la situation, mais la perspective de discuter de sa vie sentimentale avec le commissaire Dunne le terrifiait tant qu'il préférait ne pas y penser.

— Non. Non, l'occasion ne s'est jamais présentée.

Il lui adressa un sourire en coin en espérant clore le sujet.

— La solitude ne vous pèse pas trop, tout seul ici ?

Pourquoi diable Linus lui posait-il ces questions ? Il était peu probable que le bien-être sentimental du sergent de Duneen lui importe vraiment.

— De temps en temps, admit PJ qui n'avait pas l'intention de s'appesantir sur le sujet.

— Je vous envie presque. Tout seul ici. J'aime ce métier, mais je suis souvent agacé par la bande d'abrutis avec laquelle je dois travailler. De qui est cette citation déjà – « L'enfer, c'est les autres », ou quelque chose dans ce genre ?

Un éclair de compréhension traversa PJ.

— Je comprends ce que vous voulez dire. Je suis resté en poste à Thurles presque dix ans avant d'arriver ici, et ça a été une épreuve. Mais Duneen représentait peut-être un changement un peu trop extrême.

Il eut un rire timide.

— Vous avez toujours voulu être policier ? demanda Dunne.

PJ dut réfléchir un moment.

— Non. Pas vraiment. Une fois mon bac en poche, j'ai passé les concours pour travailler à la banque et je suis entré chez AIB[1]. J'y suis resté coincé quelques années en pensant que je finirais par m'y plaire, mais je détestais mon boulot. Je ne me suis jamais autant ennuyé de toute ma vie. J'avais envisagé de rentrer dans la police, mais j'étais persuadé que ce serait

1. Allied Irish Banks, l'une des quatre plus grosses banques d'Irlande.

impossible à cause de… eh bien, vous savez quoi, dit-il en tapotant son embonpoint. J'ai toujours été du genre costaud. Et puis il y a eu ce policier qui venait à la banque et qui avait presque la même corpulence que moi, et j'ai commencé à y repenser. Un soir, après quelques verres, je l'ai aperçu au pub, donc je suis allé le voir et lui ai demandé de manière directe comment il y arrivait.

Il éclata de rire, imité par Linus.

— J'ai eu de la chance qu'il ne me frappe pas.

— Effectivement.

— Il se trouve que les exigences physiques étaient une vaste blague à l'époque. Rien à voir avec aujourd'hui. Vous voyez ce que je veux dire.

— Oui.

— J'étais loin d'être un élève modèle. (PJ repensa aux cours d'autodéfense qu'il avait subis, le visage rouge sous l'effort, luttant pour reprendre son souffle.) Mais j'ai réussi à obtenir mon diplôme. Et vous savez quoi ? Ça en valait la peine, rien que pour voir le visage de mes parents ce jour-là. Je crois qu'ils n'avaient jamais été aussi fiers de moi de toute ma vie. Ma mère a gardé une photo où je posais en uniforme entre eux deux sur le buffet à côté des photos de mariage de mes sœurs jusqu'à sa mort.

PJ s'aperçut brusquement qu'il avait parlé un long moment, et il s'interrompit.

Linus se confia à son tour, d'une voix indifférente et monocorde :

— Mes parents ne sont pas venus à ma cérémonie de remise de diplôme. Mon père était médecin et ils ne m'ont jamais pardonné d'être devenu policier.

PJ observa le visage du commissaire, mais celui-ci ne laissa rien paraître. Il regardait droit devant lui, les cheveux soigneusement gominés, le nœud de sa cravate bien serré près de la gorge. Ce souvenir continuait visiblement à l'affecter, mais PJ ne pouvait rien dire. Il était incapable de soulager une telle blessure. Il attendit de voir si Linus ajouterait quelque chose, mais il resta silencieux, et l'ébauche de camaraderie qu'ils avaient commencé à créer s'estompa lentement.

En regardant par la fenêtre, PJ visualisa où ils en étaient de leur itinéraire.

— Prenez la prochaine à droite, après le pavillon beige.

Le clignotant se mit en marche.

C'était son petit poing. Brid ne parvenait pas à oublier cette image. Elle se souvenait comme si c'était hier de ce jour à la maternité où elle avait tenu Cathal dans ses bras et s'était émerveillée à la vue de ses mains minuscules. L'éclat de chacun de ses ongles nacrés et parfaits, tels de délicats coquillages exotiques. C'était ce souvenir qui la submergeait lorsqu'elle se remémorait la naissance de ses deux enfants. Ces petits doigts qu'elle embrassait et dont elle humait l'odeur. Anthony était arrivé à son chevet et Brid avait été horrifiée en voyant sa gigantesque main tannée et rugueuse s'approcher du bébé. Comment était-il possible que la peau parfaite et veloutée de son petit garçon devienne un jour aussi rêche et calleuse que celle de la main qui caressait sa petite jambe potelée ?

Elle ne cessait de penser à la personne qui avait enterré ce corps minuscule aux membres miniatures et à la peau immaculée. Comment pouvait-on jeter de la terre sur un être aussi pur et innocent ? Elle eut de nouveau les larmes aux yeux. Qui était la mère de cet enfant ? Comment était-il possible que personne ne soit au courant ? Et où se trouvait Tommy Burke ? Cela lui avait plu de le savoir mort et enterré à la ferme. Enfin, cette idée n'était pas vraiment plaisante, mais elle l'avait soulagée. Cela l'avait aidée à tourner la page – une page qu'elle croyait avoir tournée depuis longtemps. Elle se trouvait maintenant dans un étrange état d'incertitude qui l'empêchait de comprendre ce qu'elle ressentait et la laissait déstabilisée. Et si Tommy entendait parler de ce qui s'était passé ? Reviendrait-il s'expliquer ? Mon Dieu, que ferait Anthony dans ce cas ?

Elle se rappelait parfaitement ce qu'elle avait ressenti, assise dans cette voiture avec PJ en haut de la falaise. Elle voulait se concentrer sur sa vie avec Anthony et les enfants. Elle s'était sentie libérée du passé, mais aujourd'hui tout allait aussi mal qu'avant, c'était peut-être même pire. Pour une raison qui lui échappait, elle persistait à associer Tommy Burke à une période heureuse de sa vie, ce qui n'avait aucun sens, elle le savait. À l'époque, elle se sentait déjà torturée par la situation, mais pendant quelques mois, on l'avait traitée différemment, regardée comme si elle venait de gagner une compétition, et c'est ce qu'elle avait alors ressenti qu'elle ne parvenait pas à oublier. Tommy n'était qu'un gamin stupide, et elle avait eu le béguin pour lui, voilà tout. Elle s'était souvent imaginé ce qui se serait passé si le mariage avait eu lieu : dans chacun de ces scénarios, leur vie commune se révélait désastreuse. Parfois, il la quittait pour Evelyn ;

d'autres, il était ivre et la battait, ou bien, plus rarement, elle tombait amoureuse d'un apollon qui travaillait fortuitement comme ouvrier à la ferme, ils fuyaient le pays et menaient une vie heureuse.

Brid cuisinait. Cela faisait partie de sa nouvelle vie. Elle avait décidé de s'investir davantage dans les affaires de l'école et de se faire respecter des enseignants. Elle concassait donc des noisettes pour le gâteau au café et aux noisettes qu'elle préparait pour une collecte de fonds. Cela avait quelque chose de rassurant de mesurer les ingrédients sur la vieille balance que sa mère avait utilisée avant elle. Elle aimait le caractère familier de son émail beige écaillé et des poids froids et lisses mouchetés par les ans.

Malgré tous les efforts qu'elle déployait pour se faire intégrer à l'école, elle continuait à s'y sentir étrangère. Elle se tenait debout, l'air gauche, près de la table chargée de tasses et de soucoupes, à observer les autres mères discuter et rire. Parfois, elle reconnaissait certaines d'entre elles, partageant un café à l'une des petites tables installées devant l'hôtel, sur la place. Elles étaient visiblement amies, et si Brid savait ce que cela signifiait, elle ne se rappelait plus du tout comment s'en faire. Elle n'était pas timide, mais dès qu'elle approchait un petit groupe de femmes lors des événements organisés par l'école, après avoir échangé avec elles quelques présentations et sourires, elle surprenait son esprit à vagabonder tandis que ses interlocutrices discutaient du nouveau projet de stationnement ou du politique qui s'était ridiculisé dans le *Late Late Show* du vendredi précédent. Si rester seule lui évitait d'avoir à parler de ce genre d'idioties, elle préférerait toujours ça plutôt que d'accepter de prendre un café ou de participer à l'un de leurs déjeuners.

Le bruit d'un moteur la ramena à la table de sa cuisine. Elle s'essuya les mains sur un torchon et se dirigea vers la porte de derrière. Anthony ne l'avait pas prévenue qu'il rentrait déjeuner. Une Mercedes argentée. Elle ne connaissait personne qui conduisait une telle voiture, mais les deux portières s'ouvrirent et PJ s'extirpa du côté passager. Elle n'avait encore jamais vu le conducteur. La petite quarantaine, un imperméable beige, une coiffure soigneusement travaillée devant le miroir. Ils se dirigeaient vers l'entrée de la maison. Le cœur battant, elle ouvrit la porte de derrière et les apostropha :

— PJ ! Je suis là, derrière.

Le sergent se retourna en entendant sa voix et lui sourit.

— Bonjour !

Les deux hommes s'avancèrent en direction de Brid. Linus se pencha vers son collègue et lui murmura :

— PJ, c'est ça ? Je ne savais pas que vous étiez si bons amis, sergent…

PJ rougit, et ils rejoignirent la porte en silence.

— Entrez, entrez.

Brid les conduisit dans la cuisine, le souffle court.

Qu'étaient-ils venus lui annoncer ? Tommy était-il de retour ? Avaient-ils réussi à identifier la mère du bébé ?

— Madame Riordan, je suis le commissaire Dunne, et vous connaissez déjà le sergent Collins ici présent.

Linus sourit et lui tendit la main. Brid la serra, ses yeux passant nerveusement de l'un à l'autre.

— Je vous en prie, asseyez-vous. Puis-je vous offrir une tasse de thé ou de café ?

— Je n'ai besoin de rien, merci, répondit Linus en s'asseyant et sortant un carnet.

PJ avait prévu de se contenter d'un « Rien pour moi, merci », mais parvint seulement à émettre une quinte de toux. Il se racla la gorge et refit une tentative.

— Non merci.

Il était étrange de se retrouver dans cette pièce. Où que son regard se pose, des souvenirs vivaces l'assaillaient : Brid et lui se cognant dans les meubles, roulant sur le sol. Au fil des mois, il avait souvent repensé à cette nuit-là. Dans son esprit, elle s'était transformée en fantasme érotique, mais de retour sur les lieux, à la lumière crue de la réalité, il se sentait honteux et minuscule. La cuisine semblait plus chaleureuse, plus vivante. Il avait été surpris de voir la balance, les paquets de farine et de sucre. Il n'aurait jamais imaginé Brid en fée du logis, mais, après tout, il ne la connaissait pas. Une vague de tristesse le submergea, et il s'avachit sur sa chaise. Linus scrutait attentivement son carnet.

Brid ne supporta pas le silence.

— Que puis-je faire pour vous ? demanda-t-elle. Si ce sont de mauvaises nouvelles, ne faites pas trop durer le suspense.

La sécurité de ses enfants s'était désormais ajoutée à la liste de ses inquiétudes.

— Oh non, madame Riordan. Navré de vous avoir inquiétée. Rien de tel. Nous avions simplement quelques questions supplémentaires à vous poser, c'est tout, expliqua Linus dans un sourire, espérant la rassurer.

PJ ne pouvait attendre plus longtemps.

— Puis-je utiliser vos toilettes ?

— Bien sûr, acquiesça Brid, visiblement soulagée.

PJ se dirigea vers la porte, mais, avant de s'échapper, il surprit l'expression sur le visage de Linus. *Merde*. Il n'aurait pas dû montrer qu'il connaissait si bien la maison. Oh, tant pis. Il était trop tard maintenant, et rien n'importait plus que sa vessie pleine.

À son retour, l'interrogatoire commença et se déroula de la même façon que celui qu'ils avaient mené à Ard Carraig. Brid n'avait jamais eu vent du bébé et n'avait aucune idée de l'identité de la mère. Tommy s'était tout bonnement volatilisé.

Cette fois, Linus était convaincu que la femme qu'il interrogeait disait la vérité. Il appréciait Brid. Elle dégageait quelque chose d'ouvert et de chaleureux. Elle était allée de l'avant, ou peut-être se reconnaissait-il simplement dans la vie qu'elle menait. L'étrange pacte familial des sœurs Ross le mettait mal à l'aise. Peut-être parce qu'elles lui faisaient penser à des nonnes. Linus avait une sainte horreur des bonnes sœurs.

Chapitre 5

Tout pouvait changer du jour au lendemain ! Vingt-quatre heures plus tôt, PJ interrogeait des personnes dans le cadre d'une enquête pour meurtre, ce jour-là, il s'occupait de la circulation.

La fête de l'Église d'Irlande se déroulait chaque printemps, mais, cette année, la découverte du deuxième corps avait accaparé toute son attention et PJ l'avait complètement oubliée. Il avait pour mission d'empêcher les visiteurs de se garer sur l'étroite route bordée d'arbres qui reliait l'église au vieux presbytère, dans les grands jardins duquel étaient installés les stands. Il les invitait à se garer sur les terrains de la GAA[1] ou, s'ils trouvaient une place dans le village, à monter à pied.

La foule qui affluait chaque année laissait penser à PJ que cette fête était unique au monde, mais, quand il s'y était aventuré, il s'était rendu compte que c'était une fête comme les autres. Des petites tentes blanches s'élevaient de guingois sur la pelouse tandis que les

1. Gaelic Athletic Association : association sportive et culturelle irlandaise ayant pour objectif de promouvoir la culture gaélique et possédant de nombreux terrains dans tout le pays.

visiteurs déambulaient et s'attardaient devant les tables à tréteaux chargées de confitures maison, de piles de livres jamais ouverts et de bric-à-brac poussiéreux. Devant le presbytère, on pouvait se ravitailler en thé et gâteaux, disposés sur des tables en plastique. Des gens vendaient des tickets de tombola, et des enfants attendaient impatiemment leur tour pour monter sur le petit château gonflable. Le tout formait un joyeux mélange.

Savoir ce qui se passait derrière les hautes haies rendait la tâche de PJ encore plus difficile. Il y avait plus important à faire avec l'enquête, mais non, il devait rester debout dans la rue accoutré d'un gilet de sécurité bien trop grand, même pour lui. *Mon Dieu*, avait-il pensé en le sortant du coffre de sa voiture, *on dirait une tente*. Pire encore – si tant est qu'on puisse imaginer pire que d'accomplir cette tâche subalterne –, cette année, le temps ne jouait pas en faveur des protestants. Le soleil printanier avait boudé les célébrations de Pâques et une bruine froide s'était invitée à la fête, accompagnée d'un vent cinglant qui faisait claquer les tentes. PJ aurait volontiers cédé sa place aux quelques paroissiens bénévoles, tout en sachant que cela lui était impossible. Les organisateurs avaient rempli le formulaire de gestion de trafic et payé les frais correspondants. Il était à leur merci jusqu'à 17 heures.

Il avait passé le plus clair de la matinée à gérer les entrées et sorties de nombreuses camionnettes et à autoriser les voitures à décharger leur précieuse cargaison devant les portes du presbytère. À midi, le crachotement aigu du système d'enceintes instable qui avait été installé informa les visiteurs de l'ouverture officielle des stands. Que la fête commence – et, avec elle, la collecte des fonds.

Un flot de voitures continu allait et venait, mais PJ laissa les bénévoles gérer la majorité de la circulation. Il s'écarta légèrement de la route, se mettant à l'abri de la pluie sous un grand marronnier qui ployait, sous le poids des ans et de ses branches, au-dessus du mur. Il ne cessait de consulter son téléphone pour voir s'il avait des nouvelles de Linus, mais il ne captait aucun réseau.

Saloperie de bled !

Il redémarra l'appareil encore et encore en scrutant avec espoir le petit écran, mais rien. Il le rangea rageusement dans une des poches gigantesques de son gilet. De lourdes gouttes tambourinaient sur sa casquette. Il poussa un profond soupir.

Un parapluie orange surgit devant son visage avant d'être soulevé bien haut.

— Bonjour, sergent !

PJ réprima le gémissement qui menaçait de franchir ses lèvres. Devant lui se tenait Susan Hickey, accompagnée d'une femme qu'il ne connaissait pas. Coiffées de foulards aux couleurs vives et vêtues de lourds équipements contre la pluie, on avait l'impression qu'elles s'apprêtaient à jardiner en montagne.

— Ravi de vous voir. Quel temps abominable ! s'exclama-t-il d'un ton qu'il espérait à la fois poli et dissuasif.

Susan Hickey n'était pas douée pour saisir les sous-entendus.

— Je vous présente ma petite sœur, Vera. Elle est venue de la grande ville pour nous rendre visite.

— De Londres, rétorqua l'autre femme. Enfin, de sa banlieue. Vous connaissez un peu l'Angleterre ?

PJ se demanda ce qui pouvait lui faire penser qu'un policier trempé, planté sur le bord de la route d'un petit village comme Duneen éprouverait le moindre intérêt pour l'endroit où elle vivait, mais il réussit à répondre sans trop grincer des dents :

— Je vois où c'est. Passez un agréable séjour.

Le parapluie ne bougea pas.

— Enfin quelque chose d'intéressant à Duneen ! C'était loin d'être le cas quand j'étais petite.

— Voyons, Vera, il s'est toujours passé beaucoup de choses au village. Sergent, vous avez découvert d'autres informations au sujet du…

Susan s'interrompit, hésitant sur la meilleure façon de formuler sa question. Sa voix devint un murmure et elle articula les mots comme s'ils discutaient d'une maladie vénérienne.

— … du bébé mort ?

PJ rentra dans son rôle de policier.

— L'enquête est en cours. L'équipe scientifique devrait bientôt nous apporter des réponses.

— Oui. Oui, bien sûr. Quelle tragédie, ce petit…

— Susan, l'interrompit Vera, je suis sûre que monsieur l'agent est très occupé. Nous devrions le laisser.

Elle sourit à PJ et entraîna sa sœur en direction des portes du presbytère.

— Au revoir, sergent ! s'exclamèrent-elles, dissimulées sous leur parapluie orange.

PJ sortit son téléphone. Toujours rien.

De l'autre côté de la route, trois silhouettes familières s'approchèrent, les bras chargés de petites boîtes en carton remplies de plantes en pot. Elles s'avançaient en file indienne, tels les Rois mages venus apporter leurs offrandes. Bien que leurs têtes fussent dissimulées par les grandes capuches de leurs imperméables, PJ sut instantanément qu'il s'agissait des sœurs Ross. La dernière traversa la route dans sa direction tandis que les autres poursuivaient leur chemin vers le presbytère. Il reconnut Evelyn.

Elle leva les yeux vers lui et lui sourit sous sa capuche ruisselante.

— Sergent Collins. PJ. Je tenais simplement à m'excuser pour hier.

— À vous excuser ? Pour quelle raison ?

PJ fut frappé par son parfum. Elle sentait l'été. Une fine mèche de cheveux mouillés collait à sa joue. C'était vraiment une femme très séduisante.

— Je ne voulais pas vous paraître impolie. Je trouvais l'autre policier peu commode, voilà tout.

PJ lui adressa un sourire en coin.

— Je vois ce que vous voulez dire, mais ce n'est pas un mauvais bougre. Il est même assez doué.

— Vous êtes comme un ami pour moi, PJ.

Il croisa son regard l'espace d'un instant. Ni lui ni elle ne savaient ce qui allait se passer ensuite. PJ sentit son cœur tambouriner dans sa poitrine.

— Puis-je vous aider à porter votre carton ? proposa-t-il.

— Non, je vous remercie. C'est léger. Rien que quelques boutures qu'Abigail a fait pousser pour le stand de plantes. Nous aurions dû arriver beaucoup plus tôt, mais elle ne se sentait pas bien. Je ferais mieux de les rattraper. Est-ce que vous passerez à la fête tout à l'heure ?

Non seulement PJ se surprit à répondre par l'affirmative, mais en plus il se rendit compte qu'il avait hâte de la rejoindre.

Chapitre 6

Excessif, c'était le mot. Les talons vertigineux, les cheveux teints noués en chignon lâche, le rouge à lèvres, la chemise blanche dévoilant un décolleté généreux. Linus comprenait qu'elle essayait de s'affirmer – il était difficile d'être une femme dans ce monde d'hommes –, mais une simple paire de boucles d'oreilles aurait pu faire l'affaire, non ?

Norma Casey était la seule femme du service technique et, à quarante-neuf ans, elle était désormais la plus âgée de l'équipe. Elle avait décidé très tôt dans sa carrière d'assumer sa féminité. Les talons et les coiffures soignées lui donnaient le sentiment d'être forte. Elle dépassait ses collègues et, tandis qu'elle parcourait les couloirs, sa blouse blanche déboutonnée flottant derrière elle, tel un porte-drapeau s'élançant dans la bataille, elle était convaincue qu'elle était destinée à être aux commandes.

Linus et Norma ne s'étaient croisés qu'en de rares occasions, et entre eux le sentiment de méfiance était réciproque. Ce jour-là, cependant, une certaine exaspération flottait également dans l'air. Le commissaire avait insisté pour qu'elle vienne lui remettre en mains propres les résultats de l'analyse ADN de Duneen.

— Je pensais que ce serait plus simple que d'essayer de comprendre tout ça, se justifia-t-il.

Il brandit le rapport d'expertise qu'elle avait minutieusement préparé.

Norma se mordit les lèvres. Plus simple pour qui ? En quoi était-ce sa faute s'il était trop stupide pour interpréter les données ? Elle soupira.

— Bien. Qu'est-ce que vous voulez savoir ?

— L'ADN du bébé correspond à celui des parents Burke, c'est bien ça ?

— Oui.

Tout était expliqué dans l'introduction de son rapport, mais Norma s'était juré de ne pas rembarrer le commissaire.

— Est-ce que cela signifie que Tommy Burke aurait pu être le père du bébé ?

— Le jeune Tommy ?

— Oui.

— Non. Ce n'est pas lui le père.

— Comment pouvez-vous l'affirmer ?

— Parce que l'ADN correspond parfaitement aux corps qui ont été exhumés. Si Tommy était le père, une moitié d'ADN seulement aurait été identique. Sans compter que la chronologie exclut cette hypothèse. Le corps du nourrisson a été enterré bien avant celui du jeune homme. Il s'agit du frère de Tommy Burke. On ne peut pas l'affirmer avec certitude, mais il avait certainement un ou deux ans de plus ou de moins. Il pourrait même s'agir de son jumeau.

— Des jumeaux ? Existe-t-il un moyen de le confirmer ?

— Seulement si vous me fournissez l'ADN de Tommy, mais, même alors, on ne pourrait pas en avoir la certitude dans le cas où ils étaient seulement hétérozygotes et non homozygotes.

— D'accord. Donc pour être tout à fait clair : Mme Burke a eu deux bébés ?

— Oui ! Écoutez, si vous avez fini, j'ai du travail qui m'attend.

Norma n'avait finalement pas pu s'empêcher de lui répondre sèchement.

— Bien sûr. Merci d'être venue me voir. Je ne suis pas vraiment une flèche dans ce domaine.

— Je vous en prie, lui répondit-elle dans un sourire.

Elle lui avait pardonné.

Une fois Norma partie, il laissa la porte de son bureau ouverte pour dissiper l'odeur tenace de son parfum et décrocha son téléphone.

Le sergent Sumo ne décrocha pas. Il laissa un message sur son répondeur.

— Bonjour, commissaire Dunne à l'appareil. Pourriez-vous vérifier à quelle date remonte le dossier médical de Mme Burke ? Essayez les hôpitaux de Ballytorne, les médecins du coin, et tout ce à quoi vous penserez. Prévenez-moi dès que vous trouvez quelque chose.

Il raccrocha et regarda fixement son bureau, tête baissée. Il fit tourner son alliance encore et encore. *Je devrais vraiment l'enlever*, pensa-t-il. Mais il aimait la sensation qu'elle lui procurait.

Il s'efforça de se concentrer sur l'enquête. Un jumeau mort-né. C'était peut-être aussi simple que cela. Il n'y avait peut-être aucun lien avec l'autre corps. Mais alors pourquoi le bébé était-il enterré dans un champ ? Le prêtre serait sûrement venu et le nourrisson aurait été emmené au cimetière. Les Burke étaient mariés. Aucun secret ni scandale n'avaient lieu d'être. Cela n'avait aucun sens.

Son alliance continuait à tourner.

Chapitre 7

Elle n'avait jamais eu aussi mal de sa vie. Un petit attroupement s'était formé autour d'elle, à l'endroit où elle était tombée à genoux, son visage écrasé contre l'herbe humide. C'était agréable de sentir la terre détrempée sur sa joue, mais une douleur aiguë continuait à irradier son dos.

Elle entendit des voix.

— Mademoiselle Ross ! Vous allez bien ?

— Souhaitez-vous qu'on vous apporte un verre d'eau ?

— Faut-il appeler une ambulance ?

Elle s'aperçut brusquement que Florence était agenouillée à ses côtés.

— Oh, Abigail ! Que se passe-t-il ?

Sa voix semblait lui parvenir de très loin, faible et inquiète.

Abigail tenta de lui répondre, mais un nouvel éclair de douleur la traversa, et elle ne parvint qu'à gémir.

Florence se releva.

— Evelyn ! Est-ce que quelqu'un a vu ma sœur Evelyn ? Evelyn ! cria-t-elle.

— Elle prenait le thé avec le sergent.

— Est-ce que vous pouvez la prévenir ? Allez la chercher, s'il vous plaît !

Une jeune femme chaussée de bottes courut maladroitement en direction des tables en plastique, et Florence caressa le dos de sa sœur en murmurant de manière apaisante comme si elle essayait de rassurer un animal blessé sur le bas-côté.

Evelyn et PJ avaient fini leur thé, et elle lui montrait des photos de Bobby sur son téléphone. Il était difficile de ne pas sourire à la vue des adorables portraits du chiot, et PJ appréciait également le contact furtif de leurs doigts alors qu'ils tenaient tous les deux l'appareil.

Quand Evelyn vit surgir la jeune femme angoissée à l'angle du presbytère, elle se demanda ce qui n'allait pas avant de s'apercevoir qu'elle se dirigeait droit vers leur table. Elle eut juste le temps de murmurer « PJ… », persuadée que l'urgence concernait le policier, avant que la femme s'écrie :

— Evelyn Ross ! Votre sœur est très souffrante. Elle a besoin d'aide.

— Oh, mon Dieu. Oh, mon Dieu !

Evelyn bondit sur ses pieds et regarda autour d'elle comme si elle cherchait une explication à ce qu'elle venait d'entendre.

La jeune messagère leur montra le chemin.

— Elle se trouve de l'autre côté.

Evelyn et PJ se hâtèrent derrière elle.

Lorsqu'ils atteignirent l'attroupement devant la buvette, Evelyn aperçut ses sœurs sur le sol. Elle se sentit mal. PJ ralentit, essayant de cacher son essoufflement. Cela n'augurait rien de bon.

Florence se leva immédiatement.

— Oh, Evelyn. C'est Abigail. Elle souffre atrocement. On doit appeler une ambulance.

Evelyn se retourna vers PJ. Il saurait quoi faire, à coup sûr.

Autrefois, il s'était imaginé que, en devenant policier, on le regarderait de la même façon qu'Evelyn à cet instant. Il remit sa casquette, prêt à agir.

— Êtes-vous sûres de vouloir attendre l'ambulance ? Elle risque de mettre longtemps à arriver. Ma voiture de fonction est garée à côté et, en activant la sirène, on sera à l'hôpital en vingt minutes.

Evelyn échangea un regard avec Florence.

— Oh, sergent Collins, ce serait merveilleux ! Merci beaucoup !

— Merci, PJ, renchérit Evelyn.

Il eut l'impression qu'elle venait de lui murmurer « Mon héros ! » à l'oreille.

Il observa Abigail. Elle essayait de prendre de longues et lentes inspirations.

— Mademoiselle Ross, préférez-vous attendre l'ambulance ?

Abigail leva le bras et agita les doigts de gauche à droite comme pour faire dire « non » à une marionnette à main invisible.

— Très bien. (Il se retourna vers ses sœurs.) Couvrez-la pour qu'elle ne prenne pas froid, je reviens dans cinq minutes.

Le trajet se déroula dans un brouillard confus, mais PJ tint parole et les conduisit à l'hôpital en moins de vingt minutes. Il se trouvait désormais assis aux côtés d'Evelyn et Florence sur une rangée de chaises en plastique orange à l'extérieur du minuscule service des urgences où Abigail se faisait examiner. Ils tenaient tous les trois un gobelet en polystyrène rempli de thé au lait. Evelyn et sa sœur évoquaient les signaux d'alerte qu'elles avaient manqués la première fois qu'Abigail avait avoué se sentir mal ; si seulement elle était allée voir le médecin, regrettaient-elles. Pendant qu'elles ressassaient leur inquiétude, PJ regardait autour de lui.

Le couloir où ils se trouvaient était divisé en deux par une porte verte à double battant qui semblait n'avoir aucune utilité. Les murs coquille d'œuf étaient nus, à l'exception d'un ou deux tableaux – sans doute des témoignages de reconnaissance de patients. Des panneaux en plastique bilingues indiquaient la direction des différents services. De temps à autre, une infirmière passait devant eux, ses chaussures chuintant sur le lino vert pâle. Les seules voix qu'on entendait, assourdies, tenaient du murmure. Le temps semblait comme suspendu dans tout le bâtiment.

La tension ambiante retomba brusquement lorsqu'une sonnerie électronique stridente retentit. PJ se rendit compte qu'elle provenait de son téléphone et se demanda si cela se passait de la même façon à l'hôpital que dans un avion. Est-ce que son portable pouvait interférer avec des équipements vitaux ? En regardant l'écran, il apprit qu'il avait un nouveau message vocal. Il l'écouta en observant les deux sœurs du coin de l'œil. Elles ne parlaient plus. Evelyn examinait ses chaussures tandis que Florence regardait fixement la porte qui menait aux urgences. Elle ressemblait aux chiens que l'on attache devant les magasins.

Lorsqu'il entendit la requête de Linus, PJ n'en crut pas ses oreilles. Il était si rare que quelque chose se passe comme prévu dans sa vie ; il n'avait pas l'habitude d'heureuses coïncidences comme celle-ci. Il avait besoin d'un dossier médical et il se trouvait précisément à l'hôpital. Il se pencha vers Evelyn et lui murmura :

— J'ai un petit truc à faire. Je ne devrais pas en avoir pour longtemps. Je vous rejoins dès que possible.

Elle acquiesça d'un hochement de tête, et il retourna vers l'accueil, ses semelles couinant sur le lino.

Il fut dirigé vers un petit ensemble de bureaux au premier étage. Légèrement essoufflé par la montée des escaliers, il ouvrit la porte avec précaution. Assise derrière un bureau, une femme d'une soixantaine d'années chaussée de lunettes tapait frénétiquement sur son clavier. PJ se racla la gorge et elle leva les yeux en lui adressant un sourire de façade.

— En quoi puis-je vous être utile ?

— Je suis à la recherche d'un dossier médical en lien avec une enquête, et je me demandais si vous pouviez m'aider.

— D'accord. Je devrais être en mesure de le faire, mais tout dépend des années qui vous intéressent. Certains dossiers sont disponibles en ligne, d'autres sont sur microfiches ici, précisa-t-elle en désignant deux grandes armoires de classeurs, et, s'il est plus ancien, il se trouvera au sous-sol.

— Ce serait…

PJ fouilla ses poches à la recherche de son carnet.

— Est-ce que je peux m'asseoir ?

— Bien sûr. Je vous en prie, dit la femme en lui désignant une chaise aux accoudoirs en bois, juste à côté de son bureau.

— Merci.

Il s'assit et feuilleta les pages couvertes de notes en marmonnant :

— Il avait vingt-neuf ans quand il a disparu. Il est né en… 1966. Voilà, je cherche un dossier de 1966. Celui d'une femme qui vivait à Duneen. Une certaine Mme Burke.

Il tourna quelques pages de son carnet.

— Patricia Burke.

La femme se leva.

— Si on a un dossier à ce nom, il sera au sous-sol.

— Désolé de vous déranger.

— Aucun problème.

Elle attrapa un gros trousseau de clés qui se trouvait sur le rebord de la fenêtre derrière elle et se pencha à la porte du bureau adjacent.

— Je descends rapidement aux archives, Trish. Peux-tu répondre au téléphone ?

— Oui ! lui répondit une voix de femme.

PJ la suivit dans le couloir et descendit derrière elle deux volées de marches. Elle avançait rapidement, ses talons de cuir martelant les marches à un rythme saccadé. PJ se traînait pesamment derrière elle en tentant de suivre son allure.

Le local d'archives était plus grand que ce qu'il avait imaginé, les quatre murs recouverts d'étagères chargées de boîtes de classement. La pièce était partagée en deux par d'autres rayonnages. Redoutant de ne pas réussir à s'y faufiler, il attendit sur le seuil. Il aurait aimé connaître le nom de la secrétaire, mais il était trop tard pour les présentations désormais. Elle s'était dirigée sans hésitation vers le fond de la pièce, à droite, et faisait glisser son doigt sur les boîtes. Elle s'arrêta et scruta attentivement l'étiquette qu'elle avait sous les yeux.

— Si nous avons son dossier, il sera là.

Elle sortit la boîte de l'étagère et la laissa tomber lourdement au sol. Après en avoir ôté le couvercle, elle s'agenouilla et commença à faire défiler les fichiers. PJ patientait, l'air gauche, légèrement embarrassé que la secrétaire se retrouve à quatre pattes à faire son travail. Après quelques minutes, elle brandit un dossier.

— Trouvé !

— Formidable !

PJ le pensait vraiment. Après la série d'impasses qui avait marqué cette enquête, trouver ce qu'il cherchait lui semblait une agréable surprise.

— Vous ne pouvez pas l'emporter, mais je peux vous faire des photocopies à l'étage si vous en avez besoin.

— Merci, répondit-il en récupérant le dossier qu'elle lui tendait.

Tandis qu'il l'ouvrait, la femme se chargea de ranger la boîte sur l'étagère.

Il ne savait pas ce qu'il cherchait et il tourna les pages jusqu'à arriver à la fin du dossier. Il lut différents chiffres, qu'il supposa correspondre à des mesures de tension et de poids. L'écriture était illisible. En bas de page, un énorme tampon rouge indiquait « Copies envoyées ».

— Qu'est-ce que cela signifie ? demanda-t-il en tendant le fichier à la secrétaire.

— Laissez-moi voir.

Elle prit le dossier et se plaça sous l'une des ampoules nues qui pendaient du plafond.

— Cela veut simplement dire qu'on a fait des photocopies de l'original. Je me demande bien pourquoi…

Elle maintint la page en l'air pour mieux la lire.

— La patiente voyait le docteur Murphy ici, à l'hôpital, mais on dirait qu'elle a été transférée à un médecin de Cork. Un certain docteur Phelan, je crois déchiffrer, au Bons sur College Road.

PJ sortit un stylo pour prendre des notes.

— Le docteur Phelan, de l'hôpital du Bon Secours ?

— Oui, au service maternité.

— C'est parfait. Merci infiniment pour votre aide.

Il s'apprêtait à lui tendre la main avant de se raviser. Malheureusement, elle l'avait remarqué et avait commencé à faire de même. Au lieu de se serrer la main, ils se firent un signe mutuel.

— Désolé.

— Désolée.

— Je ferais mieux de…

— Oui, bien sûr.

PJ ouvrit la porte et la referma derrière lui sur un dernier « Merci encore ».

De retour dans le couloir qui menait aux urgences, il retrouva les sœurs Ross qui l'attendaient. Abigail avait été transférée dans une autre salle. Le médecin soupçonnait des calculs rénaux et avait donc préféré la garder pour voir s'ils disparaissaient tout seuls. Dans le cas contraire, il faudrait l'opérer. Les deux femmes semblaient soulagées que ce ne soit rien de pire. Elles adressèrent un sourire à PJ et se taquinèrent pour savoir qui aurait à s'occuper du jardin.

Ils traversèrent lentement l'hôpital, revenant sur leurs pas pour rejoindre le parking. PJ avait l'impression d'être retourné à l'école. Ils sortirent par une porte latérale pour regagner plus rapidement l'endroit où il avait garé sa voiture de fonction. Ils n'avaient pas suivi les indications fléchées et passèrent devant des réservoirs et ce qui semblait être un compacteur de déchets.

Un peu plus loin, à l'angle du mur de pierre d'un blanc laiteux, un jeune couple s'embrassait. La femme était visiblement infirmière, et ses longs cheveux foncés s'étaient détachés. L'homme la maintenait contre le mur et lui caressait le dos de bas en haut. En s'approchant, PJ remarqua que l'homme n'était pas si jeune que ça. Il avait le crâne dégarni et des rides autour des yeux. Les amoureux ne semblèrent pas les remarquer.

Alors qu'il sortait les clés de la voiture de sa poche, PJ se retourna pour jeter un dernier regard au couple qui s'embrassait. Il avait l'impression de connaître cet homme. Qui était-ce ? Cela allait lui revenir dans un instant… Et, brusquement, il se rappela. Il savait exactement qui pelotait la jeune infirmière derrière l'hôpital de Ballytorne. C'était Anthony Riordan.

Chapitre 8

La fête s'était terminée plusieurs heures auparavant. Les voitures et la foule avaient disparu depuis longtemps, les tentes désertées toujours visibles dans la pénombre, comme si on avait recouvert d'un voile le jardin du presbytère. Les nuages bas et gris de l'après-midi avaient laissé place à un ciel nocturne dégagé où brillaient des étoiles. La lune, presque pleine, était si proche et lumineuse qu'on l'aurait crue saupoudrée de sucre. PJ la montra à Evelyn et Florence tandis qu'ils redescendaient en voiture la colline qui menait à Duneen.

Il se gara devant l'épicerie des O'Driscoll, où les sœurs avaient laissé leur voiture. Une fois le moteur éteint et les portières ouvertes, ils se laissèrent envelopper par la quiétude de la nuit. L'espace d'un instant, personne ne bougea, puis Florence s'exprima à voix basse :

— Merci, sergent Collins. Vous êtes un ange. Un véritable ange gardien.

Elle éclata d'un rire léger, sortit de la voiture et referma sa portière.

Evelyn était toujours assise côté passager, à côté de PJ.

— Merci infiniment pour tout ce que vous avez fait, dit-elle en posant la main sur son bras. Merci.

PJ observa sa main pâle sur la manche foncée de son uniforme. Lorsqu'il leva les yeux, il vit le visage d'Evelyn s'approcher du sien. Elle lui déposa un rapide baiser sur la joue. Ce contact l'électrisa. Ses lèvres légèrement collantes de son rouge à lèvres désormais estompé, la douceur veloutée de son nez contre sa joue, la caresse légère de ses cheveux au coin de son œil. Elle recula et sourit.

— Bonne nuit, PJ.

Elle se hâta hors de la voiture et plongea dans l'obscurité à la suite de sa sœur.

Le sergent resta immobile, ne sachant comment réagir. Peut-être s'était-elle simplement montrée amicale, ou aurait-il dû l'attraper et glisser sa langue dans sa bouche comme Anthony Riordan et cette infirmière ? Non. Quelle qu'ait été sa réaction, cela aurait été une erreur. Elle était trop délicate, trop raffinée pour un tel comportement. Peut-être aurait-il dû se pencher vers elle pour caresser son visage ou ses cheveux ? Il laissa échapper un profond soupir. Un autre homme aurait pu agir de la sorte. Pas lui.

En prenant appui sur le volant, il s'extirpa de sa voiture et se leva. Il avait besoin de lait et ne pouvait plus compter sur Mme Meany. Elle se laissait vraiment aller. Quoi qu'il lui arrive, il espérait qu'elle prendrait sa retraite avant qu'il ne soit obligé de la licencier.

La boutique des O'Driscoll était lumineuse et vide. Il hocha la tête pour saluer la jeune femme – pourquoi diable n'arrivait-il jamais à se rappeler son nom ? – assise derrière la caisse et se dirigea vers les réfrigérateurs au fond du magasin. Il examina les blocs de fromage orange vif et les barquettes en plastique de jambon rose pâle. Non, juste du lait. Si Mme Meany ne lui avait pas laissé à dîner, il savait que des œufs et du pain l'attendaient. Il ne mourrait pas de faim. Son litre de lait à la main, il se dirigea vers… Petra ! Voilà, son prénom lui était revenu.

En arrivant à la caisse, il aperçut une femme qui payait deux paquets de biscuits. Il reconnut Brid Riordan trop tard pour s'enfuir. Elle lui fit un grand sourire, mais si elle l'avait aperçu en premier, elle se serait probablement cachée derrière le rayonnage des produits d'entretien et du papier toilette, il en était certain.

— PJ.

— Brid.

— Tout va bien ? Vous avez du nouveau ? demanda-t-elle en tendant la main vers Petra pour récupérer sa monnaie.

La seule chose à laquelle PJ parvenait à penser, c'était au mari de Brid enlaçant la jeune infirmière. Devait-il lui dire quelque chose ? Elle avait le droit de savoir. Il ouvrit la bouche pour lui répondre.

— Non. Non… Anthony va bien ?

Sa question resta suspendue dans les airs, et il comprit qu'il avait commis une erreur. À quoi pensait-il ? Elle le dévisageait, visiblement déconcertée. Pourquoi lui demandait-il des nouvelles de son mari ?

— Oui, ça va.

— Et les enfants ?

PJ pensait désamorcer leur gêne par cette question, en vain. Brid saisit ses gâteaux et s'éloigna de la caisse.

— Ils vont bien, eux aussi.

Venait-elle de lever les yeux au ciel ?

PJ posa le lait sur le comptoir.

— J'en suis heureux.

Alors que Brid se retournait, sur le point de partir, elle le dévisagea d'un regard froid.

— Vous avez une trace de rouge à lèvres sur le visage.

Tel un caméléon obèse en uniforme de policier, son visage tout entier prit la même teinte que l'empreinte rouge du baiser qui se détachait sur sa joue.

De retour au commissariat, il eut l'impression qu'il était désert, mais en ouvrant la porte il aperçut une faible lueur en provenance de la cuisine. Étrange. Mme Meany devait avoir laissé la lumière allumée. Il n'allait vraiment pas tarder à la virer. Il traversa l'entrée et poussa la porte de la cuisine.

— Dieu du ciel !

Une frêle silhouette était voûtée sur la table, la seule source lumineuse provenant de la petite ampoule au-dessus de la cuisinière.

— Navrée, sergent. Ce n'est que moi.

— Mon Dieu, madame Meany, vous m'avez fait peur !

— Désolée. Je vous attendais. Il faut que je vous parle, dit-elle d'une voix grave.

— Très bien. Je vous en prie.

PJ écarta une des chaises en bois de la table et s'assit. Quoi qu'elle eût à lui dire, cela n'augurait rien de bon, il en était convaincu. Un cancer peut-être ? La démence ? Que se passait-il ?

Mme Meany leva la tête. Même dans la lumière tamisée de la cuisinière, il devinait sans peine qu'elle avait pleuré.

— J'aurais dû vous en parler il y a bien longtemps, mais je… J'en étais tout bonnement incapable.

— Très bien.

PJ posa ses mains sur la table et se prépara à écouter ce qu'elle avait à lui avouer.

Mme Meany était prête à raconter son histoire.

Elle s'appelait Elizabeth, mais tout le monde l'avait surnommée Lizzie quelques heures à peine après sa naissance.

— Regardez-la. Lizzie, notre cadeau du ciel.

M. et Mme Meany croyaient qu'ils ne pourraient jamais avoir d'enfant, et Lizzie avait failli mourir à plusieurs reprises lorsqu'elle était bébé. Elle avait du mal à garder la nourriture et s'était révélée une enfant malingre à la santé fragile. Elle avait cependant survécu et était devenue une petite fille chétive, mais en bonne santé. Elle vivait avec ses parents dans un pavillon de trois pièces qu'ils louaient à l'ouest du village. Son père était puisatier, comme son propre père avant lui. Sa mère s'occupait de tout le reste.

Lizzie avait du mal à se faire des amies, mais à l'époque où elle était élève à l'école religieuse de Ballytorne, elle avait deux meilleures amies : Fiona et Angela. Fiona était la plus jolie des trois, Angela la boulotte et Lizzie la maigrichonne. Elle avait toujours les narines rougies et irritées à cause du rhume qu'elle venait d'attraper ou dont elle venait de guérir.

Les trois jeunes filles s'asseyaient côte à côte en classe, déjeunaient alignées sur un banc derrière l'abri à vélos et partageaient tous leurs secrets. Elles se coiffaient mutuellement et remplissaient des carnets entiers de photos de chevaux. Tandis que la puberté les transformait lentement en femmes, elles comparaient leurs poitrines naissantes, se montraient les soutiens-gorge achetés par leurs mères, et, lorsque les règles tant redoutées avaient fini par débarquer, elles s'étaient dépannées d'une serviette hygiénique. Elles étaient plus proches que des sœurs et s'étaient promis de rester meilleures amies pour la vie.

La réalité reprit le dessus. Fiona se dégota évidemment un petit ami. Angela et Lizzie en furent consternées. C'était un échalas des Frères des écoles chrétiennes qui, avec sa peau acnéique et ses cheveux roux et gras, n'avait strictement rien à voir avec Paul Newman, qui avait fait battre son cœur avant lui. Leur trio prit fin lorsque Fiona traita ses deux amies de bébés et partit en trombe rejoindre son cher « Ger », et les autres couples dans la petite allée derrière la bibliothèque. Tout le monde savait qu'on allait là-bas pour se « fréquenter ». Lizzie ricanait à cette simple idée, même si, en réalité, elle ne savait pas ce que cela signifiait exactement.

Les années 1960 avaient été une période assez troublante pour les adolescentes de Ballytorne : les magazines et les films regorgeaient de garçons aux cheveux longs et jeans moulants, le rock'n'roll était devenu le symbole de leur génération, mais leur ville semblait avoir été épargnée par cette vague de nouveautés. Il y avait évidemment le *Stella*

Ballroom à l'autre bout de Ballytorne, mais on n'y voyait que des vieux fermiers descendus à vélo de leurs collines pour venir écouter des groupes de country et de western aux noms évocateurs tels que The Haymakers ou The Country Cousins[1]. Angela et Lizzie continuaient à noircir leurs journaux intimes, mais les photos de chevaux avaient été remplacées par des coupures de journaux et de magazines sur lesquelles apparaissaient les Beatles et Cliff Richard. Lizzie trouvait Cliff particulièrement beau. Parfois, elle imaginait ses lèvres souples et douces embrasser les siennes.

C'est Angela qui avait découvert Brian Bello et son groupe, les Diamond Dust. Sa sœur aînée, Alison, travaillait à la banque à Cork et elle les avait vus au *Majestic* un samedi soir. Elle avait ensuite acheté leur vinyle et l'avait rapporté à la maison pour le faire écouter à Angela, qui l'avait suppliée de le lui prêter pour qu'elle puisse à son tour le faire découvrir à Lizzie. Un regard sur le portrait de Brian qui ornait la pochette de l'album avait suffi pour qu'elles tombent amoureuses. On y voyait son visage en gros plan, encadré de boucles noires, ses yeux bleus lisant au plus profond de leur âme. « Si seulement nous pouvions avoir les mêmes cils ! » avaient-elles gloussé avant qu'Angela pointe du doigt la petite toison foncée qui dépassait là où le bouton de sa chemise blanche était défait. Elles embrassèrent chacune leur tour sa bouche magnifique, puis roulèrent sur le lit de Lizzie en riant aux éclats de leur propre stupidité. La musique

1. Les Faucheurs et les Cousins de la campagne.

importait peu, elles savaient qu'elles adoreraient tout ce qui venait d'un homme comme lui.

C'est Lizzie qui tomba sur l'incroyable et merveilleuse nouvelle : Brian Bello et les Diamond Dust allaient jouer au *Stella Ballroom*. Elle s'était arrêtée net en tombant nez à nez avec le beau visage de Brian qui la regardait depuis une affiche placardée sur une vitre de l'hôtel de Ballytorne. Elle avait dû lire les informations au moins deux fois avant d'être sûre de comprendre ce que cela signifiait. Brian Bello allait venir à Ballytorne !

Lizzie courut aussi vite qu'elle le put jusqu'à l'école. Elle trouva Angela dans les toilettes, en train d'enfiler sa tenue de camogie[1].

— Non ! Promis, juré, craché. Pas ce samedi, mais le suivant !

— Il faut qu'on y aille. Il le faut !

Elles poussèrent des cris de joie et s'enlacèrent. Elles allaient respirer le même air que Brian Bello.

C'était plus facile à dire qu'à faire. Il leur fallait tout d'abord des billets ; pour en acheter, elles auraient besoin d'argent. Le concert se déroulait au *Stella Ballroom*, elles devaient donc également trouver un moyen de s'y rendre. Et puis, avant toute chose, il leur faudrait la permission de leurs parents.

Le père et la mère de Lizzie découvrirent leur petite fille sous un nouveau jour. Elle était si euphorique et enthousiaste et débordait d'envie de faire quelque chose avec son amie Angela. Ce Brian Bello avait l'air bizarre, mais après tout c'était la jeune génération.

---

1. Sport collectif gaélique, variante féminine du hurling.

On leur offrit les billets comme cadeau en avance pour leurs seize ans, et comme Angela vivait plus près de Ballytorne, il fut conclu que Lizzie resterait avec elle et que le père d'Angela les emmènerait au concert et irait les rechercher.

Pendant deux semaines, les filles ne parlèrent que de ça. Elles passèrent au crible tous leurs chemisiers avant de les mettre de côté, essayèrent toutes leurs jupes sans qu'aucune trouve grâce à leurs yeux. Elles cherchèrent des idées de coiffure dans les magazines et envisagèrent même en pouffant de se maquiller. Elles avaient de plus en plus de mal à trouver le sommeil, et cela leur fut presque impossible le vendredi soir.

Quand le samedi après-midi fut enfin là, Lizzie arriva tôt chez Angela, prête à rencontrer leur idole. Elle portait une jupe noire et un nouveau chemisier couleur citron à manches courtes. Elle s'était enveloppée d'un cardigan en mohair blanc qu'elle avait emprunté à une camarade d'école. À la dernière minute, sa mère s'était laissé amadouer et lui avait prêté une paire d'escarpins vernis noirs. Lorsque la mère d'Angela ouvrit la porte, elle sourit en voyant la petite femme qui lui faisait face. Sa propre fille portait une robe qu'elle avait achetée l'après-midi même. Bleu marine, elle était composée d'une jupe ample ornée d'un motif abstrait de triangles rouges et blancs. Elle était en solde, et Angela avait eu le coup de cœur. Sa mère était persuadée que cette robe était à ce prix-là parce qu'on aurait dit un drapeau de l'Union Jack, mais elle s'était bien gardée de le dire à sa fille. Elle prit Lizzie en pitié et consentit à lui prêter un peu de son rouge à lèvres rouge et un soupçon de Shalimar avant que les deux filles partent assister au concert. On immortalisa le moment avec le lourd appareil photo qui séjournait en bas du placard, puis ce fut le moment de partir.

Il y avait déjà beaucoup de monde devant le *Stella* lorsqu'ils arrivèrent. Le père d'Angela se retourna pour parler aux deux amies, assises sur la banquette arrière. Lizzie aima l'odeur de sa gomina.

— Très bien, jeunes filles. Voici une livre chacune pour vous acheter un jus de fruits, des chips ou ce que vous voudrez. Faites attention à votre monnaie. Ne parlez pas aux inconnus, il va y en avoir plein là-bas. Je vous attendrai ici à partir de 22 h 30.

— Mais, papa…, supplia Angela.

— J'ai dit 22 h 30. Je sais que le concert ne sera pas fini, mais certains garçons auront bu et je ne veux pas que vous restiez là-bas. C'est compris ?

Les adolescentes hochèrent la tête.

— Que diraient M. et Mme Meany s'ils pensaient que je ne veillais pas sur leur précieuse petite fille ?

Un grand sourire étira ses lèvres, puis il ajouta :

— Amusez-vous bien, jeunes filles. Vous êtes toutes les deux magnifiques !

Angela et Lizzie sourirent avec orgueil et sortirent de la voiture qu'elles regardèrent s'éloigner, comme la dernière chose qui les rattachait au monde connu.

Des groupes de garçons en costume noir se tenaient sur le trottoir en fumant. De temps à autre, une brève altercation éclatait entre eux, et ils échangeaient quelques insultes. Les autres filles qui attendaient devant le *Stella* ressemblaient à de vraies femmes. Elles aussi fumaient et bavardaient d'un air sérieux, bien que l'une d'elles jetât parfois un regard aux garçons pour voir s'ils les reluquaient. Ce n'était pas le cas. De la musique leur parvenait depuis l'intérieur.

— Ce doit être les Markers, déclara Angela d'un air autoritaire. Ils font la première partie. On entre ?

Lizzie se contenta de hocher la tête. Son enthousiasme avait laissé place à l'inquiétude. Elle n'aimait pas l'expression de tous ces gens qui les entouraient. Elle resserra les pans de son cardigan en mohair contre sa gorge et suivit Angela vers le vaste porche en bois qui avait été ajouté après coup devant la salle longue et basse. Une femme aux cheveux tirés en arrière et aux joues rouges que Lizzie reconnut pour l'avoir déjà croisée à la boulangerie déchira leurs billets sans un sourire, puis elles s'approchèrent de la porte à double battant. Le verre dépoli laissait passer des lumières colorées.

En ouvrant les portes, les adolescentes furent émerveillées par ce qu'elles découvrirent. Un nuage dense de fumée de cigarettes s'élevait au-dessus de la foule qui s'était répartie en petits groupes sur la piste de danse. Les spectateurs se balançaient doucement d'un pied sur l'autre, mais personne n'osait encore danser pour de bon. Ni l'une ni l'autre n'avaient jamais écouté de la musique à un volume aussi élevé, et aucune ne parvenait à découvrir qui se trouvait sur scène à cause des flashs de lumière rouges et bleus qui se mélangeaient aux épaisses volutes de fumée. L'attroupement le plus dense se trouvait sur leur droite. Elles venaient de repérer le bar. Angela le pointa du doigt et commença à s'y diriger. Lizzie la suivit.

Elles étaient toutes les deux adossées contre le mur, à mi-chemin de l'entrée, et chacune tenait une bouteille de limonade rouge, une paille dépassant du goulot. Les yeux écarquillés, elles observaient les autres spectateurs déambuler, trop impressionnées pour parler. Il était seulement 20 h 20, et la femme du bar leur avait indiqué que Brian Bello, sans oublier les Diamond Dust, ne monterait pas sur scène avant 21 h 30. Les Markers avaient chanté toutes leurs compositions et enchaînaient désormais une sélection de reprises de groupes britanniques et américains populaires. Les chansons familières aidèrent les adolescentes à se détendre, et elles commencèrent à danser discrètement en échangeant des sourires. Tout allait bien se passer. Elles arriveraient peut-être même à s'amuser. Lizzie se sentit très courageuse lorsqu'elle retourna toute seule au bar leur chercher deux autres limonades.

Lorsque les Markers eurent terminé, un homme aussi immense que maigre, dont l'air maussade était encore accentué par ses favoris hirsutes, monta sur scène pour annoncer les résultats de la loterie. Les prix consistaient en un bouquet de fleurs séchées offert par *Ballytorne Blooms*, le fleuriste, et un jambon cuit de chez O'Keefe. Il était impossible de dire quel était le premier prix. Une femme près de Lizzie et Angela remporta le grand panier qui semblait en réalité contenir principalement des herbes séchées. Lorsqu'elle revint à sa place et le plaça derrière elle sur l'un des étroits rebords de fenêtre, les deux adolescentes se poussèrent du coude en pouffant. Lizzie souffla dans sa paille pour faire des bulles dans sa limonade.

À 21 h 30, la foule avait triplé et la salle était bondée. Les odeurs de transpiration et d'eau de toilette bas de gamme se mélangeaient à celle des cigarettes et emplissaient l'air. Comprenant que Brian n'allait pas tarder à faire son entrée, mais qu'elles ne voyaient pas du tout la scène, Angela agrippa la main de Lizzie et la traîna à travers le public en direction de l'estrade. Elles s'arrêtèrent à environ trois personnes du premier rang. La scène était encadrée par un groupe de filles qui ne venaient visiblement pas de Ballytorne. Leurs cheveux étaient crêpés et laqués, elles portaient des robes sans manches et, à les entendre, elles devaient venir de la ville. Angela et Lizzie convinrent silencieusement qu'elles s'étaient approchées autant qu'elles le pouvaient.

Quelques minutes plus tard, les lumières principales s'éteignirent, et des éclairs bleus et rouges commencèrent à clignoter à travers la fumée. Les femmes du premier rang se mirent à hurler comme les filles que Lizzie avait vues dans les films. L'épais brouillard qui enveloppait la scène laissait entrevoir des silhouettes prenant position derrière la batterie et les micros installés de chaque côté. Les Diamond Dust étaient arrivés. Les coups sourds de la batterie retentirent, bientôt rejoints par les rythmes assourdissants des guitares électriques. Lizzie sentait la musique vibrer dans ses os. Les filles poussaient des cris de plus en plus hystériques. Angela serra la main de Lizzie. Le moment tant attendu était enfin arrivé !

Un éclair blanc baigna la scène de lumière et il apparut à cet instant, juste en face d'elles. L'espace d'un instant, elles en eurent le souffle coupé, puis elles joignirent leurs voix à celles de la foule en délire. C'était la seule façon d'exprimer leur enthousiasme. Il était encore plus beau que sur les photos. Bien sûr, il était plus petit que ce qu'elles s'étaient imaginé, mais il était si mince. Il arborait un costume gris pâle qui moulait ses jambes fuselées. Il portait également une chemise blanche et une mince cravate rouge. Il repoussa une mèche de cheveux de son front déjà luisant de sueur et, d'un geste souple, déboutonna sa veste, révélant une fine ceinture de cuir de la même couleur que sa cravate. Les nuées de spectatrices trépignaient d'excitation, et Angela et Lizzie les imitèrent. C'était une sensation incroyable. L'atmosphère était déchaînée et intense. Ni l'une ni l'autre n'avaient jamais rien vécu de la sorte.

Après trois chansons, Lizzie sentit sa gorge s'enrouer, mais cela lui importait peu. Elle but la dernière gorgée de sa limonade et laissa la bouteille tomber au sol sans hésiter. C'était tellement fou, tellement incroyable, elle n'avait jamais été aussi heureuse de toute sa vie.

Tout le public dansait désormais, et elle se rendit compte qu'on la poussait de plus en plus près de la scène. Elle se retrouva coincée contre un groupe de filles et eut soudain très chaud. Trop chaud. Elle commençait à voir trouble et se sentait… Elle avait du mal à le dire. Avait-elle la tête qui tournait ? Allait-elle se mettre à vomir ? Elle comprit trop tard qu'elle allait s'évanouir sur le sol. Elle chercha en vain la main d'Angela. Les lumières et la musique se fondirent en un minuscule point blanc avant de disparaître complètement.

Lorsqu'elle revint à elle, elle se trouvait assise sur une chaise en bois, la tête entre les genoux. Elle sentait une large main lui caresser le dos, puis elle entendit une voix de femme.

— Tout va bien. Tout va bien. Respire profondément, chérie. Voilà, comme ça. C'est bien…

Elle jeta un regard sur le côté et reconnut la femme de la boulangerie qui avait pris leurs billets à l'entrée. Elle entendit une porte s'ouvrir et une vague de musique s'engouffra dans la pièce suivie par l'intervention d'un homme.

— Comment va-t-elle ?

— Elle ira mieux dans un instant. Pas vrai, ma puce ?

— Je vais bien, bredouilla Lizzie.

Elle vit le visage couperosé de la femme se pencher sur le sien.

— Te voilà de nouveau parmi nous.

— Où suis-je ?

— Tu t'es évanouie, ma chérie. Nous t'avons emmenée dans un des bureaux annexes le temps que tu reprennes tes esprits.

Lizzie hocha la tête.

— Merci.

Elle avait la gorge sèche et endolorie.

— Est-ce que je peux avoir à boire, s'il vous plaît ?

— Bien sûr. Je t'ai apporté un peu de brandy. Tu te sentiras mieux après.

Soit Lizzie ne l'entendit pas correctement, soit elle ne comprit pas ce qu'on lui disait, car elle prit le verre et vida d'un trait son contenu ambré. Elle sentit sa gorge brûler et son estomac se soulever. Elle hoqueta, toussa et cracha sur le sol en béton.

L'homme rit aux éclats.

— Mon Dieu. C'est qu'elle n'a pas l'air d'avoir l'habitude !

— Bah, ça ne lui fera pas de mal, rétorqua la femme.

Puis elle se tourna vers Lizzie et ajouta :

— Attends ici jusqu'à ce que tu te sentes assez forte pour te relever.

Après le brandy, Lizzie pensait ne plus jamais être capable de se lever. Elle se laissa aller contre l'inconfortable dossier en bois cintré. Elle aperçut son cardigan posé sur des piles désordonnées de documents sur le bureau à côté d'elle. En tendant la main pour le récupérer, elle se rendit compte que le mohair blanc laiteux était maculé de cendre de cigarette et de mystérieuses taches en provenance de la piste de danse. Elle supposa que c'était arrivé lorsqu'elle était tombée. Elle poussa un soupir de lassitude. Elle n'avait qu'une envie, rentrer à la maison. Où était Angela ?

La porte s'ouvrit, laissant entrer un autre flot de musique. La femme de la boulangerie tenait une tasse de thé posée sur une soucoupe. Elle tendit la tasse fumante à Lizzie.

— Et voilà pour toi, ma chérie.

— Merci.

Elle tint la soucoupe des deux mains et souffla sur la vapeur.

— Quelle heure est-il ?

La femme jeta un coup d'œil à la fine montre en or qui disparaissait presque sous la chair de son poignet.

— Presque 23 heures. Ça ne devrait plus tarder.

Lizzie bondit sur ses pieds, renversant du thé sur la soucoupe. Elle reposa le tout sur le bureau et s'appuya sur le dossier de la chaise pour reprendre son équilibre.

— Il faut que j'y aille. Mon amie doit m'attendre. Son père a dû arriver il y a un bout de temps.

— Oh, très bien. Tu peux sortir par là.

La femme lui indiqua une seconde porte dotée d'une serrure en applique et de deux petits panneaux de verre.

— Pense à remettre ton cardigan.

— Il est tout sale, se lamenta Lizzie avant de se rendre compte qu'elle avait l'air pitoyable.

— Ça partira au lavage. Tout ira mieux demain matin. Rentre chez toi et accorde-toi une bonne nuit de sommeil.

La rafale d'air frais qui frappa le visage de Lizzie lui fit du bien. Elle plongea dans l'obscurité de la nuit.

— Merci d'avoir pris soin de moi.

— C'est tout naturel. Rentre vite chez toi maintenant, ma chérie.

Lizzie longea le bâtiment et retrouva la large allée de gravier devant l'entrée où le père d'Angela les avait déposées. Quelques voitures s'attardaient encore, les phares allumés. Elle s'approcha et les regarda attentivement, mais aucune d'elles n'était la voiture qu'elle attendait. Il était peut-être en retard. Elle regarda les gens qui fumaient et riaient. Plusieurs couples s'embrassaient dans la pénombre. Où était Angela ? Avait-elle rencontré quelqu'un ? Essayant de ne rien laisser paraître de son trouble alors que son cœur s'emballait, elle fit les cent pas en examinant les robes des autres filles. Angela était introuvable. Elle fut écœurée d'apercevoir Fiona et Ger parmi d'autres couples. Fiona ne devait pas la voir ainsi. Perdue, seule, comme la gamine paumée qu'elle lui avait reproché d'être. Elle se recula précipitamment pour se cacher sur le côté du porche. Elle pourrait apercevoir la voiture de là-bas.

La fraîcheur bienvenue s'était transformée en une brise nocturne glaciale. Qu'est-ce qu'il y avait dans le verre qu'elle avait bu ? Elle appuya la tête contre le mur et se sentit un peu mieux. Elle leva les yeux pour admirer les étoiles et observa le nuage que formait son souffle.

Les minutes défilèrent ; plusieurs voitures arrivèrent et repartirent. Chaque fois, elle leur jetait un regard plein d'espoir, mais la déception prenait vite le dessus. Le père d'Angela était vraiment en retard désormais. Elle commençait à s'inquiéter. Et s'il ne revenait pas ? Que ferait-elle ? Elle se rappela soudain qu'il y avait une cabine téléphonique à deux pas du *Stella Ballroom*, de l'autre côté de la rue. Elle n'avait plus de monnaie, car elle avait tout donné à Angela, mais elle pourrait sûrement appeler en PCV. Il s'agissait d'une urgence.

Quand elle arriva à la cabine, l'odeur d'urine la frappa avant même qu'elle n'eût ouvert la porte. Elle plaqua sur son nez un pan de son cardigan et entra. Le cordon pendait à côté du téléphone. Un imbécile avait arraché le combiné. Elle sentit les larmes lui monter aux yeux. Elle se précipita hors de la cabine téléphonique et retourna au *Stella*. Il avait dû se passer quelque chose, mais elle était sûre qu'il viendrait la chercher. Ils ne pouvaient pas l'abandonner comme ça.

À son retour, des flots de gens sortaient de la salle et montaient dans les voitures qui les attendaient. Le concert était terminé. Elle fit les derniers mètres en courant, impatiente de retrouver Angela et son père. Il y avait tant de voitures, ils devaient bien être dans l'une d'elles. Est-ce que c'étaient eux ? Non. Ou peut-être là-bas ? Toujours pas. Les voitures défilaient, mais aucune n'était celle qu'elle espérait. Bientôt, l'endroit fut désert. Même le camion de frites avait vidé les lieux. Les bras serrés autour de son buste, Lizzie éclata en sanglots. Elle n'avait aucune idée de ce qu'elle allait faire. Elle était excédée par sa propre bêtise. Pourquoi avait-elle laissé partir toutes les voitures ? L'une d'elles aurait pu la ramener en ville. Mais que se serait-il passé si le père d'Angela était venu ? Il l'aurait cherchée et on lui aurait reproché d'être partie avec des inconnus.

Les lumières du porche avaient été éteintes, mais Lizzie apercevait encore une lueur à l'arrière du bâtiment. Il était peu probable qu'ils l'attendent là-bas, mais elle n'avait rien à perdre et voulait en avoir le cœur net. Elle découvrit une camionnette dont les portes arrière étaient ouvertes. Avant qu'elle ait pu poursuivre ses recherches, un homme était sorti du bâtiment chargé d'une grosse enceinte. Après l'avoir rangée, il s'était retourné et avait remarqué Lizzie.

— Bonsoir, mademoiselle.

Sa voix était profonde et, à son accent, elle supposa qu'il venait de l'autre bout du pays. Dublin peut-être.

— Je n'arrive pas à retrouver mon amie.

— C'est une fille ?

— Oui. Angela.

— Ah, mais je sais où elle se trouve, ton Angela.

— Vraiment ? dit Lizzie, les yeux écarquillés. Où ça ?

— Elle est partie faire un tour.

— À vrai dire, son père était censé nous ramener.

— Je ne pensais pas à ce genre de…

Il éclata de rire jusqu'à s'en faire tousser.

— Où veux-tu aller, jeune fille ?

— Je dois retourner à Ballytorne.

— Si tu peux attendre dix minutes, je peux te déposer en camionnette. Je rentre à Cork avec le matériel.

— C'est vrai ? Merci beaucoup.

Une vague de soulagement la submergea. Tout allait s'arranger. Dieu n'était-il pas merveilleux ? Ne la prenait-il pas sous son aile ce soir ?

— Installe-toi à l'intérieur, déclara-t-il en lui indiquant le côté passager. Je ne serai pas long.

La portière grinça sourdement quand Lizzie l'ouvrit. Elle souleva un peu sa jupe et grimpa dans la camionnette. L'habitacle empestait la cigarette, et le cendrier sur le tableau de bord débordait de vieux mégots. Elle referma la portière et attendit dans le noir.

La deuxième portière ne mit pas longtemps à s'ouvrir, et l'homme se glissa derrière le volant. La lumière du plafonnier lui permit de l'observer plus en détail. Il n'était pas aussi vieux qu'elle l'avait d'abord cru. Il avait les cheveux bouclés et foncés qui touchaient presque le col de sa veste en cuir.

— Je m'appelle Barry, lui dit-il en souriant.

Sa barbe faisait paraître ses dents encore plus blanches.

— Et moi, c'est Lizzie.

— « Dizzy Miss Lizzie ».

— Pardon ?

— Les Beatles, chérie. Tu n'en as jamais entendu parler ?

Il mit le moteur en marche en souriant.

— Bien sûr que si, je connais la chanson, c'est juste que…

Elle se mit à glousser. Une douce chaleur s'empara d'elle. C'était peut-être le brandy.

— Vous faites partie du groupe ?

— Moi ? Mon Dieu, non. Ils sont tous dans le minibus. Moi, je ne suis que leur roadie. Je les suis avec le matos. Est-ce que tu es une de leurs admiratrices, Dizzy Miss Lizzie ?

Lizzie se sentit rougir.

— J'aime bien Brian Bello. C'est lui que nous étions venues voir.

— J'ai comme l'impression qu'Angela s'est dégoté quelqu'un qui lui plaisait encore plus.

— Non. Angela ne ferait jamais…

Lizzie ne savait pas au juste ce qu'Angela ne ferait pas, mais elle savait ce qu'elle, elle se refuserait à faire.

— Et pourtant, je suis sûr qu'on va voir le petit cul de ton Angela sortir d'un buisson quelque part sur la route, dit Barry dans un éclat de rire.

Lizzie était choquée. Elle avait déjà entendu des garçons dire ce genre de choses, mais personne ne lui avait jamais parlé de la sorte.

— Ce qui est drôle, c'est que les petites jeunettes sont toutes folles de Brian alors que c'est une tapette.

— Une *tapette* ? Vous en êtes sûr ?

Lizzie croyait savoir ce que cela signifiait, mais elle avait du mal à le croire, car il était impossible que Brian Bello soit ce genre d'homme.

— Je ne l'ai jamais vu sucer de bite, mais bon… aucune petite amie ? Allons ! Toutes ces minettes se jettent sur lui et rien. Pas une fille depuis trois ans que je travaille pour eux. Si c'est pas une tapette, alors je ne sais pas ce que c'est.

En son for intérieur, Lizzie pensait que cela faisait simplement de Brian Bello un homme charmant, mais elle supposa que Barry ne serait pas de son avis, et elle garda le silence.

Les lumières de Ballytorne se profilèrent bientôt à l'horizon. Lizzie n'aurait jamais imaginé que la vue des lampadaires devant les bureaux de la compagnie d'électricité la rendrait si heureuse.

— Nous y sommes presque, indiqua-t-elle.

— Dis-moi juste où je dois aller.

Ils dépassèrent le cinéma et descendirent jusqu'à la place principale. Lizzie pensait demander à Barry de la déposer à l'angle devant chez *O'Keefe* ; elle monterait ensuite la côte jusqu'à la maison d'Angela. Elle espérait qu'ils ne seraient pas tous au lit.

— Déposez-moi juste ici, s'il vous plaît. C'est parfait.

Barry avança la camionnette jusque dans la ruelle déserte et coupa le contact.

— Te voilà arrivée.

— Merci beaucoup, dit Lizzie en se débattant avec la poignée.

— Désolé. Ça arrive parfois. Je vais faire le tour pour t'ouvrir.

Barry sauta de son siège et contourna la camionnette pour ouvrir la portière à Lizzie. Alors qu'elle s'apprêtait à sortir, il l'attrapa par la taille et la souleva avant de la déposer sur le trottoir. Il claqua la portière de la camionnette et baissa les yeux vers elle, l'air fébrile. Lizzie repoussa ses cheveux derrière ses oreilles, mais ils lui retombèrent tout de suite sur le visage.

— Merci encore. Merci infiniment.

Barry pencha la tête sur le côté et sourit.

— J'ai droit à un baiser de remerciement ?

Lizzie se figea. Elle ne savait pas quoi répondre. Il était évidemment hors de question d'embrasser cet homme, mais il s'était montré gentil avec elle, elle était donc convaincue qu'elle n'avait rien à craindre.

Barry se pencha vers elle.

— Rien qu'un baiser, lui murmura-t-il.

Il posa sa main gauche sur sa taille. Lizzie sentait son cœur battre frénétiquement.

— Je… Je ne sais pas.

De son autre main, il lui souleva lentement le menton, ce qui leur fit croiser le regard. Il s'approcha davantage et laissa échapper un souffle rauque.

— Un petit baiser d'adieu.

Soudain, ses lèvres emprisonnèrent les siennes, et il pressa son corps contre le sien.

Lizzie savait que c'était mal, mais elle aima le contact de son bras musclé contre son dos et la pression de sa bouche. Il renifla ses cheveux et sa barbe rêche irrita la joue de l'adolescente. Elle tressaillit, mais resta silencieuse. Elle sentit qu'il faisait peser son poids sur elle pour la repousser vers l'arrière. Elle recula de quelques pas, mais il la retint et l'entraîna sous le porche de la boucherie des O'Keefe. Elle tenta de parler et de se soustraire à son étreinte, mais il avait de nouveau posé ses lèvres sur les siennes. Elle sentit sa langue humide explorer sa bouche, et elle n'aima pas ce baiser. Il avait une haleine forte et âcre, et poussait des grognements sourds. Puis il prit ses fesses à pleines mains. Elle tenta de le repousser, mais il l'écrasait lourdement.

— Chut, dit-il en soufflant son haleine chaude dans son oreille. Tu es une gentille fille.

Il laissa sa bouche descendre jusqu'à son cou et commença à y déposer des baisers.

Lizzie commençait à avoir la nausée. Ce qui se passait était mal, très mal, mais elle n'avait aucun moyen de l'arrêter. Il immobilisa ses jambes entre les siennes et la plaqua contre la porte de la boutique. Il fit glisser sa main le long de sa cuisse, puis s'aventura sous sa jupe et caressa sa peau nue.

— S'il vous plaît… Je vous en prie. Je dois rentrer à la maison.

Mais alors qu'elle le suppliait, elle se rendit compte qu'il ne la relâcherait pas.

Il lui emprisonna la gorge de sa main droite.

— Gentille fille. Gentille fille…

Il écrasa son visage contre le sien, sa grosse langue chaude et humide la parcourant, et il enfouit ses deux mains sous sa jupe, où il s'empara de sa culotte et commença à la faire descendre. Lizzie essaya d'échapper à ce baiser et se débattit en vain.

— Je vous en supplie, par pitié, non. Pitié, laissez-moi rentrer chez moi. Mon Dieu. Par pitié, arrêtez !

Elle murmurait des suppliques, encore et encore, tandis que Barry commençait à se frotter contre elle.

— Gentille fille. Gentille fille…

Les larmes coulaient désormais sur ses joues. Les doigts de Barry fourrageaient entre ses jambes, lui faisant des choses, d'horribles choses. Le contact de la porte vitrée de la boutique sur ses fesses était froid, puis elle entendit le bruit d'une braguette qu'on baissait et elle sentit son membre sur sa cuisse. Moite et chaud. Elle tressaillit, incapable d'émettre le moindre son. Elle avait du mal à comprendre ce qu'il faisait. Elle sentait sa main aller et venir le long de son membre. Il se positionna entre ses cuisses, tout en continuant à pomper furieusement. Il respirait rapidement.

— Tout va bien, chérie. Je ne vais pas te…

Il enfouit son visage avec force sur le côté de sa tête et haleta à plusieurs reprises avant de laisser échapper un grognement. Lizzie sentit un liquide chaud et visqueux entre ses cuisses. Barry s'était arrêté de bouger. Il pesait de tout son poids sur elle et respirait bruyamment. Elle fut prise de violents frissons.

Barry recula et tourna les talons. Il se pencha et tâtonna pour refermer sa braguette. Elle ne le quittait pas des yeux, mais il évita son regard et se contenta de lancer :

— Tu m'as bien chauffé et excité, pas vrai ?

Lizzie ne répondit rien. Ses jambes tremblaient et elle glissa le long de la porte jusqu'à se retrouver accroupie sur le sol. Au bout d'un moment, Barry monta dans sa camionnette et démarra en trombe.

Alors que le bruit du moteur s'éloignait, Lizzie pensait à Dieu qui l'observait de là-haut. Est-ce qu'il flottait dans le ciel, bien au-dessus de la place du marché, la lumière des magasins éclairant les rues désertes ?

Voyait-il la frêle adolescente, échevelée, son rouge à lèvres étalé sur le visage, effondrée sous le porche ? Sa jupe était remontée sur sa taille et sa culotte pendait entre ses genoux. Elle serra les paupières avec force. Elle n'était pas sûre de comprendre ce qui venait de lui arriver, mais elle savait avec certitude que c'était le pire des péchés.

Elle se releva. Elle devait retourner chez Angela. Elle enleva sa culotte et s'essuya autant qu'elle put avec, bien qu'elle continuât à sentir le fluide humide et visqueux entre ses cuisses tandis qu'elle remontait la côte. Elle jeta sa culotte dans une poubelle, en s'assurant que le coton bleu pâle était bien dissimulé derrière quelques vieux journaux.

Il y avait encore de la lumière dans la maison. Dieu merci. Elle s'arrêta et s'efforça une dernière fois de se rendre plus présentable avant de sonner à la porte, mais l'expression qu'elle lut sur le visage de la mère d'Angela lorsqu'elle lui ouvrit lui indiqua que cela n'avait pas été suffisant.

— Lizzie ! Nous étions morts d'inquiétude. Que t'est-il arrivé ?

Elle l'étreignit avec force et le visage de l'adolescente s'écrasa contre la poitrine généreuse de la mère d'Angela. Le soulagement d'être au chaud et en sécurité fut tel qu'elle se mit à pleurer de plus belle.

— Là, là. Tu es à la maison maintenant. John, mets la bouilloire à chauffer !

— Lizzie ! cria Angela du haut de l'escalier, vêtue d'une chemise de nuit rose et blanche.

Elle descendit aussi vite qu'elle le put et Lizzie se retrouva entourée d'Angela et sa mère. Entre deux sanglots, Lizzie se demanda si elles pouvaient sentir l'odeur de Barry sur sa peau. Devineraient-elles ce qui s'était passé ?

Ils allèrent tous les quatre s'asseoir au salon, et Lizzie but une tasse de thé sucrée. Elle apprit que quelqu'un du *Stella* avait affirmé à Angela que son amie était partie, et ils avaient donc cru qu'ils la retrouveraient à la maison, en train de les attendre. En se rendant compte qu'elle n'était pas là, ils avaient décidé d'attendre son retour. À quoi bon parcourir les rues en voiture jusqu'au beau milieu de la nuit. Lizzie était intelligente et les appellerait. Mais le téléphone n'avait pas sonné, et ils avaient vraiment commencé à s'inquiéter. Le père d'Angela s'apprêtait à partir à sa recherche lorsqu'elle avait sonné à la porte.

Lizzie leur raconta sa version de l'histoire en omettant de mentionner le porche de chez O'Keefe, et tout le monde alla se coucher, visiblement soulagé. Tout le monde, sauf Lizzie. Elle était allongée sous les draps et toucha les parties de son corps où il avait posé ses mains. Elle avait encore le goût métallique de sa langue dans la bouche. Elle cracha dans le couvre-lit en chenille.

Les semaines suivantes furent difficiles. La vie avait repris son cours, mais Lizzie savait que, pour elle, rien ne serait jamais plus comme avant. Elle repensait sans arrêt à cette nuit-là. L'homme, sa barbe drue, ses mains moites, les bruits d'animaux qu'il avait grognés à son oreille. Qu'aurait-elle bien pu faire ? Aurait-elle dû appeler à l'aide, le mordre, s'échapper ? Elle rêvait de revenir à avant cette nuit pour que rien ne se fût jamais produit. Sa concentration était en chute libre ; ses résultats scolaires baissèrent et les nonnes supposèrent qu'elle était tombée amoureuse. Ce n'était pas la première fois que cela arrivait.

Environ un mois plus tard, elle commença à se sentir nauséeuse. Elle fut obligée plus d'une fois de courir hors de la salle de classe ; un jour, elle vomit même dans une corbeille à papier qu'elle trouva dans le couloir, car elle n'avait pas eu le temps d'atteindre les toilettes. Sa mère s'aperçut évidemment de son état et l'encouragea à aller consulter le médecin, mais Lizzie refusa. Elle ne comprenait pas exactement comment, mais ses nausées semblaient avoir un rapport avec ce qui s'était produit la nuit du concert de Brian Bello et des Diamond Dust.

Quelques semaines plus tard, elle s'aperçut qu'elle ne pouvait plus fermer la jupe de son uniforme et, en comptant les jours qui s'étaient écoulés depuis ses dernières règles, elle se rendit compte qu'elle ne les avait pas eues le mois précédent. Elle n'en était pas sûre, mais elle redoutait d'être tombée enceinte. Elle avait conscience qu'elle devait en parler à quelqu'un, mais qui ? Angela risquait de paniquer et de tout raconter à l'école. Elle serait renvoyée d'office. Sa mère la tuerait de s'être montrée aussi stupide. Le médecin le répéterait à sa mère et cela ne ferait que différer la catastrophe. Finalement, Lizzie décida que le prêtre était la seule personne susceptible de lui venir en aide.

Elle s'assit dans le confessionnal et respira l'odeur familière de bois poussiéreux et d'encaustique. Le père Mulcahy l'écouta patiemment derrière l'écran tandis qu'elle parlait. Elle énuméra une longue liste de péchés véniels en tentant désespérément de rassembler le courage de tout lui avouer. Elle finit par bredouiller sa confession.

— Un homme m'a fait des choses.

C'était un tel soulagement de pouvoir enfin révéler à un autre être vivant ce qui lui était arrivé, de pouvoir en parler à voix haute. Elle lui donna la version des événements qu'elle pensait appropriée pour un prêtre et termina ses aveux en lui expliquant pourquoi elle était là.

— Je crois que je vais avoir un bébé, mon père.

Ses paroles restèrent suspendues dans les airs. Elle baissa la tête dans l'obscurité du confessionnal et commença à pleurer.

— Que vais-je faire ? demanda-t-elle entre deux sanglots.

Le père Mulcahy était un homme du monde. Il avait travaillé avec les missions et même passé six mois au nord de Londres quand il n'était encore qu'un jeune diacre. Il avait déjà parlé à des jeunes filles comme Lizzie. Il tenta de l'apaiser. Il lui posa des questions simples, l'amenant à se remémorer ce qui s'était passé, mais même après lui avoir fait décrire dans les moindres détails les événements qui s'étaient produits cette nuit-là à Ballytorne, il n'était pas sûr que cela ait pu la faire tomber enceinte. Optant pour la voie de la prudence, il lui prit un rendez-vous avec un médecin de Cork qu'il connaissait. L'adolescente qui se trouvait de l'autre côté de la grille ne méritait pas de voir sa réputation ruinée par les ragots du village.

Les pires craintes de Lizzie se révélèrent fondées, et elle se retrouva assise dans un dur fauteuil de cuir en face du père Mulcahy, au presbytère. Son monde venait de s'écrouler et elle patientait, tête baissée, tordant entre ses minces doigts tremblants un mouchoir trempé de larmes.

Le père Mulcahy eut une idée. Connaissait-elle M. et Mme Burke ? Non. Le prêtre lui expliqua que Mme Burke vivait une grossesse très difficile. Elle était alitée, et ils avaient besoin d'aide à la ferme. Il leur parlerait, mais, s'ils étaient d'accord, Lizzie irait vivre chez eux. Le moment venu, il viendrait prendre le bébé et lui trouverait un foyer. Lizzie commença à croire qu'elle pourrait retrouver sa vie d'avant. La fin du monde avait été retardée.

Le père Mulcahy était admirable. Il arrangea tout. Avec son aide, elle quitta l'école religieuse, même s'il fut convenu que cela ne serait que temporaire ; elle pourrait y retourner. Ses parents furent surpris, mais acceptèrent les explications du prêtre. Lizzie accomplissait son devoir chrétien en allant aider Mme Burke pendant quelques mois. Soupçonnaient-ils ce qui se tramait ? Ils ne lui avaient jamais reparlé de retourner au couvent par la suite. Comme s'ils savaient que leur petite fille avait été abîmée. Elle n'aimait pas cette idée, mais elle devait admettre qu'il était probable qu'ils aient compris le plan du prêtre, mais fussent soulagés de n'avoir rien à gérer. Quelques semaines plus tard, elle était assise à côté de M. Burke, une petite valise sur les genoux, tandis qu'il la conduisait jusqu'à la ferme où sa vie changerait à un point qu'elle n'imaginait pas.

Mme Meany arrêta de parler. PJ s'était penché et tenait désormais les mains de la vieille dame. Sa peau ressemblait à du papier parcheminé et ses larmes avaient formé une minuscule flaque à la surface de la table.

— Alors c'est votre bébé qui est enterré là-haut ? hasarda-t-il timidement, la voix à peine plus haute qu'un murmure.

La vieille gouvernante leva les yeux, le front plissé.

— Non. Non, c'est le bébé de Mme Burke. Ils ont trouvé le petit garçon de Patricia Burke. Il n'a vécu que quelques jours avant de partir. Ce furent des jours bien sombres. Je ne cessais d'observer Mme Burke qui hurlait de détresse dans son oreiller en me demandant comment je me sentirais lorsque le prêtre viendrait chercher mon bébé. Je suppose que c'est la raison pour laquelle j'ai accepté leur proposition.

— Leur proposition ? Quelle proposition ?

— Je devais accoucher quelques semaines plus tard, même si c'était un secret pour tout le village, bien évidemment. M. Burke m'a fait asseoir l'après-midi où leur petit garçon est mort et m'a expliqué que mon bébé pourrait rester avec eux à la ferme. Personne ne saurait que c'était le mien, puisque personne n'était encore au courant qu'ils avaient perdu leur bébé. Je me rappelle m'être inquiétée de ce que pourrait dire le père Mulcahy, mais en même temps j'étais heureuse, car mon bébé allait rester. Pas avec moi, mais au moins à Duneen.

— Et c'est ce qui s'est passé ?

— Oui. L'accouchement a été facile, Dieu merci, et Mme Burke s'est contentée d'envelopper mon petit garçon dans une couverture avant de l'emporter dans leur chambre.

— Et qu'en est-il des actes de naissance ? Et des visiteurs sanitaires ? Personne n'a donc remarqué que le bébé était encore très petit ?

— M. Burke y avait pensé. Il a changé de médecin, la nouvelle sage-femme a aidé à remplir les formulaires, et ça a suffi.

Le cerveau de PJ tournait à plein régime.

— Donc vous êtes la mère de…

— Je suis la mère de Tommy Burke.

Chapitre 9

Un épais brouillard gris enveloppait toute la vallée. Brid pouvait à peine distinguer les arbres au fond du jardin. Elle se dit qu'ils feraient mieux de partir tôt. En traversant la cuisine pour récupérer les déjeuners des enfants dans le réfrigérateur, elle leur cria par la porte ouverte de se dépêcher.

— Tu ne pourras pas faire grand-chose aujourd'hui, fit-elle remarquer à Anthony qui était accoudé à la table, sa deuxième tasse de thé de la journée et son iPad devant lui.

— Le temps va certainement se dégager, et j'avais seulement prévu de faire un peu d'épandage. Je pense que j'arriverai à tout terminer.

— Je croyais que tu t'en étais occupé hier, répondit Brid distraitement en essayant à l'aide de son éponge d'ôter un reste de porridge récalcitrant d'une cuillère.

Anthony resta silencieux. Brid se retourna et vit qu'il regardait fixement l'écran de sa tablette.

— Anthony ?

Il leva les yeux.

— C'est ce que j'étais censé faire effectivement, mais j'ai dû aller chez Maher chercher quelques sacs d'engrais supplémentaires…

Une paire d'anoraks et de lourds cartables déboulèrent dans la pièce. Les enfants tenaient chacun par un côté une grande planche de contreplaqué sur laquelle étaient collés plusieurs modèles réduits de maisons et de voitures.

— Qu'est-ce que vous transportez là ? s'exclama Brid.

— C'est mon projet pour le cours de géographie, expliqua Carmel. Celui sur la ferme. Je dois le rendre aujourd'hui.

— Regardez ! Le tracteur est plus grand que la grange !

Cathal éclata de rire.

— La ferme !

— Ça suffit, vous deux. On n'a pas le temps pour vos disputes. Tu avais prévu d'emporter ça maintenant ? Parce que je te préviens, ça ne rentrera pas dans ma voiture.

— Mais je suis obligée ! Si je ne le rends pas aujourd'hui, j'aurai zéro.

Brid s'approcha de la planche de contreplaqué qui se trouvait désormais sur un bout de la table de la cuisine et la mesura avec les bras.

— Non. Impossible de la faire rentrer. Anthony, tu as besoin de ta voiture ou je peux te l'emprunter pour transporter cette chose à l'école ?

Anthony leva la tête ; il n'avait manifestement rien suivi de la conversation.

— Ma voiture ? Bien sûr. Je peux prendre la tienne et on refera l'échange au déjeuner. Les clés sont sur le crochet.

— Super. Merci. Très bien, venez, vous deux.

— Salut, papa ! lancèrent en chœur les enfants.

— Au revoir, répondit-il sans lever les yeux du petit écran posé en face de lui sur la table.

Le brouillard ne s'était pas levé, si bien qu'après avoir déposé les enfants et ce qui restait de la ferme en contreplaqué, Brid décida d'aller faire des courses. Elle parcourut les quelque deux kilomètres qui séparaient la ville de la zone où ils avaient construit le nouveau supermarché. Il avait ouvert près de sept ans plus tôt, mais tout le monde en parlait toujours comme s'il était neuf. Le parking était presque vide, et elle trouva une place près de l'entrée. Elle s'apprêtait à sortir de la voiture lorsqu'elle se rappela qu'il lui fallait une pièce d'un euro pour le caddie. Elle attrapa vivement son sac à main sur le siège passager et fouilla toutes les poches et les pochettes où elle conservait habituellement sa monnaie. Elle trouva quelques centimes, mais pas la pièce d'un euro dont elle avait besoin. Elle se demanda si Anthony gardait quelques pièces dans la voiture : il n'y avait rien dans le petit vide-poches sous le levier de vitesse ni dans celui en bas de la portière, mais peut-être aurait-elle plus de chance avec la boîte à gants ?

Elle se pencha, appuya sur le petit bouton chromé, et le rabat s'ouvrit. Le compartiment était rempli de dizaines de petits carrés de papier blanc. Elle en sortit un pour l'examiner. C'était un ticket de parking de l'hôpital. Elle plongea la main pour en prendre un autre. Parking de l'hôpital. Elle en attrapa une poignée. C'étaient tous des tickets de parking de l'hôpital.

Elle avait la bouche sèche. Que lui arrivait-il ? De quelle terrible maladie souffrait Anthony au point qu'il n'osait pas la lui avouer ? Elle remarqua la date sur le ticket qu'elle tenait encore à la main. Hier. Ce n'est pas comme si elle l'avait espionné et, de toute façon, il valait mieux qu'elle sache de quoi il retournait. Elle sentit une vague d'affection pour Anthony la submerger. Le pauvre, il souffrait en silence pour essayer de la préserver.

Les aboiements de Bobby semblaient comme assourdis et lointains à travers le brouillard, ce qui rendait Evelyn nerveuse. Ce matin-là, elle n'avait pas de temps à perdre à courir après lui à travers champs. Abigail entrait au bloc à 15 heures, et ses sœurs voulaient la voir avant son opération. On les avait prévenues que leur aînée risquait d'être léthargique, voire endormie jusqu'au lendemain matin. Evelyn avait préparé une liste d'effets personnels qu'elle allait ranger dans un petit sac de voyage pour lui apporter à l'hôpital.

— Bobby ! Bobby, au pied ! Bon chien…

Elle observa les alentours à travers la brume laiteuse. Rien. Elle soupira. Il fallait qu'elle retourne à la maison changer de chaussures si elle devait le chercher. Elle se demanda combien de temps elle pouvait se permettre d'attendre pour voir s'il réapparaissait de son propre chef. Elle fit une nouvelle tentative :

— Bobby, au pied !

Elle crut entendre quelque chose bouger dans les broussailles, puis il surgit, telle une ombre folle, et longea la haie en remontant vers la maison.

— Bon chien !

En le voyant approcher, Evelyn comprit cependant que son soulagement avait été prématuré. Son pelage doré était maculé de boue humide et foncée.

Lorsqu'il fut à portée de main, elle attrapa le chien par son collier et, excédée, le traîna de force à travers le jardin. Tandis qu'ils s'approchaient de la maison, Bobby comprit ce qui allait se passer et commença à se débattre. Evelyn lutta pour le maintenir tout en essayant d'ouvrir le robinet extérieur. Sa jupe écossaise grise et blanche était désormais presque aussi sale que le chien, et l'eau, jaillissant du tuyau sur le sol en béton, lui éclaboussa les jambes.

Tandis qu'elle suppliait Bobby de se tenir tranquille, elle fut envahie par un sentiment de profonde solitude. Il y avait quelque chose de pathétique à s'évertuer à laver un animal qui n'en avait pas envie. Elle s'autorisa à imaginer l'espace d'un instant que PJ se trouvait avec elle et l'aidait à immobiliser Bobby. Ils auraient éclaté de rire lorsque le tuyau rebelle les aurait trempés.

Ridicule, s'admonesta-t-elle.

Elle avait l'impression que PJ n'appréciait pas Bobby tant que ça et, au demeurant, il aurait risqué une crise cardiaque en tentant de maîtriser le gros chien mouillé. Elle relâcha son emprise sur le collier.

— Ça suffit ! s'écria-t-elle. Va te faire foutre.

Elle n'était pas sûre de savoir si elle s'adressait au chien, à PJ ou à elle-même, mais elle éprouva une certaine satisfaction à prononcer ces mots-là à haute voix. Elle ferma le robinet et regarda Bobby faire triomphalement le tour du jardin avant de s'arrêter près d'elle et de s'ébrouer vigoureusement. Un sentiment de découragement infini s'empara d'elle.

Laissant Bobby enfermé dans le jardin le temps qu'il sèche, elle se rendit à l'étage pour rassembler les affaires d'Abigail. Elle piocha quelques produits de toilette dans la salle de bains avant de traverser le couloir pour entrer dans la chambre de sa sœur. C'était étrange de se retrouver là, toute seule. Les couvertures avaient été soigneusement tirées et un demi-verre d'eau était posé sur la table de chevet à côté d'un catalogue de semences coloré. Elle décrocha la robe de chambre suspendue à l'arrière de la porte avant de se diriger vers la commode. Alors qu'elle ouvrait le tiroir du haut, l'odeur de lavande et de cire lui rappela l'époque où elle venait voir sa mère malade dans cette même pièce. Elle sortit quelques sous-vêtements et tâcha de se rappeler le reste de sa liste. Pas de soutien-gorge – Abigail pouvait remettre celui qu'elle portait à son arrivée –, mais il lui fallait un haut propre pour sa sortie, quelque chose de chaud et de joli. Elle ouvrit le tiroir du bas, pensant que c'était l'endroit le plus susceptible de contenir les pulls de sa sœur, mais son contenu la prit par surprise. De banals draps gris étaient rangés d'un côté tandis qu'une pile d'albums photo occupait l'autre moitié du tiroir.

Sans le soulever, Evelyn ouvrit l'album qui se trouvait sur le dessus de la pile. Elle tomba sur une photographie en noir et blanc qu'elle n'avait jamais vue. Sa mère et son père, très jeunes, lui souriaient. Ils se tenaient sur un pont – peut-être le Patrick's Bridge de Cork ? –, enlacés pour se protéger du vent qui faisait flotter le manteau de sa mère sur le côté. Elle tourna la page. Son père, jeune fermier sur son tracteur. Une autre page. Ses parents et un autre couple assis sur une couverture dans les dunes. Son père avait enlevé ses chaussures et ses chaussettes, et les quatre amis semblaient trouver cela hilarant. C'était leur vie avant la naissance de leurs trois filles, mais pourquoi l'album était-il caché ici ? Abigail pensait-elle que ces photographies bouleverseraient ses cadettes ?

Elle le referma et s'apprêtait à faire de même avec le tiroir lorsque quelque chose attira son regard. C'était un petit bout de tissu qui dépassait sous la pile d'albums. Evelyn se figea. Elle approcha doucement sa main et tira sur le tissu. Ce n'était guère plus qu'un chiffon en lambeaux, taché de noir par ce qui semblait être de l'essence. Elle le laissa délicatement tomber sur le sol. Dans un coin, là où la traînée sombre était la plus estompée, elle parvint à distinguer les contours pâles d'une rose. Son cœur se mit à battre la chamade et un flot de questions sans réponses tourbillonna dans son esprit. Elle était cependant sûre d'une chose. Elle tenait ce qu'il restait du foulard que lui avait offert Tommy.

Brid avait préparé quelques sandwichs au fromage et aux cornichons et les avait déposés sur une assiette au milieu de la table. Deux tasses vides se faisaient face, chacune à un bout de la table. L'eau était chaude, mais elle attendait Anthony avant de se servir son thé. Elle tournait dans la cuisine comme un poisson dans son bocal, essuyant ici une tache sur le plan de travail, déchirant là une vieille enveloppe, repliant un torchon. Enfin elle entendit la voiture se garer dans l'allée. Elle prit une profonde inspiration.

Elle avait prévu de lui demander ce qui n'allait pas dès qu'il serait rentré, désireuse de le soulager de son secret dès que possible. Elle avait préparé un petit discours dans sa tête, mais quand il entra et jeta sa casquette sur le plan de travail, elle décela quelque chose de nouveau chez lui. Le regard qui pétillait ? Une démarche plus légère, peut-être ? Elle n'arrivait pas à mettre le doigt dessus, mais, à cet instant précis, elle sut avec certitude qu'il n'était pas malade. Elle mit la bouilloire en route.

Le déjeuner se déroula comme d'habitude, Brid posant quelques questions sur la ferme et informant Anthony d'une prochaine réunion parents-professeurs à l'école. Il lui répondait principalement par des grognements tout en faisant défiler l'écran de son iPad. Environ une demi-heure après s'être assis, il s'essuya la bouche avec une serviette en papier et lança un « Bien ! » sonore en reculant sa chaise. Il signalait ainsi que le déjeuner était terminé et qu'il allait se remettre au travail.

— Tu as encore besoin de ma voiture ?

— Non.

— Parfait. On se retrouve vers 19 heures alors.

Elle le regarda marcher jusqu'à la porte de derrière et remettre ses bottes. Par la fenêtre de la cuisine, elle le vit se hâter vers sa voiture, dans son bleu de travail sale. Pendant tout le déjeuner, elle l'avait observé à la dérobée en se demandant ce qu'il pouvait bien faire chaque jour à l'hôpital s'il n'était pas malade. Elle jeta la lavette mouillée dans l'évier et décrocha son manteau de la porte. Elle allait le suivre.

Brid n'avait jamais filé personne de sa vie, mais elle avait vu suffisamment de films pour savoir comment s'y prendre. Elle ne devait pas trop s'approcher. Elle savait qu'il avait pris à gauche après le portail et fit donc de même. En bas de la colline, elle entrevit sa voiture qui tournait de nouveau à gauche. Il se dirigeait vers la route principale de Ballytorne. Elle se sentit presque soulagée. Elle ne s'était pas laissé emporter par son imagination. Elle ne savait pas ce qu'il faisait, mais ce n'était visiblement pas de l'épandage. Quelque chose ne tournait pas rond.

Tout en gardant ses distances, elle le suivit jusqu'à Ballytorne. Il fit lentement le tour de la place principale et tourna à droite à l'angle de l'hôtel. Quand Brid s'y engouffra à son tour, la voiture avait disparu. Elle ralentit avant de le retrouver. Il s'était garé sur le parking derrière l'hôtel et sortait de la voiture. Il n'y avait personne derrière elle et elle s'arrêta. Elle le vit sortir un sac du coffre de sa voiture et se diriger vers l'hôtel. Il n'emprunta pas l'entrée principale, mais monta directement les escaliers latéraux.

Brid roula au bout de la rue et trouva un emplacement où se garer. Elle retourna ensuite au parking et s'avança vers les marches en métal. Un petit panneau fléché indiquait un centre de soins à l'étage. Brid était perplexe. Il n'y avait rien d'autre là-haut qu'une salle de gym. Que se passait-il, bon sang ? Elle n'avait remarqué aucun changement physique chez lui. Son ventre était aussi plat et musclé qu'il l'avait toujours été.

Avec l'impression d'être une espionne, elle remonta le col de son manteau et se positionna en face de l'entrée du parking, là où elle pourrait garder un œil sur la situation. Il y avait une librairie de ce côté-ci de la rue et, chaque fois qu'une voiture passait, elle feignait d'être vivement intéressée par l'histoire locale ou les dernières recettes équilibrées de Neven Maguire. Son cœur battait la chamade, et elle devait reconnaître qu'elle s'amusait. C'était étrange et grisant à la fois.

Après avoir attendu une vingtaine de minutes, elle entendit des pas bruyants résonner sur les marches en métal. Elle mit un instant avant de reconnaître Anthony. Il était métamorphosé. Il avait quitté son vieux bleu de travail et portait désormais son beau pantalon bleu marine et la jolie chemise à rayures bleues et blanches qu'elle lui avait offerte à Noël. Il s'était visiblement douché et avait lissé vers l'arrière le peu de cheveux qu'il lui restait. Elle devait admettre qu'il avait fière allure. Elle se précipita vers sa voiture et l'observa dans le rétroviseur tandis qu'il quittait le parking et tournait à gauche. Elle se renfonça dans son siège quand il la dépassa, puis s'empressa de mettre le contact pour pouvoir poursuivre sa filature.

Quelques minutes plus tard, elle comprit qu'il se rendait à l'hôpital. Brid commençait à se sentir mal à l'aise. Et si elle avait eu tort et qu'il y allait vraiment pour se faire soigner ? Cela voudrait dire qu'il s'efforçait de protéger sa famille de manière admirable, mais elle s'en voudrait terriblement d'avoir osé douter de lui. Il se dirigea au fond du parking attenant à l'hôpital tandis qu'elle se garait sur le bas-côté. Il paya sa place et déposa le ticket dans sa voiture avant de se diriger vers l'arrière de l'hôpital.

Elle bondit hors de son véhicule et longea d'un pas vif le mur qui menait à l'hôpital. En tournant à l'angle qui donnait sur l'arrière du bâtiment, elle s'arrêta et recula à la hâte. Anthony était seul, adossé contre la barrière de la rampe d'accès handicapés. Elle risqua un autre regard. Il était toujours là, se mordillant les ongles. Il ne l'avait visiblement pas remarquée. Brid s'aperçut à quel point elle devait avoir l'air ridicule, plaquée contre le mur comme une écolière attardée jouant à cache-cache ; elle se redressa et essaya de donner l'impression qu'elle attendait un ami ou quelqu'un venu la chercher. Elle entendit des voix et, avec précaution, jeta de nouveau un regard de l'autre côté du mur.

Cette fois, Anthony n'était plus seul. Une jeune infirmière aux cheveux foncés se tenait en haut de la rampe. Brid constata que son uniforme était légèrement trop petit, un peu serré au niveau du buste, ce qui faisait pigeonner son décolleté. L'infirmière descendit la rampe et se jeta contre Anthony qui l'enlaça et commença à l'embrasser comme jamais auparavant il n'avait embrassé Brid. Quels que fussent les soins qu'Anthony venait recevoir à l'hôpital, ils n'étaient certainement pas de nature médicale.

Est-ce que Florence faisait exprès de l'agacer ? Quoi que lui dise Evelyn, sa sœur avait toujours son grain de sel à ajouter ou une rectification à apporter. Les bourgeons n'étaient pas précoces cette année. Non, la ville n'était pas plus animée que d'habitude. L'enseignante tatillonne dans toute sa splendeur. Evelyn serra un peu plus fort les anses du petit sac de voyage qu'elle tenait sur ses genoux et regarda les haies défiler dans un brouillard flou par la vitre de la voiture.

Abigail était de bien meilleure humeur et semblait presque avoir hâte d'être opérée. Florence et elle discutaient joyeusement, mais Evelyn restait silencieuse.

Elle ne parvenait à penser qu'au foulard en soie et à la dernière fois qu'elle l'avait aperçu, soigneusement plié sur la table de la ferme, le jour où Tommy avait disparu. Elle mourait d'envie de demander à Abigail comment il s'était retrouvé en sa possession ; elle devait avoir une bonne raison de le lui avoir caché toutes ces années. Evelyn avait l'impression de devoir respecter sa décision et ne pas aborder le sujet devant Florence. Elle attendait que sa sœur quitte la chambre, mais comme cela n'arrivait pas, elle précipita les choses.

— Florence, pourquoi n'irais-tu pas nous chercher du thé pendant que je range les affaires d'Abigail ?

Florence se leva et Evelyn poussa un soupir de soulagement, mais Abigail intervint.

— Je n'ai pas le droit de boire quoi que ce soit avant l'opération.

Florence hésita.

— Et toi, Evelyn, tu veux quelque chose ? demanda-t-elle à sa cadette.

— Oh oui, s'il te plaît. Un thé, ce sera parfait, merci.

— D'accord, je vais nous chercher deux thés, alors. Je reviens dans une minute.

Evelyn lui sourit et lui fit un petit signe de la main. À l'instant où sa sœur franchit la porte, elle approcha sa chaise du lit et agrippa le bras d'Abigail.

— Mais enfin, qu'est-ce qu'il te prend ?

Evelyn se mit à bredouiller.

— Abigail. Je n'étais pas en train de fouiller. Je cherchais à rassembler les affaires dont tu avais besoin et je suis tombée sur… sur les vieux albums photo.

— Les albums photo ?

— Les photos de papa et maman.

L'expression de confusion qui s'était dessinée sur le visage d'Abigail se dissipa lorsqu'elle comprit ce à quoi sa sœur faisait allusion.

— Oh, tu parles des vieux albums dans le tiroir du bas de la commode. Je ne les ai pas regardés depuis des années. Je les ai cachés là pour éviter que Florence ne les trouve. À la mort de papa, elle était obnubilée par eux. Ce n'était pas sain. Mais on devrait les ressortir. Peut-être même faire encadrer une photo ou deux.

Evelyn ne répondit rien, mais serra le bras d'Abigail un peu plus fort.

— Qu'y a-t-il ? demanda celle-ci, mal à l'aise.

Evelyn déglutit tant bien que mal.

— En bas du tiroir, j'ai aperçu… J'ai trouvé un morceau du foulard de Tommy. Celui qu'il m'avait offert.

Le visage d'Abigail se pétrifia. Elle se tourna un instant vers le mur avant de faire face à Evelyn.

— Oh, mon Dieu !

Evelyn attendit qu'elle poursuive, mais Abigail resta silencieuse.

— Comment ? Comment l'as-tu eu ?

— Evelyn, je n'ai jamais eu l'intention de te faire de la peine. J'ai vu Tommy Burke monter dans le bus pour Cork. C'est Tommy. C'est lui qui m'a donné le foulard.

Evelyn essaya d'assimiler ce qu'elle entendait. Sa sœur, cette femme avec qui elle avait vécu chaque jour de ces vingt-cinq dernières années, avait vu Tommy. Elle lui avait parlé, mais ne lui avait jamais rien dit.

— Que t'a-t-il dit ? l'implora-t-elle.

La disparition de Tommy n'avait rien d'un lointain souvenir pour elle. Ses sentiments étaient aussi vivaces que si cela était arrivé quelques jours auparavant.

— Il… Il voulait que tu le gardes. Il m'a expliqué que c'était un cadeau et que tu devais le récupérer.

— C'est tout ?

— Oui. Je ne l'appréciais pas vraiment à l'époque, rappelle-toi. Je n'allais pas engager la conversation avec lui.

— Mais pourquoi… Pourquoi tu ne me l'as pas donné ?

— Je pensais que c'était mieux ainsi. Je voulais que tu l'oublies. (Abigail se pencha et caressa la joue d'Evelyn.) Je ne voulais pas te voir errer comme une âme en peine dans la maison en serrant ce foulard contre toi comme une relique.

— Mais qu'est-ce qui s'est passé ? Pourquoi est-il…

— Et voilà deux thés ! Le meilleur qu'on puisse trouver à l'hôpital de Ballytorne.

Les trois sœurs Ross étaient réunies.

Brid avait l'impression de se noyer. Debout derrière sa voiture, elle tentait de reprendre son souffle, une main posée sur le toit, la tête basse. Elle avait une conscience aiguë et douloureuse du moindre détail sur le sol. Le vert d'une mauvaise herbe. Le jaune vif d'un emballage de chewing-gum jeté là négligemment. Les nuances de noir du sol goudronné. Elle percevait le monde plus distinctement que jamais alors que, en elle, ses émotions confuses bouillonnaient et menaçaient de la faire s'effondrer. Elle était en colère, mais elle avait peur également. La panique l'envahit, elle ne savait pas quoi faire. Une part d'elle-même voulait se ruer sur Anthony et son infirmière telle une guerrière possédée, hurler à pleins poumons et les frapper de ses poings jusqu'à ce qu'ils s'écroulent tous les deux sur le sol dans une mare de sang, les os broyés. Mais, plus important encore, elle voulait ses enfants.

Elle s'éloigna de la voiture, continuant à lutter pour reprendre son souffle. Elle ne pouvait pas conduire dans cet état. Elle risquait d'avoir un accident. Un claquement lui fit lever les yeux. Le bruit provenait de la corde qui tapait contre le mât à l'entrée du parking. Un drapeau bleu et blanc indiquait qu'il s'agissait de l'hôpital de Ballytorne. Il flottait avec légèreté dans le vent. Stupide drapeau. Qu'est-ce qui justifiait une telle insouciance ? Elle pressa ses mains contre ses tempes et appuya de toutes ses forces. Il fallait qu'elle éprouve quelque chose, n'importe quoi, une douleur qu'elle pourrait comprendre. Quel salaud. Quel connard arrogant. Qui se permettait de la juger. Qui lui donnait l'impression d'être une merde sous sa chaussure alors que pendant tout ce temps… Pendant tout ce temps il se tapait cette salope d'infirmière. Une infirmière ? Il n'aurait pas pu faire encore plus cliché et pitoyable ? Son mari était un guignol doublé d'un salaud.

Elle repartit vers l'hôpital. Elle ne savait pas vraiment pourquoi, mais cela lui faisait du bien de marcher. Sa respiration s'apaisa. Elle se trouvait à quinze mètres environ de l'angle du bâtiment lorsqu'elle s'arrêta. Est-ce qu'ils étaient toujours là ? Continuait-il à la caresser ? Sa langue s'enfonçait-elle encore profondément dans sa bouche ? Elle ne tenait pas à le savoir et s'apprêtait à rejoindre sa voiture lorsqu'une silhouette surgit dans son champ de vision.

Non. Pas elle. Pas Evelyn Ross. Brid se demanda de quoi elle devait avoir l'air, tout ébouriffée, les habits froissés.

À l'instant même où Evelyn la remarqua, elle s'arrêta net. Son visage était baigné de larmes, et le chiffon crasseux qu'elle tenait à la main voletait dans la brise.

Les deux femmes se dévisagèrent, ne sachant ni l'une ni l'autre ce qu'elles devaient faire, se demandant toutes les deux comment elles avaient pu se retrouver nez à nez comme si elles avaient été forcées de remonter le temps.

Brid se sentit brusquement lasse. Épuisée. Elle rêvait de se laisser glisser à genoux et de s'endormir. Des années. Toutes ces années. Tant de temps avait passé et pour quoi ? Voilà qu'elle se retrouvait de nouveau sous un ciel dégagé, nez à nez avec Evelyn Ross, tandis que, pour la deuxième fois de sa vie, elle perdait un mari.

Chapitre 10

C'était une situation inhabituelle, Mme Meany assise à la table de la cuisine tandis que PJ lui versait une tasse de thé. Il fut gêné de constater qu'il ne savait pas comment elle le buvait, et il se contenta donc de pousser vers elle le pot à lait et le sucrier. Il jeta un coup d'œil à l'horloge. Il ne devrait pas tarder.

Après que Mme Meany eut partagé son histoire, PJ avait promis de la garder secrète aussi longtemps qu'il le pourrait, mais il la prévint que, si un procès devait avoir lieu, il serait obligé de la révéler. Mme Meany avait secoué la tête. Cela ne la dérangeait pas. Et elle le pensait réellement. Après toutes ces années de silence, cela lui semblait si futile. Une heure passée dans la pénombre de la cuisine avait mis fin à cinquante années de peur. Elle se sentait si vide et si légère qu'elle avait peur de s'envoler. Lorsque PJ l'avait reconduite à son pavillon, elle s'était glissée sous les draps glacés et avait sombré dans un sommeil profond et sans rêves.

Le lendemain matin, elle s'était levée et s'était rendue à pied jusqu'au commissariat, comme tous les jours. Elle regarda à gauche puis à droite, comme si elle s'attendait à ce que le monde eût changé, mais non. Elle se demanda si les gens qui passaient en voiture ou promenaient leur chien remarqueraient qu'elle avait subi une transformation radicale. Elle se sentait transparente sans l'épais nuage du passé qu'elle avait gardé à l'intérieur d'elle-même. Elle prépara le petit déjeuner comme à son habitude. La poêle était plus chaude à gauche qu'à droite. Elle dut enclencher deux fois le grille-pain. Le séisme d'émotions qui l'avait frappée semblait n'avoir eu aucune répercussion. Rien n'avait changé.

PJ lui expliqua qu'il devrait répéter au commissaire Dunne ce qu'elle lui avait révélé et que ce dernier souhaiterait probablement lui poser quelques questions. Ils auraient également besoin de prélever son ADN pour vérifier que le corps retrouvé était bien celui de Tommy Burke. Elle hocha la tête. Quoi qu'il se passe dans les prochains jours, elle savait qu'elle avait relâché le contrôle. Les choses suivraient leur cours ; elle se sentait parfaitement calme.

Tandis qu'elle sirotait son thé, tout lui paraissait cependant différent. C'était là qu'elle travaillait, mais, ce jour-là, elle n'était pas la gouvernante. Elle aidait les policiers dans leur enquête. PJ la découvrait sous un jour nouveau. La veille au soir, il avait observé sa frêle silhouette tandis qu'elle sortait de la voiture et regagnait son pavillon en descendant l'allée qui y menait, et il avait été terrassé par la honte. Au temps pour son esprit incisif. Il se rendit compte qu'il ne connaissait presque pas Mme Meany avant cette soirée. Découvrir ce par quoi elle était passée et le secret avec lequel elle avait dû vivre toutes ces années l'avait rempli d'admiration à son égard, mais il était surtout triste pour elle.

Lorsque Linus arriva, PJ dut admettre qu'il était impressionné par la manière dont il traita Mme Meany. Il pouvait se montrer très brusque et sérieux pendant les interrogatoires, mais, cette fois, il parla d'une voix basse et ne prit que quelques notes. Mme Meany n'avait pas grand-chose à ajouter à son récit de la veille. Elle expliqua comment elle s'était mise à travailler pour le père Mulcahy quand il lui était devenu trop pénible de rester près du bébé. Regarder Mme Burke le prendre dans ses bras lorsqu'il pleurait ou lui tendre le biberon pour qu'elle le lui donne alors qu'elle rêvait de le serrer contre elle se révéla trop douloureux. Elle quitta la ferme et, sans même l'avoir décidé, se retira du monde elle aussi. Elle avait essayé de vivre normalement, mais la vie en avait décidé autrement. Elle vécut les années suivantes comme une pénitence pour son erreur monumentale.

En l'écoutant parler, PJ commença à comprendre quel supplice sa vie avait dû être. Voir Tommy tenir la main de Mme Burke, l'observer tandis qu'il devenait un homme en s'efforçant de ne pas le dévisager pendant la messe. Toutes ces années à se voir refuser le droit d'être ce qu'elle était : la mère de quelqu'un. Il réprima le besoin impérieux de la prendre dans ses bras, se contentant de rester assis à l'autre bout de la pièce et de regarder sa gouvernante se transformer en parfaite inconnue.

Quand Linus en eut fini, il sortit un petit sachet en plastique de sa mallette et expliqua qu'il s'apprêtait à recueillir un échantillon d'ADN. Il enfila une fine paire de gants en caoutchouc et effectua un prélèvement à l'intérieur de la bouche de Mme Meany. Celle-ci resta tranquillement assise, la bouche ouverte. Elle avait l'impression de recevoir la communion.

PJ reconduisit Linus à la porte.

— Pourquoi croyez-vous qu'elle nous révèle tout cela maintenant ? lui demanda le commissaire.

— Je n'en sais strictement rien. À cause du bébé ? Elle n'a aucune idée de l'identité de l'autre corps, mais elle savait pertinemment qui était le nourrisson et j'imagine qu'elle a senti qu'il était de son devoir de nous aider.

— Je ne dis pas que je ne la crois pas, mais pensez-vous qu'on puisse lui faire confiance ?

La question désarçonna PJ. Cela ne lui avait pas traversé l'esprit que Mme Meany pût mentir.

— Absolument. Elle n'a aucune raison de mentir. Pas à ce sujet.

— D'accord. Je vais transmettre ça au labo et nous n'aurons plus qu'à attendre, dit Linus en brandissant l'échantillon.

La torture de Brid et d'Evelyn prit fin lorsque Florence apparut à l'angle de l'hôpital.

— Madame Riordan ! l'avait-elle joyeusement saluée.

Evelyn lui avait simplement emboîté le pas. Brid décida de rester là où elle était. Si elle retournait à sa voiture, on aurait pu croire qu'elle suivait les sœurs Ross et si elle avançait, elle risquait de retomber sur Anthony et l'infirmière. Elle attendit d'entendre le bruit d'un moteur en marche et se retourna au moment où la voiture des sœurs s'engageait dans la rue.

De retour dans sa voiture, elle envisagea les options qui s'offraient à elle. Le quitter ? Le jeter dehors ? Lui pardonner ? Faire comme si elle n'avait rien vu ? Cela faisait si longtemps qu'elle rêvait de changement, mais pas de cette façon. Elle jeta un coup d'œil à sa montre. Les enfants. Il était l'heure d'aller les chercher. Elle lissa ses cheveux en se regardant dans le rétroviseur, plaqua un sourire tranquille sur son visage et tourna la clé contact.

Evelyn était assise dans sa chambre. Le foulard taché était posé sur le rebord de son lit. Elle l'avait tenu contre sa joue et caressé jusqu'à surprendre son reflet dans le miroir de son armoire. Elle s'était rendu compte alors à quel point elle avait l'air sotte. Elle tendit la main et suivit de l'index le contour d'une rose.

Un message. Elle avait reçu un message de Tommy. Il éprouvait des sentiments pour elle. Elle se demanda où il se trouvait à cet instant précis. Était-il assis sur un lit à penser à elle ? La découverte du corps avait mis fin à ses rêveries futiles, mais elle s'était surprise à rêvasser de nouveau. Il était chauffeur de taxi à New York. Peut-être travaillait-il sur une plate-forme de forage en mer du Nord. Ou alors il élevait des moutons en Australie, perché sur un pur-sang. Parfois, quand elle se sentait déprimée, elle lui inventait une femme et des enfants. Ses mariages n'étaient jamais très heureux, mais il se révélait un père merveilleux. Dans l'un de ses scénarios préférés, il était veuf et élevait seul trois enfants en bas âge.

Ces fantasmes avaient commencé environ un an après sa disparition. Tandis que tout espoir de le voir revenir s'estompait, elle avait imaginé des endroits où elle pourrait le retrouver, mais auxquels elle ne pouvait accéder pour une raison qui lui échappait. Il était arrivé qu'elle y crût sérieusement, mais elle s'était finalement rendu compte de sa bêtise. Telle une promeneuse égarée dans les bois, elle avait décidé de rester là où elle était pour être sûre qu'il la retrouverait lorsqu'il viendrait la rechercher. S'il le pouvait, il le ferait, Evelyn en était certaine.

Et voilà que le gage d'amour qu'il lui avait offert se trouvait sur son lit. Il voulait le lui faire parvenir et elle le recevait enfin, des années plus tard. Elle avait conscience de se comporter de façon ridicule. Elle avait l'impression d'être l'une de ces princesses de contes de fées que lui lisait sa mère quand elle était enfant. Le prince affrontait les marécages et les massifs de ronces pour la retrouver. Elle caressa encore une fois le tissu soyeux et se demanda si ce signe lui permettait d'espérer, peut-être – qui sait ? –, une fin heureuse.

Brid attendit que les enfants soient montés à l'étage faire leurs devoirs pour passer à l'action. Elle prit une canette de Coca-Cola dans le réfrigérateur, l'ouvrit et versa son contenu dans l'évier. Elle retourna vers le réfrigérateur, sortit une bouteille de vin blanc qu'elle déboucha avec jubilation avant de transvaser précautionneusement le liquide jaune pâle dans la canette. Sa main tremblait légèrement, et elle renversa du vin sur le plan de travail. Une fois la canette remplie, elle reposa la bouteille. Elle observa la canette humide qu'elle tenait et hésita avant de prendre quelques inspirations profondes et de la poser à côté de la bouteille. Elle essuya le vin renversé à l'aide de feuilles de papier essuie-tout. Elle les jeta à la poubelle, retourna près du plan de travail et saisit la canette glacée. Elle la souleva jusqu'à son nez et huma longuement son arôme délicieux. Qu'est-ce que cela pouvait bien faire… Après cette journée éprouvante, elle méritait bien ce petit répit. Cela ne voulait pas dire qu'elle retombait dans ses vieux travers. C'était une petite entorse à la règle, voilà tout. Plutôt qu'une occasion, il s'agissait de circonstances spéciales.

Elle approcha la canette de sa bouche. Le temps se suspendit un instant, frontière éphémère entre l'avant et l'après, puis elle ferma les yeux et but une gorgée. La boisson était fraîche, son goût si familier. C'était comme d'enfiler son chemisier préféré. Le bleu marine avec un col blanc. Dieu que c'était bon. Elle reprit une longue gorgée avant de s'essuyer la bouche du plat de la main. C'est ce qu'elle devait faire. Elle allait faire face. Et s'en sortir.

Elle retourna au réfrigérateur où elle rangea la bouteille dans la porte et sortit un jambon, bien emballé dans son épais sachet en plastique. Ce serait le plus simple à préparer pour le dîner. Elle aurait pu le cuisiner les yeux fermés. Poser une casserole d'eau sur la plaque. Y mettre le jambon.

Et voilà, pensa-t-elle avant de se laisser tomber sur l'une des chaises de la cuisine.

Elle porta la canette de Coca-Cola à sa bouche. L'horloge indiquait 18 heures. Une heure. Dans exactement soixante minutes, il franchirait cette porte.

Elle balaya du regard la cuisine, enregistrant le moindre détail. Elle vivait les derniers instants de son ancienne vie. Elle ne savait pas ce qui l'attendait, mais Anthony lui avait fait un cadeau. Il lui avait donné les clés d'un avenir sans lui. Elle but plusieurs petites gorgées. Les patates. Elle se leva, se dirigea vers le bac à légumes et jeta quelques poignées de pommes de terre dans une passoire, savourant le léger brouillard dans lequel le vin plongeait son cerveau après une si longue abstinence. Elle éplucha et découpa les pommes de terre avant de les verser dans l'eau bouillante. Deux autres gorgées de vin. Dieu, que cela lui avait manqué !

Tel un robot domestique, elle éplucha et débita mécaniquement les carottes en rondelles avant de préparer une épaisse sauce onctueuse au persil. Les pommes de terre étaient cuites ; elle les écrasa dans la casserole, les volutes de vapeur tourbillonnant jusqu'à son visage. Elle respirait profondément toutes ces odeurs. C'était son repas préféré. Elle sourit. Le dernier dîner.

La table était dressée et les assiettes patientaient dans le tiroir chauffe-plats de la cuisinière lorsque la lumière blanche des phares de la voiture d'Anthony éclaira la vitre embuée de la cuisine. Une gorgée de vin un peu plus longue.

La porte de derrière s'ouvrit et Anthony apparut dans son bleu de travail crasseux ; elle supposa que son autre tenue était soigneusement pliée dans le coffre de sa voiture. Ses cheveux clairsemés n'étaient plus lissés vers l'arrière, mais semblaient délibérément ébouriffés.

— Ça sent bon !

— Je prépare un jambon.

— Merveilleux. Je vais juste me débarbouiller.

Elle le suivit du regard alors qu'il traversait la cuisine en chaussettes. Elle l'entendit allumer la lumière dans les toilettes du bas. Le bruit du robinet. Que lavait-il au juste ? Où avait-il passé les dernières heures ? Qu'avait-il fait exactement ? Des visions d'un impeccable uniforme blanc dévoilant une peau rosée traversèrent son esprit. Elle se rua sur le réfrigérateur et remplit la canette de Coca-Cola.

Le dîner ne sortit pas de l'ordinaire. Carmel et Cathal narrèrent leur journée d'école à leurs parents, la blague hilarante qu'avait racontée tel copain, les rumeurs d'un voyage scolaire, la fenêtre brisée pour laquelle le coupable ne s'était pas dénoncé. Anthony parla de ce qu'il devait faire le lendemain. Apparemment, il n'avait pas fini l'épandage. Ça lui prenait beaucoup plus de temps que prévu. Brid sourit et hocha la tête. Elle découpa le jambon et fit passer la sauce au persil. Elle rinça les assiettes et les rangea dans le lave-vaisselle. Carmel et Cathal eurent chacun droit à une coupe de glace. Dès qu'ils l'eurent engloutie, ils reculèrent leurs chaises pour retourner dans leur chambre à l'étage. Ils refermèrent la porte de la cuisine derrière eux et le silence s'installa entre Brid et Anthony.

Son doigt reposait sur le haut de la canette de Coca-Cola et elle regardait Anthony, qui, une fois de plus, était occupé à faire défiler l'écran de son iPad. Elle se demanda combien de temps elle laisserait encore perdurer le silence. Quelques minutes plus tard, il leva les yeux et croisa son regard. Il haussa les sourcils en une question muette : « Qu'y a-t-il ? »

Brid cligna lentement des yeux avant de demander :

— Est-ce que tout va bien ?

— Moi ? Oui. Je vais bien. Pourquoi ?

— Eh bien, comme tu vas à l'hôpital, je me demandais simplement comment tu allais.

Anthony posa son iPad sur la table.

— À l'hôpital ?

— Oui. Tu y étais aujourd'hui.

— Qui m'a vu là-bas ?

— Il me semble que ça n'a guère d'importance, si ? Qu'importe qui vous a vus, toi et ta petite infirmière, perdus dans votre bulle d'amour.

— De quoi parles-tu, Brid ?

— Tu plaisantes ? Tu vas vraiment nier ce qui s'est passé ? Arrête de me faire perdre mon temps, Anthony. Tu as une liaison avec une infirmière.

Anthony la dévisagea.

— Alors ? C'est la vérité, non ? *Non ?*

— C'est… une amie. C'est tout.

— Mon Dieu. J'aimerais avoir des amis comme ça. Drôlement amicale, non ? cracha Brid.

— Écoute, je ne sais pas ce qu'on t'a raconté…

— Personne ne m'a rien dit, imbécile ! s'écria-t-elle en se levant. Je t'ai vu. Je vous ai vus, toi et ta salope d'infirmière. Et ne fais pas comme si cette petite pute n'était qu'une amie.

Anthony se leva à son tour et se pencha vers sa femme.

— Chut, tais-toi. Les enfants vont t'entendre.

Il ajouta dans un murmure rauque :

— Écoute. Il ne s'est rien passé. Je suis désolé. J'ai été stupide. Je vais y mettre un terme.

Brid gronda doucement.

— Oh, tu t'es comporté comme un imbécile, c'est sûr, mais pas autant que moi. Quelle pauvre conne j'ai été. À essayer de te faire plaisir. D'être la femme que tu voulais. Tu n'as jamais eu envie de moi. Tu ne m'as jamais aimée.

Anthony avait le bras droit tendu, sa main tapotait le vide, comme s'il essayait de calmer la bête sauvage qui venait de se réveiller entre eux.

— Brid, c'est faux. Je t'apprécie beaucoup.

— Tu m'apprécies ? Tu *m'apprécies* ? Salopard ! La seule chose que tu aies jamais aimée chez moi, c'est ma ferme. Eh bien, justement, c'est *ma* ferme. La mienne ! Et tu peux aller te faire voir.

— Brid. Tu t'emballes. On peut trouver une solution…

— Oh, mais j'ai déjà trouvé *la* solution. Tu vas quitter cette maison. Merci. Merci de m'avoir fait comprendre à quel point j'ai été stupide. Je culpabilisais d'être une si piètre épouse pendant que toi, tu en baisais une autre. Va-t'en !

Elle agita la main en direction de la porte et renversa la canette de Coca-Cola. Une fine traînée de liquide pâle se répandit sur la table. Ils la regardèrent tous les deux. Anthony plongea un doigt dedans avant de le lécher.

— Évidemment. Tu bois, forcément ! Tu es vraiment pitoyable.

— Non. Non, non, non. Je t'interdis de me juger. Tu as perdu le droit de jouer la carte de la moralité quand tu as collé ta queue dans cette infirmière. Oui, je bois. Je bois à cause de toi, et tu ne me feras certainement pas culpabiliser pour ça. Maintenant, va-t'en.

— Non, Brid. Je ne te laisserai pas seule avec les enfants alors que tu es dans cet état.

— Très bien, dans ce cas, c'est moi qui m'en vais.

Elle saisit son manteau, suspendu près de la porte.

— Je pars, mais quand je reviendrai, je veux que tu t'en ailles. C'est la maison de *ma* famille, *ma* ferme. Tu ne veux pas de moi, alors tu n'auras pas mes terres. Ces terres. Ces putains de terres !

Elle enfouit son visage dans les autres manteaux et se mit à pleurer.

— Pourquoi personne ne m'aime, moi ? Juste pour moi ? Je suis vraiment si laide que ça ?

— Tu es saoule, Brid, et tout chez toi me dégoûte.

Brid eut l'impression qu'il venait de la frapper. Elle ouvrit la bouche, mais aucun mot ne franchit ses lèvres. Sa main se débattit avec la poignée, puis elle parvint à sortir et courut jusqu'à sa voiture.

Les phares éclairèrent l'arrière de la maison, et elle aperçut la silhouette sombre d'Anthony qui se découpait derrière la fenêtre de la cuisine. Il ne serait bientôt plus là. Elle effacerait cette tache sombre de la maison et elle la récupérerait. La voiture démarra dans un sursaut et elle dévala la colline à toute allure.

Duneen était désert. Aucune lumière n'éclairait l'épicerie des O'Driscoll et seules quelques rares voitures étaient garées devant les deux pubs. Elle roula jusqu'au pont et se gara. Elle se pencha contre la pierre rugueuse du parapet et écouta le tumulte de l'eau qui jaillissait dans les ténèbres en contrebas. Elle plongea son regard dans l'obscurité et inspira de manière saccadée. L'odeur âcre et terreuse des berces lui rappela son enfance. Lorsqu'elle allait chercher le pain, elle cueillait quelques fleurs blanches et les resserrait pour en faire un bouquet de fortune. Parfois, elle drapait sa tête du gilet gris de son uniforme scolaire et faisait semblant de s'avancer jusqu'à l'autel. Une voiture passa. Le vin l'avait rendue nerveuse. Elle n'avait pas envie de rester là.

De retour dans sa voiture, elle n'avait aucune idée de là où elle allait. Des idées stupides lui vinrent à l'esprit. Ard Carraig. La ferme des Burke. Les falaises derrière Ballytorne. Mais non, elle avait eu suffisamment d'émotions ce soir-là. Sans même avoir conscience qu'elle arrivait à destination, elle fit déraper sa voiture avant de la garer devant le poste de police. Telle une somnambule, elle se dirigea d'un pas lent vers le porche. Avant qu'elle l'atteigne, PJ apparut dans l'embrasure de la porte. Brid s'arrêta devant lui. Ni l'un ni l'autre n'éprouva le besoin de parler. Il s'effaça sur son passage et elle entra.

Chapitre 11

Un appel manqué et un message vocal. PJ grommela. C'était Linus. Il attrapa son téléphone pour écouter le message.

« Commissaire Dunne. Je voulais juste vous informer que nous avons une victime. L'ADN correspond. Tommy Burke est bien notre homme. Je serai là avant midi. Je veux interroger les autres sœurs Ross et toute autre personne qui présente un intérêt selon vous. »

PJ roula sur le dos et regarda fixement le plafond. L'espace d'un instant, il eut l'impression que l'enquête était résolue avant de se rappeler qu'elle ne faisait que commencer. Le coup à la tête. Quelqu'un avait assassiné Tommy Burke.

Il tourna la tête sur sa droite et observa l'ancienne fiancée de Tommy qui dormait paisiblement, les lèvres légèrement entrouvertes. Il étudia son visage dans la pénombre. Ses cils délicats, ses joues couperosées, le poil solitaire sur son menton. Il se pencha et l'embrassa doucement. Brid ouvrit les yeux en lui souriant à demi.

Ils n'avaient pas fait l'amour cette nuit-là. Lorsqu'elle était entrée, ils s'étaient assis et avaient bu chacun un verre de whisky tandis que Brid lui parlait d'Anthony et de ce qui s'était passé à la ferme. PJ envisagea de lui avouer qu'il était déjà au courant pour l'infirmière, mais jugea qu'il valait mieux ne rien dire. Inutile de la bouleverser davantage. Il l'avait enlacée lorsqu'elle s'était allongée sur le petit canapé et avait posé sa tête sur son ventre. Il lui avait caressé les cheveux et Brid s'était demandé à voix haute ce que lui réservait l'avenir. Il lui avait assuré que tout irait bien, mais il s'inquiétait pour elle. Un divorce et une bataille pour la garde des enfants pouvaient la laisser sans un sou.

Il l'avait emmenée dans sa chambre et l'avait déshabillée sans arrière-pensée. Tandis qu'elle s'asseyait sur le bord de son lit, il eut davantage l'impression de s'occuper d'un enfant malade. Il écarta les couvertures et elle s'allongea. Après s'être déshabillé, ne gardant que son tee-shirt et son caleçon, il se glissa à côté d'elle et la laissa s'endormir entre ses bras. Il respira profondément et se gorgea de l'odeur et de la chaleur de la femme qui partageait son lit.

Brid lui demanda l'heure. Il était presque 8 h 15.

— Je dois y aller. Je veux m'assurer que les enfants vont bien à l'école.

PJ la plaignait de devoir retourner dans cette maison. Qui sait ce qu'Anthony avait bien pu raconter aux enfants.

— Promets-moi que tu iras voir un avocat.

— Je te le jure.

Elle se pencha vers lui et lui mordilla le lobe de l'oreille.

— Il faut que tu sois prudente. C'est ton avenir qui est en jeu.

Brid était sortie du lit et enfilait ses vêtements.

— Je sais, dit-elle dans un sourire.

— C'est le corps de Tommy Burke qu'on a retrouvé là-haut, au fait.

— Quoi ?

Brid releva brusquement la tête, les yeux écarquillés.

PJ se maudit en silence. Pourquoi diable lui avait-il raconté ça ? La nouvelle allait forcément l'ébranler, et il n'était pas sûr d'avoir le droit de révéler des détails de l'enquête à une femme qui figurait toujours sur la liste des suspects. Il jugea préférable de ne pas trop en révéler.

— Nous avons identifié le corps et il s'avère qu'il s'agit bien de Tommy Burke.

— Comment est-ce possible ? Je croyais que…

— C'est une longue histoire. Écoute, l'autre connard de Cork ne va pas tarder à arriver et… eh bien, il est possible qu'il vienne à la ferme te poser quelques questions.

— D'accord, dit-elle d'un ton hésitant.

Elle avait peur de ne pas aimer la version longue de l'histoire que ce fameux connard de Cork allait venir lui raconter.

PJ se redressa sur les coudes.

— Je crois simplement que nous devrions… Tu comprends ?

Brid lui sourit.

— Ne t'inquiète pas. C'est notre petit secret.

Un bruit résonna dans l'entrée et ils entendirent une porte claquer.

— Bonjour, sergent !

C'était la voix de Mme Meany.

Brid pouffa pendant que PJ laissait échapper un long gémissement. C'était bien trop de choses à supporter à cette heure matinale. Il se hissa hors du lit.

— Bonjour, madame Meany ! lança-t-il à travers la porte fermée.

Mon Dieu, s'inquiéta-t-il, *je vais devoir lui annoncer dans un instant que son fils est mort.* Il plaça son index devant sa bouche et fit signe à Brid de se taire. Il entendait Mme Meany s'activer dans la cuisine.

— À qui appartient la voiture garée dehors ?

La voiture ! Ils auraient tout aussi bien pu placarder des affiches dans la rue.

Il enfila à la hâte son pantalon et avança vers la porte. En l'entrebâillant, il jeta un coup d'œil pour vérifier que Mme Meany était toujours dans la cuisine. C'était le cas. Il ouvrit complètement la porte et entraîna Brid dans l'entrée. Une fois là-bas, il s'exprima soudain d'une voix forte et claire.

— Merci beaucoup, madame Riordan. C'est très utile. Merci d'être passée.

Les épaules de Brid tressautèrent d'un rire silencieux.

— Je vous en prie, sergent. Au revoir.

Elle sortit de la maison et PJ referma la porte derrière elle. En retournant vers sa chambre, il expliqua à Mme Meany :

— Une visite matinale. Mme Riordan s'est rappelé quelques détails importants.

— Oh, je vois !

Mme Meany apparut sur le seuil de la cuisine, les deux verres de whisky vides à la main. Tandis que le regard de PJ passait des verres à la gouvernante, ne sachant que dire, la sonnette retentit, dissipant momentanément la tension. À cette heure-ci, ça ne pouvait pas être le commissaire. Il ne s'était même pas encore brossé les dents.

Deux silhouettes patientaient devant la porte. PJ eut du mal à cacher sa stupéfaction lorsqu'il découvrit Susan Hickey et sa sœur sur le seuil. Comment s'appelait-elle déjà ? Fichue mémoire.

— Vous vous souvenez certainement de ma sœur, Vera.

— Bien sûr, bien sûr. Vous passez un agréable séjour ?

Avant que Vera ne puisse ouvrir la bouche, sa sœur répondit à sa place.

— Elle part aujourd'hui. Je la conduis d'ailleurs à l'aéroport de Cork, mais, en discutant hier soir, elle m'a raconté quelque chose que vous devriez savoir.

— Très bien. Vous voulez entrer ?

Vera jeta un regard à Susan, qui parla pour elles deux.

— Non, nous sommes déjà en retard, mais je me suis souvenue que vous cherchiez des gens qui avaient vu Tommy Burke. Vera a quelque chose à vous raconter à ce sujet.

L'esprit de PJ s'emballa. Si cette femme avait aperçu Tommy Burke à Londres, cela voulait dire qu'il avait dû partir, puis revenir.

— Quand ? demanda-t-il à Vera.

— Comment ça, quand ?

— Quand avez-vous vu Tommy Burke à Londres ?

— Oh non ! s'exclama Susan d'une voix forte. Elle ne l'a pas aperçu à Londres. Répète au sergent ce que tu m'as raconté.

Vera regarda sa sœur pour vérifier qu'elle l'autorisait vraiment à parler.

— Susan m'a expliqué que vous aviez demandé qui l'avait vu partir, et je me suis souvenue de la personne qui m'avait affirmé l'avoir vu monter dans le bus.

— C'était Abigail Ross ! s'exclama Susan en trépignant d'excitation.

— Abigail Ross ? Vous en êtes sûre ? Cela s'est passé il y a très longtemps.

— C'était elle, sans l'ombre d'un doute, rétorqua Vera. Je m'en souviens, car j'avais trouvé étrange qu'elle me raconte cela à moi. Elle est plus âgée que moi et nous n'avons jamais été amies, mais elle a traversé la rue juste pour me dire ça.

— Je n'arrive pas à croire que tu m'aies caché ça !

C'était visiblement un affront pour Susan, même des années plus tard.

— On aurait dit qu'elle me confiait un secret, donc je n'en ai parlé à personne.

Vera tentait manifestement de se justifier ; pas pour la première fois, supposa PJ.

— Merci beaucoup d'être venues m'en parler.

— Il n'y a pas de quoi. J'ai immédiatement compris à quel point cela vous intéresserait.

Susan passa un bras autour de sa sœur et les deux femmes tournèrent les talons pour regagner leur voiture.

PJ ferma la porte et se frotta les yeux. Si Abigail avait vu Tommy monter dans le bus, pourquoi affirmer le contraire aujourd'hui ? Informer la gérante du pub et la sœur de la plus grande commère de Duneen revenait à raconter la nouvelle à tout le village. Et si Tommy était parti, pourquoi personne ne l'avait vu revenir ? Quelque chose clochait.

— Le petit déjeuner est servi !

Parfois, il se contentait de manger mécaniquement le petit déjeuner que lui avait préparé Mme Meany, mais ce matin-là il en savoura chaque bouchée. L'enquête commençait à évoluer. Il avait l'impression de défaire un nœud très serré et de sentir un fil se détendre. Ils allaient bientôt faire la lumière sur ce paquet de mystères.

Une fois son petit déjeuner terminé, il prit une douche et s'assit à son bureau pour faire le tri dans ses mails. Il se demanda comment allait Brid et pourquoi elle était venue le trouver la nuit précédente. Il l'appréciait et avait été heureux de la voir en ouvrant la porte, mais cela ne suffisait pas. Il ne pouvait pas rester avec une femme simplement parce qu'elle avait envie d'être avec lui. Par ailleurs, sa vie était un véritable chaos et la situation risquait d'empirer. Avait-il vraiment envie d'assumer tout ce que cela impliquait ? Il pensa à Linus et à son mariage désastreux. La vie à deux était source de problèmes, alors pourquoi l'envisager ?

Il jeta un coup d'œil à l'horloge : 10 h 30. Devait-il attendre le commissaire Dunne ou se rendre seul à Ard Carraig ? Il était impatient d'interroger Abigail Ross. Quand il repensait à la façon dont elle s'était comportée lors de sa dernière visite ! Vera Hickey ne souffrait pas de démence, elle. Il lui serait plus difficile de nier l'information. Il sentait que la clé cette fois serait de ne pas lui parler en présence d'Evelyn ; il n'arrivait pas à expliquer pourquoi, mais la relation des sœurs Ross avait quelque chose d'étrange lorsqu'elles se retrouvaient ensemble. Il l'avait constaté à l'hôpital, l'autre jour. Elles étaient proches, mais il avait perçu en même temps un malaise, une rancœur entre elles.

Il attrapa son manteau sur le dossier de la chaise. Il partait pour Ard Carraig. Dans l'entrée, il lança à Mme Meany :

— Je sors. Si le commissaire de Cork arrive, dites-lui que je suis à Ard Carraig.

— Oh, sergent Collins !

PJ se retourna et vit la tête grisonnante de la vieille gouvernante sortir de la cuisine.

— Oui ?

Il espéra que sa voix ne laissait pas transparaître son impatience.

— Je me demandais juste si vous aviez les résultats de l'analyse ADN ?

— L'ana… Oh, madame Meany.

Il laissa retomber ses bras et dévisagea le frêle visage qui se tenait dans l'embrasure de la porte. Il avait honte. Cette pauvre femme attendait de savoir ce qu'il était arrivé à son seul enfant alors qu'il rêvait uniquement de se faire connaître dans tout le pays comme l'incroyable policier qui était parvenu à résoudre le crime.

Il traversa lentement l'entrée et accompagna Mme Meany dans la cuisine.

— J'ai bien eu les résultats, mais je pensais que vous préféreriez peut-être les entendre de la bouche du commissaire Dunne.

Elle leva les yeux vers PJ et une lueur de crainte traversa son regard.

— Oh non, sergent. Je préfère que ce soit vous.

— Très bien. (Il recula une chaise pour la vieille dame.) Selon les analyses que nous avons effectuées, le corps retrouvé à la vieille ferme est celui de…

Il trouvait odieuse cette façon de lui annoncer la nouvelle. Il y avait sûrement des mots plus doux, plus inoffensifs pour avouer à sa gouvernante ce qu'il était arrivé à son bébé. Il acheva sa phrase :

— … celui de votre fils.

Mme Meany leva lentement la main droite à sa bouche et se mit à tapoter doucement sa lèvre supérieure de ses doigts.

— Pauvre Tommy.

— Je suis vraiment désolé, mais il valait mieux que vous soyez au courant.

Ses yeux bleu délavé s'emplirent de larmes.

— Oui. Oui. Évidemment.

Son visage était baigné de larmes. Elle les chassa du dos de la main. PJ lui tendit un rouleau d'essuie-tout dont elle déchira quelques feuilles pour s'essuyer les yeux. Elle soupira.

— C'était mal, ce que nous avons fait. Je n'aurais jamais dû accepter.

— Vous avez fait ce que vous pensiez être le mieux.

— Je savais que c'était un péché. Nous le savions tous. Si ça n'avait pas été le cas, pourquoi nos deux bébés ont-ils fini enterrés sur cette ferme, sans une prière ni même une fleur ?

PJ ne savait pas quoi lui répondre. Comment pouvait-on justifier le malheur ? Il dévisagea la vieille gouvernante fluette qui s'essuyait les yeux de l'autre côté de la table et pensa à la jeune Lizzie Meany toutes ces années auparavant. Pourquoi cette jeune fille sans défense avait-elle dû traverser de telles épreuves ? Pourquoi s'était-elle infligé toute une vie de pénitence pour un péché qu'elle n'avait même pas commis ? Il se sentait complètement inutile et, en même temps, il percevait une surprenante connexion avec Mme Meany. La vie ne les avait épargnés ni l'un ni l'autre. Si le monde était divisé entre gagnants et perdants comme l'imaginait PJ, il savait à quelle catégorie ils appartenaient. Il reprit doucement la parole.

— C'est injuste. Voilà ce que c'est. Injuste. Mais c'était une autre époque et, au moins, vous avez pu le voir grandir et devenir un homme. Peu de filles dans votre situation avaient droit à cette chance.

Mme Meany repoussa les cheveux qui lui tombaient sur le visage.

— Vous êtes gentil, sergent. Si cela ne vous embête pas, j'aimerais rentrer à la maison.

— Bien sûr. Voulez-vous que je vous dépose ?

— Non. Non, marcher me fera du bien.

Chapitre 12

Brid n'était pas surprise. La vaste étendue grise de la cour déserte était exactement comme elle s'y était attendue. À l'intérieur, elle ne trouva aucune note, rien que trois bols de céréales appuyés les uns contre les autres sur l'égouttoir. Ils étaient encore mouillés. Brid ouvrit la porte du lave-vaisselle. La vaisselle du dîner de la veille s'y trouvait, encore sale. Elle prit une tablette de détergent sous l'évier, la glissa dans l'emplacement prévu et referma la porte en la claquant. Elle écouta le clapotis et le ronronnement familiers qui l'accompagnaient presque chaque matin. Elle se sentait sereine.

À l'étage, elle déposa une valise sur le lit et se mit à rassembler quelques vêtements. Où allait-elle ? Pour combien de temps ? Elle n'en savait rien. Elle se figea brusquement. Non. Elle ne devait pas agir de la sorte. Un obscur recoin de son esprit lui intimait de ne pas abandonner la maison familiale. Pourquoi ? Elle ne parvenait pas à s'en souvenir, mais elle sentait avec certitude qu'elle devait rester. Ses pensées se tournèrent vers PJ. Il avait raison. Elle avait vraiment besoin d'un avocat.

Le soleil brillait haut dans le ciel tandis que Brid roulait en direction de Ballytorne. Elle savourait la vue du ciel bleu dégagé et la chaleur du soleil sur son visage à travers le pare-brise. Tout lui semblait possible. Après avoir vérifié que Carmel et Cathal se trouvaient bien à l'école – c'était le cas, Anthony n'avait rien fait de stupide –, elle traversa la ville et monta la longue pente qui menait à la route côtière. Les maisons mitoyennes et les pavillons défilaient, entourés de jardins bien entretenus. Chacune des habitations possédait quelque chose qui la rendait unique aux yeux de ses propriétaires. Sa lucarne, sa façade en pierres taillées, l'hacienda qui reliait la maison au garage. Elle pensait à Anthony et les revoyait, roulant à travers la campagne comme une vraie famille. À chaque nouvelle maison carrée et trapue, isolée au beau milieu d'un champ qu'ils dépassaient, il ne pouvait s'empêcher de murmurer : « En voilà un qui doit être sacrément fier et content. » Il prononçait les mots mécaniquement, un simple tic verbal, mais, ce jour-là, Brid se demanda dans quelle mesure ils étaient vrais. Est-ce que du ciment et quelques briques empilées dans un champ pouvaient réellement emplir quelqu'un de fierté et de bonheur ? Elle supposait que, pour Anthony, c'était le cas. Brid se demanda si elle avait déjà éprouvé de tels sentiments dans sa vie. Bien sûr que oui. Carmel et Cathal. Elle se rappela la fierté et la joie qui l'avaient envahie lorsqu'elle avait tenu leurs petits corps remuants. Elle pourrait ressentir de nouveau de telles émotions. Elle en était convaincue.

Elle commença à ralentir et jeta un coup d'œil dans l'allée sur sa droite. Elle était presque déçue que cela ait été aussi facile. La voiture d'Anthony était garée là, devant le petit pavillon, fierté de sa belle-mère. Brid se gara dans la rue et remonta la courte allée. Un petit cerisier se dressait au milieu de la bande de pelouse, dont les fleurs roses et précoces s'épanouissaient dans le bleu du ciel. Brid eut un regain de confiance. Elle avait un plan.

Sa belle-mère ouvrit la porte et la dévisagea. Elle arborait l'expression qu'elle réservait habituellement aux musiciens de rue et aux grappes d'écolières dont les voix haut perchées résonnaient à l'arrêt de bus tous les après-midi à 16 heures. Elle haussa un sourcil. Brid déglutit. Elle ne mordrait pas à l'hameçon.

— Non, lança-t-elle d'un ton ferme.

— Non ? Que voulez-vous dire par là ?

— Je ne laisserai pas votre comportement m'affecter aujourd'hui. Je veux parler à votre fils.

Il y eut un silence. Brid se demanda si elle allait lui claquer la porte au nez, au lieu de quoi elle concéda :

— Anthony, ta femme est à la porte.

Elle tourna les talons sur ces entrefaites et rentra dans la maison, abandonnant Brid sur l'étroite allée de béton. Loin au-dessus d'elle, un avion se dirigeant vers l'Atlantique avait laissé dans son sillage une longue traînée blanche se détacher dans le ciel. Elle entendit une porte s'ouvrir et se refermer, puis des chuchotements et Anthony s'avança vers elle.

— Tu es en vie, alors.

— Oui.

— Nous étions tous très inquiets pour toi.

— Tu m'en vois navrée, mais, pour être tout à fait honnête, ce n'est pas toi la personne lésée dans cette affaire. Je suis partie pour la simple et bonne raison que tu refusais de le faire.

Anthony baissa la voix.

— Je ne pouvais pas te laisser alors que tu étais dans cet état, pas avec les enfants.

Brid sentit l'irritation la gagner. Elle n'avait pas envie de s'enliser de nouveau dans ces discussions. C'était du passé. Elle ne voulait plus perdre son temps avec les mêmes querelles stériles. Elle avait un plan. Elle devait s'y tenir. Levant les deux mains pour empêcher Anthony de poursuivre, elle reprit la parole.

— Écoute, Anthony. Est-ce que je peux entrer ? Je voudrais te parler. J'ai une proposition à te faire.

Anthony s'effaça sur son passage. Brid s'engagea vers la droite en direction du salon. Elle savait qu'il serait vide. Anthony la suivit. Il ferma la porte derrière eux. Ils restèrent debout à se dévisager, se remémorant tous les deux la dernière fois qu'ils s'étaient tenus dans cette pièce. Les larmes. Les supplications. Brid regrettait que leur conversation doive se dérouler là.

— Et si on s'asseyait ? proposa-t-elle.

Il hocha la tête, et ils s'installèrent chacun à une extrémité du canapé rigide. Brid lissa sa jupe avant de regarder Anthony droit dans les yeux.

— C'est fini.

— Brid, je…

— Anthony, s'il te plaît. Je ne veux pas me disputer avec toi. On n'a plus besoin de se battre. Voici ce que j'envisage. Laisse-moi terminer et tu me diras après ce que tu en penses. D'accord ?

Il hocha légèrement la tête.

— Parfait. Notre mariage est fini. Je le sais. Nous le savons tous les deux. Et ce n'est pas forcément une mauvaise chose. Je suggère qu'on laisse tout tomber et qu'on divorce, mais pas tout de suite. Si on va au tribunal, on va devoir faire face aux avocats, aux juges, et il faudra parler d'argent et de garde. Très bien. Qu'est-ce qui compte vraiment à nos yeux ? Tu veux la ferme et tu aimerais que Cathal la reprenne après toi, s'il en a envie. Je veux garder la maison et les enfants. Mon idée est de vendre quelques hectares, peut-être la moitié inférieure de l'enclos du bas, pour se faire un peu d'argent. On l'utilisera pour te construire un logement sur le domaine. On pourra imaginer tous les quatre une sorte de roulement pour décider quand les enfants restent avec toi, et je prélèverai une indemnité sur le rendement de la ferme. On aura tous les deux ce que l'on veut, et si les enfants ne veulent pas reprendre la ferme plus tard, on pourra reparler de notre arrangement quand tu prendras ta retraite. (Elle croisa les mains sur ses genoux.) Qu'est-ce que tu en penses ?

Anthony se frotta la nuque et ferma les yeux. Il poussa un long soupir avant de lui répondre.

— Je ne sais pas trop quoi en penser. Cela me semble si définitif. Ne devrait-on pas essayer de réparer notre couple ? Je ne sais pas, Brid… Ça risque d'être très difficile pour les enfants.

— Ce sera difficile pour nous quatre, mais pas autant qu'un divorce. Si tu veux qu'on se batte en justice, on le fera, mais ce sera bien pire. Avec ma solution, ils pourront rester dormir dans leurs lits et ils auront toujours un père et une mère qui feront au moins semblant de s'apprécier.

— Et que fais-tu de ton problème de boisson ?

— Ce que j'en fais ? C'est *mon* problème, justement. Je t'ai prouvé que je savais me contrôler. Je ne cherche pas à me faire plaindre ni à te reprocher quoi que ce soit, mais quand j'ai besoin d'un verre, c'est parce que je suis malheureuse. Je ne suis pas heureuse. Toi non plus. C'est pour ça qu'il faut qu'on opère des changements.

Anthony se tenait la tête entre les mains et inspirait profondément.

— Qu'est-ce qu'on va dire aux gens ?

— Comment ça ?

— Tu sais bien. Les gens vont poser des questions. Qu'est-ce qu'on leur donnera comme explication ?

Brid avait pensé à beaucoup de choses, mais pas à ça. Cela la surprit que ce soit la principale inquiétude d'Anthony.

— On leur dira qu'on s'est séparés, parce que ce sera la vérité. Une séparation à l'amiable.

Elle aimait bien l'expression.

— Ça me paraît tellement étrange.

— Les gens se séparent tout le temps, Anthony. Je n'ai pas envie qu'on se lance dans un débat mesquin, vraiment pas, mais si tu t'épanouissais dans notre mariage, tu ne te serais pas tapé une infirmière.

— Ah, Brid. Je n'ai jamais… C'était une erreur. Je me suis senti flatté et je me suis laissé entraîner par les événements.

— Je n'en ai strictement rien à faire, Anthony. Si tu refuses ma proposition, tant pis, je demanderai le divorce.

Il la dévisagea, l'air hagard.

— De toute façon, si on divorce, il faudra tout vendre : la ferme, la maison…

— Pas forcément. Je pourrais réunir l'argent nécessaire.

— Et puis quoi encore ? Tu me jetterais dehors avec une valise pleine de billets ? C'est la maison de ma famille, là où j'élève nos enfants. Si quelqu'un doit partir, ce sera toi. Tout ce travail pour rien. Les enfants n'auront pas d'héritage. Mon idée tient la route. C'est la meilleure offre que j'aie à te faire, Anthony Riordan.

Brid était contente. Elle ne s'était pas laissé submerger par les émotions et, quand elle observa Anthony, elle lut la peur sur son visage. Il savait que ce n'étaient pas des paroles en l'air. Elle était surprise de se sentir aussi indifférente ; elle négociait avec lui, voilà tout. Elle n'arrivait pas à croire qu'il l'avait déjà touchée, qu'il lui avait léché le cou, caressé la poitrine, et pourtant elle savait que c'était le cas. C'était le père de ses enfants.

— Je vais te laisser un peu de temps pour réfléchir à tout ça. J'irai chercher les enfants, et je crois que ce serait mieux que tu restes dormir ici dans les jours à venir.

Elle se releva.

Anthony ne s'était visiblement pas projeté jusque-là.

— Mais pourquoi est-ce que je ne dormirais pas simplement dans…

Brid avait atteint la porte.

— Reste ici, Anthony.

Alors qu'elle arrivait dans le couloir, elle fit volte-face.

— Qu'as-tu raconté aux enfants, au fait ?

— Je leur ai dit que tu étais malade et que tu étais partie chez une amie.

— D'accord.

Il se leva à son tour et l'interpella :

— Où es-tu allée la nuit dernière, Brid ?

— Au revoir, Anthony.

La porte d'entrée claqua et le silence retomba.

Chapitre 13

La maison avait l'air différente ce jour-là. C'était la première fois que PJ la voyait par beau temps. La façade grise et terne semblait s'être éveillée à cette occasion. Les petits carreaux de verre étincelaient, la porte semblait plus haute et plus large que d'habitude, et la sombre toiture en ardoise luisait d'un éclat qu'il n'avait pas remarqué les fois précédentes.

Il entendit la sonnette résonner dans la maison, mais personne ne vint lui ouvrir. Il refit une tentative. Rien, hormis les croassements indifférents de quelques corbeaux perchés sur les arbres qui bordaient la route. Il n'y avait aucune voiture, mais cela ne signifiait pas forcément qu'il n'y avait personne à la maison. Le gravier crissant sous ses pas, il se dirigea vers la porte du muret qui s'étirait à l'opposé de la maison, sur la gauche. Il entra dans le jardin et fut accueilli par Bobby le chien. PJ tenta de le maintenir loin de lui, afin d'éviter de retrouver des empreintes de pattes boueuses sur son uniforme.

— Bon chien. Couché. Couché, le chien.

Il s'avança et regarda à droite. La cuisine n'était pas allumée. Il décida d'aller voir derrière les remises, là où il avait trouvé Evelyn la première fois, des mois auparavant. Tout au fond du jardin, une porte était légèrement entrebâillée. Pour une raison que PJ ignorait, cela éveilla sa méfiance. Il traversa les pavés et poussa doucement la porte.

— Il y a quelqu'un ?

Elle s'ouvrit complètement et le soleil matinal s'engouffra dans la remise, révélant la présence d'une silhouette assise sur une pile de vieilles palettes en bois oubliées dans un coin.

— Evelyn ? se sentit obligé de murmurer PJ.

Elle leva les yeux et lui sourit faiblement.

— PJ. Bonjour.

— Est-ce que tout va bien ? Qu'est-ce que vous faites là ?

Elle se passa une main dans les cheveux et secoua la tête.

— Je n'en sais rien. Je ne suis qu'une idiote sentimentale…

— Ah.

PJ restait planté là, gauche, sans savoir quoi lui répondre. Bobby lui reniflait les pieds.

— C'est là que j'ai retrouvé mon père, vous savez.

— Oh.

On avait raconté l'histoire à PJ. Que pouvait-on bien dire à une femme assise dans la pièce où son père s'était pendu ? Il ne trouva pas mieux que :

— Ça a dû être très difficile pour vous trois.

— Oui. Oui, en effet.

Elle avait l'air absente, comme si elle pensait à autre chose.

— Pourquoi est-ce que je me comporte de la sorte, PJ ? Vous croyez que je suis à moitié folle ?

Après l'avoir trouvée assise seule dans le noir, PJ commençait à croire que c'était peut-être le cas, mais il la rassura :

— Non. C'est normal que vous soyez bouleversée par tout ce qui se passe.

— Ça arrive à tout le monde pourtant, non ? À tout le monde. Des choses horribles, atroces. Mais les gens les surmontent. Ils arrivent à avancer. (Evelyn parlait lentement, détachant chacun de ses mots comme un professeur expliquant les éléments clés de sa leçon.) Pourquoi est-ce que j'en suis incapable ? Pourquoi est-ce que je me retrouve de nouveau assise ici ?

PJ se garda bien de répondre à cette question ; il se contenta de rester debout et d'étudier la vieille remise. Les murs de pierre couverts de toiles d'araignées, les poutres brutes du plafond auquel étaient suspendus de vieux crochets et hameçons dont on avait oublié l'utilité depuis longtemps.

— Mon père est parti. Tommy est parti. Je crois que je ne pourrais pas… Vous savez, ce matin, j'ai frappé ce pauvre chien.

— Bobby ?

— Il s'était mis à courir. Après quoi, je l'ignore… Peut-être des lapins ou un renard. Mais il ignorait mes appels. C'est comme s'il avait oublié mon existence. J'étais la dernière chose qui l'intéressait au monde. Quand j'ai finalement réussi à l'attraper, j'étais tellement triste et en colère que je me suis fait peur. Je l'ai frappé avec mes poings. Je me suis sentie horriblement mal après coup. Ce n'est qu'un chien, qui se comportait comme tel.

PJ se sentait mal à l'aise. Il ne savait vraiment pas quoi répondre à tout ça. Il recula de quelques pas vers la lumière qui provenait du jardin.

— Est-ce qu'Abigail est là ?

— Non. Non, ils ont voulu la garder une nuit supplémentaire. Elle devrait être de retour après le déjeuner.

— Très bien.

— Elle a bien vu Tommy, vous savez.

PJ se figea.

— Pardon ? C'est elle qui vous l'a dit ?

— Elle était obligée. J'ai trouvé ceci, dit Evelyn en présentant une petite boule de tissu qu'elle avait gardée entre ses mains. C'est un foulard. Celui que Tommy m'avait offert.

— Désolé, je n'ai pas compris. Où l'avez-vous trouvé ?

— C'est Abigail qui l'avait. Je l'avais laissé chez les Burke, mais Tommy voulait que je le garde, donc il le lui a donné quand elle l'a croisé à Ballytorne.

PJ hésita avant de reprendre la parole.

— Pourquoi n'a-t-elle jamais avoué qu'elle l'avait vu ce jour-là ?

— Elle ne voulait pas me faire de peine. Elle essayait seulement de me protéger. Je suis sûre qu'elle vous racontera tout si vous le lui demandez.

Evelyn leva les yeux vers lui et froissa lentement le foulard dans son poing.

PJ la regarda. Lui non plus ne voulait pas lui faire de peine. Il voulait la protéger, mais il savait que c'était impossible.

— Evelyn, il y a quelque chose que vous devez savoir.

— Oui ?

Quelque chose dans la façon dont elle s'était penchée sur les palettes la faisait paraître beaucoup plus jeune. On aurait dit une petite fille.

— Le corps… Nous venons d'identifier le premier corps retrouvé ; il s'agit de Tommy Burke.

Elle pâlit, et son regard s'emplit d'effroi.

— Comment est-ce possible ? Vous nous aviez affirmé que ce n'était pas lui.

PJ réfléchit à la meilleure manière de le lui expliquer.

— Nous avons effectué d'autres analyses et… il n'y a plus aucun doute, c'est bien Tommy.

Evelyn bondit sur ses pieds.

— Mais s'il était revenu, il serait sûrement… Pourquoi n'est-il pas…

Elle retomba lourdement sur les palettes et pressa ce qui restait du foulard contre sa bouche pour étouffer ses sanglots. PJ se demanda s'il devait la prendre dans ses bras ou poser une main sur son épaule, mais la silhouette voûtée qui se tenait dans l'angle semblait inconsolable. Il ouvrit la bouche pour parler avant de se raviser. Au lieu de ça, il se glissa hors de la remise, convaincu que c'était la meilleure chose à faire même si cela lui donnait le sentiment d'être un lâche. Au milieu du jardin, il remarqua que Bobby le suivait. PJ lança un regard en arrière vers la porte de la remise. Evelyn était toute seule.

De retour dans sa voiture, il jeta un coup d'œil à sa montre. Il était presque midi. Il savait qu'il aurait probablement dû attendre Linus, mais il voulait parler à Abigail avant sa sortie de l'hôpital. L'idée qu'elle soit confinée au lit lui plaisait. Cela la ferait paraître affaiblie et vulnérable. Il avait l'impression que s'il la laissait retourner à Ard Carraig avant de l'interroger, elle regagnerait toute sa force et éluderait ses questions avec sa morgue habituelle. Il se méfiait de cette femme.

Devant l'hôpital de Ballytorne, PJ commençait à monter les marches qui menaient à l'entrée principale lorsque Abigail apparut à la porte, un petit sac de voyage à la main.

— Précisément la personne que je venais voir ! l'interpella-t-il.

Abigail baissa les yeux vers lui, une expression confuse sur le visage, presque comme si elle ne le reconnaissait pas ou qu'elle ne parvenait pas à comprendre pourquoi il s'était adressé à elle. PJ gravit les dernières marches pour se placer à son niveau.

— J'ai besoin de vous poser quelques questions supplémentaires sur Tommy Burke, maintenant que nous avons la confirmation que c'est bien lui que l'on a retrouvé sur le chantier.

Abigail haussa les sourcils, écarquilla les yeux et jeta un regard en coin à PJ.

— Vraiment ? Vous en êtes sûrs, cette fois ?

— Oui, mademoiselle Ross, sûrs et certains.

— Quel dommage que vous ne vous en soyez pas rendu compte il y a des mois. Cela aurait évité bien des désagréments. Je me demande qui est responsable de ce cafouillage, lança Abigail d'un ton qui suggérait qu'elle avait sa petite idée sur la question.

PJ inspira profondément.

— Vous retournez à Ard Carraig ? Je peux vous y reconduire.

— Merci, mais j'ai ma voiture. Un des fils Lyon me l'a déposée sur le parking hier soir.

Elle descendit une marche comme si le sujet était clos. PJ posa une main sur son bras, et elle s'arrêta brutalement.

— Oui, sergent ?

Elle le toisa.

— Je crois que vous feriez mieux de venir avec moi. Un des policiers de Ballytorne vous ramènera votre voiture plus tard.

Ils se mesurèrent du regard, et PJ se demandait ce qu'il ferait si elle refusait lorsque Abigail baissa les yeux et répondit avec une nonchalance étudiée :

— Si vous insistez.

Elle reprit la descente des marches, PJ sur les talons. Une fois dans la voiture de police, elle se mit à farfouiller dans son sac avec une agitation grandissante.

— Quelque chose ne va pas ? s'enquit PJ.

— Elles doivent bien être quelque part. Mes clés.

PJ l'observa tandis qu'elle retournait le contenu de son petit sac.

— C'est exaspérant à la fin ! Je crois que je les ai oubliées. Sergent, je me demandais si vous auriez la gentillesse de courir à l'accueil voir si quelqu'un peut regarder dans le petit casier situé à côté du lit que j'occupais ?

Elle se tourna vers lui, un sourire chaleureux sur les lèvres. Il fut frappé de constater que c'était la première fois qu'il la voyait sourire. Cela ne lui allait pas.

— Je reviens dans une minute, répondit-il.

L'infirmière de l'accueil lui semblait familière. Était-ce celle qu'il avait aperçue avec Anthony

Riordan ? Impossible de l'affirmer ; toutes les infirmières se ressemblaient, à ses yeux. Elle appela le service concerné et transmit les indications. PJ patienta, appuyé contre le comptoir de l'accueil, jetant négligemment un regard aux brochures empilées. Groupes de soutien pour cancéreux. Écoles Montessori. Courses destinées à récolter des fonds pour l'hôpital. Tous ces gens qui essayaient de rendre le monde meilleur… Une grande lassitude s'empara de lui. L'infirmière lui parlait. Aucune trace des clés.

— Merci d'avoir regardé.

Il retourna à la voiture, se demandant comment Abigail allait prendre la nouvelle. Il supposait qu'il n'aurait pas droit de sitôt à un autre sourire, mais, quand il ouvrit la portière, elle le détrompa. Il s'assit derrière le volant et elle brandit un petit porte-clés qu'elle agita devant son visage.

— Quelle idiote je fais. Elles étaient là tout ce temps. J'avais complètement oublié que je les avais rangées dans la petite pochette.

— Tant mieux, elles ne sont pas perdues.

PJ tourna la clé de contact pour démarrer le moteur, sans succès. Il vérifia qu'il était au point mort et appuya sur la pédale d'embrayage, mais la voiture resta silencieuse.

— C'est bizarre.

— Quoi ?

— Impossible de démarrer.

Il secoua les clés et s'assura que le volant n'était pas verrouillé. Toujours rien. Il sentait Abigail le dévisager. Et, bien sûr, cela se produisait en sa présence. Il envisagea de sortir de la voiture et d'examiner le moteur, mais à quoi bon ? Il n'aurait aucune idée de ce qu'il aurait sous les yeux, et ce serait simplement une raison supplémentaire pour sa passagère de le mépriser.

— Je suis désolé. Je vais téléphoner au poste de Ballytorne pour voir si on peut me prêter une voiture. Je n'en aurai pas pour très longtemps.

— D'accord. Sinon, nous avons une solution toute trouvée : nous pourrions prendre la mienne, suggéra Abigail en agitant son porte-clés.

PJ hésita. Ce serait plus rapide, c'était certain. Il imagina Linus en train de trépigner d'impatience à Ard Carraig.

— Qu'est-ce que vous avez ? L'idée que je prenne le volant vous déplaît ?

Abigail souriait de nouveau. Cela le perturbait vraiment.

— Très bien. Prenons la vôtre.

Jamais PJ ne l'aurait admis en sa présence, mais il fut impressionné par les talents de conductrice d'Abigail. Elle se montrait pleine d'assurance au volant et naviguait avec aisance entre les voitures, nombreuses à l'heure du déjeuner, dans les rues animées de Ballytorne.

Il sentit qu'il était temps pour lui de poser ses questions et commença donc par lui demander comment elle se sentait.

— Beaucoup mieux. C'était une opération bénigne. Tout se fait avec une sorte de tube. La sensation était un peu désagréable quand je me suis réveillée, mais tout va bien maintenant.

— Tant mieux.

Ils roulèrent en silence pendant un kilomètre ou deux, puis Abigail prit la parole.

— Vous avez parlé à Evelyn ?

— Oui, en effet.

PJ se demanda où cette conversation allait les mener.

— Vous lui avez appris que c'était bien Tommy qui avait été retrouvé finalement ?

— Oui.

— Et comment a-t-elle réagi ? Elle devait être bouleversée, j'imagine.

— Un peu, oui. Elle m'a également dit que vous aviez vu Tommy monter dans le bus.

— Oui. À ce propos, je suis navrée, sergent. Je ne pensais pas que c'était aussi important, et je suppose qu'elle vous a expliqué pourquoi je ne lui avais rien dit.

— Oui. En effet.

Le silence s'installa de nouveau. Ils descendaient la colline qui menait à Duneen. PJ relança la discussion.

— C'est tout de même étrange que nous ne trouvions personne d'autre qui l'ait vu partir ce jour-là.

— Vraiment ? C'était il y a si longtemps. Pourquoi quelqu'un s'en souviendrait-il ?

— Mais, plus étrange encore, personne n'a mentionné l'avoir vu revenir.

— Revenir ? Que voulez-vous dire ?

— Vous l'avez vu s'en aller, mais on a retrouvé son corps à Duneen, cela veut donc dire qu'il est revenu à un moment ou un autre.

— Ah oui. Je vois. Oui, c'est ce qui a dû se passer.

— Mais personne n'a rien remarqué, alors que sa fuite avait certainement alimenté tous les commérages du village.

L'entrée d'Ard Carraig approchait sur la gauche. PJ s'attendait à ce qu'Abigail ralentisse, mais elle appuya sur l'accélérateur et dépassa sans un regard les vieux murets gris et l'étroit portail.

PJ regarda par la fenêtre d'un air perplexe.

— Mais… où allez-vous ?

— Désolée, sergent. C'est juste que si nous devons avoir cette conversation, je préfère que ce soit dans la voiture. Je ne veux pas l'imposer une nouvelle fois à Evelyn.

PJ n'aimait pas la tournure que prenaient les événements et ne savait pas ce qu'il devait faire. Insister pour qu'elle fasse demi-tour ou s'arrête semblait un peu trop autoritaire et, si elle refusait, la situation risquait d'empirer.

— Où en étions-nous, sergent ?

— Je demandais comment cela se faisait que personne n'ait assisté au grand retour de Tommy Burke.

— Je le sais, sergent, mais je voulais savoir ce que vous sous-entendiez ?

L'atmosphère avait changé du tout au tout dans l'habitacle. La voix d'Abigail était devenue glaciale. PJ la regarda. Elle avait la mâchoire crispée et ses yeux étaient rivés à la route, droit devant elle.

— Je me dis que Tommy Burke n'est peut-être jamais parti. Vous devez admettre que tout semble plus logique s'il n'est jamais monté dans ce bus.

Abigail ne répondit pas. La route était devenue plus abrupte alors qu'elle montait vers le haut de la falaise.

PJ avait l'impression d'avoir repris le contrôle.

— Tout s'expliquerait si vous aviez inventé son départ pour protéger votre sœur. Beaucoup de gens auraient fait pareil à votre place.

— Evelyn ? Vous pensez qu'Evelyn aurait été capable de tuer Tommy Burke ?

— Je ne l'avais pas envisagé au début, mais elle est très… émotive.

Il devait soigneusement choisir ses mots.

— Il n'est pas difficile de l'imaginer réagir de manière extrême à quelque chose ou quelqu'un.

— Oh, pour l'amour du ciel. Evelyn n'a pas tué Tommy Burke.

— Vous avez l'air très sûre de vous.

— Effectivement, sergent. Je sais de source sûre que ma sœur n'a pas tué ce gamin arrogant.

Le cœur de PJ battait la chamade, et il sentait sa bouche devenir de plus en plus sèche.

— Qui couvrez-vous alors ? Si vous savez qui a commis le meurtre, il faut que… Vous devez nous le dire.

Le manque d'assurance et de conviction de sa voix le contraria.

— Vous n'avez pas inventé l'eau chaude, pas vrai ? Vous n'êtes bon qu'à vous traîner dans le village et à vous mêler de ce qui ne vous regarde pas. Rien de tout cela n'était nécessaire. Rien. (Elle frappa le volant de la main droite pour marquer sa frustration.) Vous n'êtes qu'un imbécile. Un porc gras et suant. Tout cela était inutile. Parfaitement inutile.

PJ agrippa les rebords de son siège pour se retenir de la gifler. On ne lui avait pas parlé de la sorte depuis des années, et il s'agissait seulement d'ivrognes qu'il ramenait au poste le samedi soir pour qu'ils dégrisent. Il inspira profondément.

— Insultez-moi tant que vous voudrez, mademoiselle Ross, mais si vous savez ce qui est arrivé à Tommy Burke, vous allez devoir tout nous raconter.

Abigail laissa échapper un éclat de rire sardonique, basculant la tête en arrière.

— Vous voulez savoir ce qui s'est passé ? Très bien, je vais vous dire, moi, ce qui s'est passé. Le jour où les fiançailles ont été annoncées dans le journal… À dire vrai, je n'avais pas compris à quel point Evelyn était amoureuse de ce garçon. Je croyais qu'il s'agissait d'une simple amourette. Mais je l'ai vue revenir effondrée de la ferme des Burke. C'était insoutenable. Je ne supportais pas de la voir pleurer. À la mort de nos parents, j'ai été obligée de m'occuper de la famille et, en la voyant dans cet état, j'ai eu l'impression que c'était ma faute, que j'avais échoué quelque part. J'étais furieuse contre ce satané Tommy Burke. Nous lui avions loué notre terrain, j'avais proposé à Evelyn de l'aider à entretenir sa maison, et c'est ainsi qu'il nous remerciait après tout ce que nous avions fait pour lui.

» Je me suis rendue à la ferme pour lui dire ses quatre vérités. Je refusais qu'il continue à louer notre terrain et je voulais le lui annoncer en personne. Quand je suis arrivée chez lui, la porte était ouverte. J'ai appelé à plusieurs reprises et j'ai fini par entrer. Et là, sur la table, j'ai vu le foulard qui avait rendu Evelyn si heureuse. Il m'a immédiatement fait repenser à ma sœur, qui pleurait toutes les larmes de son corps à Ard Carraig, et mon sang n'a fait qu'un tour. J'ai attrapé le foulard et j'ai contourné la maison pour voir s'il était dans le jardin. Il n'y avait personne, mais j'ai entendu un tracteur de l'autre côté de la colline et j'ai décidé d'y monter pour voir si c'était lui. Et il était bien là. Il n'avait pas l'air perturbé pour un sou, assis nonchalamment sur le siège de son tracteur, à labourer son champ. C'était une journée comme les autres. Je me rappelle avoir regardé l'arrière de sa tête pendant qu'il s'éloignait de moi, et avoir été frappée par son insouciance. Il avait brisé le cœur d'une jeune fille le matin même et il labourait son champ ! J'étais folle de rage.

» Il avait remonté près de la moitié de la colline lorsqu'il m'a aperçue. Il a agité le bras dans ma direction, mais je suis restée là où j'étais, à la barrière. Il a essayé de me parler depuis le siège de son tracteur, mais je ne comprenais rien. J'ai crié. Je ne me rappelle pas exactement ce que je lui ai dit, mais je lui ai crié dessus. Je lui ai dit pour la ferme et j'ai fourré le foulard d'Evelyn dans sa main. Il l'a regardé comme s'il ne le reconnaissait pas. Il s'est mis à parler à toute vitesse et à m'expliquer qu'Evelyn n'était qu'une adolescente, qu'il n'avait rien fait pour l'encourager, et c'est à ce moment-là que…

PJ était parfaitement immobile. Il avait presque l'impression qu'Abigail avait oublié qu'il se trouvait toujours dans la voiture avec elle. Elle se racontait l'histoire à elle-même.

— C'est là qu'un coup de vent a emporté une extrémité du foulard. Il n'y en avait même pas tant que ça. Une brise, tout au plus. Le foulard s'est envolé derrière lui comme une longue et mince flamme. Tout s'est passé très rapidement. Le bloc de transmission à l'arrière du tracteur continuait à tourner, et le foulard s'est immédiatement pris dedans. Tommy a été projeté vers l'arrière et sa tête a frappé contre le côté de la herse. Je n'oublierai jamais ce son : un craquement sonore et spongieux. Il était allongé, complètement immobile, et le foulard, maintenant qu'il l'avait lâché, claquait de manière inoffensive contre le bloc de transmission. Tout s'est passé si brusquement. L'instant d'avant, j'écumais de colère, et voilà que cette scène horrible venait de se dérouler devant moi. C'est comme si je l'avais provoquée, même si je savais pertinemment que je n'y étais pour rien. J'ai pris son pouls, mais il était mort. C'est étonnant, en y repensant, je suis restée d'un calme olympien. J'ai grimpé sur le tracteur pour éteindre le moteur et j'ai traîné Tommy loin de la herse.

Abigail s'interrompit. Un rictus se dessina sur ses lèvres. PJ se demanda si elle allait se mettre à rire.

— Je sais ce que vous pensez, sergent.

PJ se sentait étrangement mal à l'aise.

— Quoi donc ? demanda-t-il à voix basse.

Il ne savait pas comment réagir face à elle. Une tension palpable régnait dans la voiture. Ils roulaient maintenant à vive allure, dévalant toujours la colline, et tandis que la voiture enchaînait à toute vitesse les virages en épingle, PJ entrapercevait Aikeen Bay, tout en nuances de bleu, étincelant sous le soleil.

— Vous vous demandez pourquoi je ne suis pas descendue immédiatement au village raconter ce qui s'était passé. Je l'ai envisagé, bien évidemment, et puis j'ai pensé à Evelyn. Vous savez que c'est elle qui a trouvé le corps sans vie de notre père ? Je pensais que la nouvelle de la mort de Tommy risquait de la tuer. Tout le monde aurait parlé d'elle. Aux yeux du village, nous étions déjà les pauvres sœurs Ross, à la vie si tragique. Je ne voulais pas lui imposer ce fardeau en plus.

» Tout m'a paru tellement évident, tellement simple à cet instant. Je suis allée dans le jardin et j'ai trouvé une pelle. Le sol avait été labouré, donc ça n'a pas été trop difficile. Je l'ai fait rouler dans le trou ; je me rappelle qu'il est tombé face contre terre et, pour une raison qui m'échappe, cela m'embêtait donc je l'ai retourné. Une fois qu'il a été enterré, j'ai conduit le tracteur jusqu'à la grange et j'ai nettoyé le sang qui avait taché la herse avec un peu de paille. J'ai retiré ce qu'il restait du foulard de la transmission et j'en ai eu terminé. J'ai utilisé les clés du tracteur pour fermer la maison et je suis rentrée. Tommy s'était enfui.

» Cette nuit-là, je suis descendue au village et j'ai raconté à quelques personnes l'histoire du bus. C'est aussi simple que ça, sergent. Et pendant vingt-cinq ans, tout le monde s'en est très bien porté. Personne n'en avait rien à faire et Evelyn a retrouvé sa vie.

PJ la dévisagea. Est-ce qu'elle était sérieuse ? Pensait-elle vraiment que sa sœur avait repris le cours de sa vie ? Ne se rendait-elle donc pas compte qu'elle aurait tout aussi bien pu enterrer Evelyn avec Tommy ? Elle était probablement encore en train de sangloter dans ce fichu foulard à Ard Carraig.

— Je regrette, mon Dieu, oui, comme je regrette que les ouvriers n'aient pas fait creuser leur pelleteuse un peu plus à droite ou à gauche ; rien de tout cela ne serait arrivé.

PJ n'aimait pas le ton qu'elle employait. C'était comme si elle en savait plus que lui. Y avait-il autre chose ? Il ouvrit la bouche et lui avoua tout simplement la vérité.

— Je ne sais pas quoi dire. Je suis sous le choc.

— Pourquoi ? Parce que je suis une femme ?

— Non. Pas du tout. Je pensais avoir affaire à un crime passionnel, pas à un accident que, pour une raison qui m'échappe, vous avez cru bon de maquiller en meurtre. Vous n'avez pas pensé à tout avouer, un jour ou deux après ?

— C'était un plan bien pensé. Un plan parfaitement au point. Il a fonctionné pendant vingt-cinq ans. Ce n'est pas comme si quelqu'un se souciait de lui.

PJ pensa à Mme Meany, assise dans sa cuisine, la tête courbée sur la table.

— Pourquoi tout m'avouer aujourd'hui ? Pourquoi ne pas avoir continué à mentir ? Vous deviez savoir que nous ne pourrions pas vous faire condamner avec le peu de preuves que nous avons.

— Pourquoi aujourd'hui ? Parce que cela n'a plus d'importance, sergent.

— Plus d'importance ?

— Plus rien n'a d'importance.

La voiture tourna brusquement sur une petite route bordée d'épais talus et dont la ligne centrale était envahie par les mauvaises herbes.

— Je ne comprends pas.

— Je suis condamnée, sergent. J'ai des tumeurs un peu partout. Ils les ont trouvées en m'opérant. Stade quatre. Comme une infirmière peu délicate me l'a fait remarquer, je suis *rongée* par le cancer. Il me reste quelques semaines à vivre, quelques mois tout au plus. Telle mère, telle fille. Je suis l'élue.

Les talus défilaient dans un brouillard flou et vert désormais, et PJ comprit qu'ils se dirigeaient vers la jetée de Dromore. La voiture roulait bien trop vite, et une peur panique s'empara de lui.

— Je suis sûr qu'ils peuvent faire quelque chose.

Le silence était assourdissant. Il lui jeta un regard en coin. Elle gardait les yeux rivés à la route droit devant elle, les mains crispées sur le volant, le reste de son corps rejeté en arrière contre son siège.

— Mademoiselle Ross. Où allons-nous ?

Elle ne répondit pas.

— Ne faites rien de stupide, mademoiselle Ross.

Abigail se pencha pour allumer la radio et monta le volume au maximum. C'était un air d'opérette léger et enjoué. De Gilbert et Sullivan peut-être ? PJ défit sa ceinture de sécurité. La voiture avait franchi les talus et filait vers la jetée.

— Pour l'amour du ciel, femme ! s'écria PJ par-dessus la musique, en se penchant pour agripper le volant.

Abigail résista, bien plus vigoureuse qu'il ne se l'était imaginé. Le muret de la jetée n'était plus qu'à quelques mètres. Il braqua le volant aussi fort que possible vers la gauche, et la voiture s'écarta de la jetée et se mit à tournoyer dans l'herbe drue. Éperdu, il saisit le frein à main et tira de toutes ses forces. La voiture fit un tour sur elle-même, puis deux, et au troisième tour tout devint étrangement calme tandis qu'ils plongeaient du haut de la falaise et tombaient en direction de la mer tumultueuse.

Alors que PJ agrippait la poignée de la portière, le temps sembla s'arrêter. Des moments clés de sa vie défilèrent sous ses yeux. Le visage moqueur d'Emma

Fitzmaurice dans la salle de cinéma obscure. Sa mère pleurant de fierté la première fois qu'il avait revêtu son uniforme. La sueur coulant de son visage sur la peau pâle de Brid. Il se sentit brusquement happé dans un fracas assourdissant lorsque le véhicule se fracassa sur les vagues.

La falaise était déserte. Personne n'avait vu la voiture se faire engloutir par l'océan. Personne n'était là pour entendre les vocalises de la Reine de la nuit s'échappant de la radio sous la surface des vagues qui allaient se briser sur les rochers glacés au pied de la falaise.

Chapitre 14

Deux enterrements en une semaine. Le temps s'était dégradé et une grisaille lugubre enveloppait Duneen. Petra regarda l'horloge numérique de sa caisse. Ils devaient tous être là-haut, pensa-t-elle. C'était vraiment surprenant que tout le village ait souhaité rendre les derniers hommages à cette femme. C'était une meurtrière. C'est peut-être pour cette raison que Mme O'Driscoll avait décidé de ne pas fermer l'épicerie. Petra mâchonna les pointes de ses longs cheveux décolorés. Quel mystérieux pays que l'Irlande.

Au cimetière, Evelyn s'appuyait contre Florence tandis que le prêtre achevait son oraison. Les deux sœurs se rappelaient la dernière fois qu'elles s'étaient tenues devant ce caveau. Elles étaient alors venues pour leur père et sa mort accidentelle. Elles encadraient Abigail, qui avait drapé ses bras, telles des ailes d'ange, autour de leurs épaules pour les protéger des nombreuses personnes endeuillées qui s'étaient amassées près de la tombe. Ce jour-là, c'était Abigail qui reposait devant elles. Florence s'était demandé si le village viendrait, compte tenu des circonstances, mais ses doutes furent bientôt dissipés. Un enterrement revêtait toujours plus d'importance que le défunt lui-même.

Mme O'Driscoll se joignit au cortège funèbre. Lorsque son tour arriva, elle serra la main des deux sœurs.

— Toutes mes condoléances.

Florence lui adressa un mince sourire et murmura un « merci », mais Evelyn ne leva même pas la tête. Tandis qu'elle s'éloignait des deux femmes et commençait à descendre les marches, elle se demanda ce qu'elles allaient faire désormais. Vendre ? Elle n'aurait pas hésité, à leur place. Le domaine d'Ard Carraig était maudit. Elles ne connaîtraient jamais le bonheur là-bas.

De retour à Ard Carraig, seuls le tic-tac d'une horloge et le ronronnement soudain du réfrigérateur se faisaient entendre. Florence s'agitait autour d'Evelyn, lui préparant des tasses de thé qu'elle ne buvait pas et des repas auxquels elle ne touchait pas. Elle lisait ou corrigeait des cahiers, jetant de temps à autre un coup d'œil discret à sa sœur. Evelyn restait assise là, les mains sur les genoux, tantôt fixant le sol, tantôt regardant devant elle. Bobby apprit rapidement que gémir ou lui gratter la jambe ne lui garantissait plus de friandise ni même de caresse sur les oreilles. Il reporta son affection sur Florence et se lova contre elle, le museau sur ses pieds.

Evelyn se sentait insensible, défaite. À quoi bon prendre soin des autres, placer sa confiance en quelqu'un ou tomber amoureuse quand le sort s'acharnait contre elle ? Tout ce qui lui était arrivé ne pouvait pas être le fruit du hasard ; d'une façon ou d'une autre, en déduisit-elle, cela devait être sa faute. Chacune de ses tentatives se soldait par un échec. Chaque marque d'attention par la souffrance.

La pénombre du début de soirée s'était doucement imposée ; Florence reposa son livre et alla allumer la lumière. Evelyn n'eut aucune réaction. Comme si elle ne l'avait pas remarquée.

Linus n'était pas sûr de savoir pourquoi il se trouvait là. Des piles de paperasse l'attendaient sur son bureau et il avait espéré ne jamais avoir à revenir à Ballytorne, et pourtant il venait de pénétrer en voiture sur le parking de l'hôpital.

Il monta les marches en portant le petit sachet de raisins qu'il avait acheté au supermarché du coin. Pourquoi apportait-on du raisin aux malades ? Il se sentait stupide. Au moins, il s'était retenu à la dernière minute d'apporter également une boisson énergétique. Il s'approcha de l'infirmière qui s'occupait de l'accueil.

— Je cherche le sergent PJ Collins.

Le lit d'hôpital, avec ses glissières latérales et sa montagne d'oreillers, faisait paraître PJ encore plus énorme que d'habitude. Cela rappelait à Linus ces documentaires animaliers dans lesquels de gigantesques mammifères devaient être anesthésiés avant d'être transportés jusqu'à leur habitat naturel.

PJ avait la tête rejetée en arrière et les yeux fermés. Linus hésita, ne sachant pas quoi faire. Devait-il le réveiller ? Il décida de s'asseoir sur le fauteuil à haut dossier qui se trouvait à côté du lit et d'attendre. Il picora distraitement le raisin.

Environ dix minutes plus tard, PJ leva la tête et ne sembla pas du tout surpris de voir le commissaire assis à son chevet.

— Bonjour.

— Bonjour, sergent. Comment vous sentez-vous ?

— Pas trop mal. Je devrais bientôt pouvoir sortir. C'est gentil à vous d'être passé.

— Ne soyez pas bête. Nous sommes heureux que vous soyez en vie. Je vous ai apporté du raisin, dit-il en lui tendant le sachet.

PJ observa la grappe qui comportait autant de grains de raisin que de tiges vides.

— Désolé. J'en ai mangé quelques-uns en attendant votre réveil.

Les deux hommes éclatèrent de rire. Ils étaient parvenus à détendre leur relation.

Linus avait été sincèrement heureux d'apprendre que PJ avait survécu à l'accident. Un chalutier avait donné l'alerte après avoir vu la voiture tomber de la falaise, mais le temps que le garde-côte arrive, PJ grelottait déjà sur les rochers. Il avait réussi à ouvrir la portière juste avant l'impact et à s'extirper à moitié du véhicule tandis qu'il coulait au fond de la baie. Il s'était cassé la clavicule contre le châssis de la voiture et s'était fracturé trois côtes. On lui avait posé une plaque et des vis pour maintenir la clavicule.

Durant son séjour à l'hôpital, alors qu'il plongeait par intermittence dans le sommeil provoqué par les antidouleur et les effets secondaires de son anesthésie générale, il avait beaucoup repensé à l'accident. Il se demanda s'il aurait dû s'évertuer à sortir Abigail de la voiture. En réalité, il n'avait fait aucun effort pour y retourner. Il s'était recroquevillé sur les rochers, l'eau salée et glaciale lui picotant la peau, reconnaissant d'être encore en vie et maudissant la femme qui s'était efforcée de le tuer. Il n'avait même pas envisagé de risquer sa vie pour tenter de la secourir.

Lui aussi se demandait quelles erreurs il avait bien pu commettre. En tant que policier, il aurait dû reconnaître les signaux d'alerte ; aurait-il pu d'une manière ou d'une autre éviter la catastrophe ? Quand les policiers de Ballytorne avaient récupéré sa voiture sur le parking de l'hôpital, ils avaient découvert que tous les câbles autour et en dessous du volant avaient été découpés de façon nette et précise. Ils soupçonnaient le coupable d'avoir utilisé un petit objet comme des ciseaux à ongles. Il était choqué de constater le temps qu'il avait mis à comprendre qu'il se trouvait réellement en danger. Abigail avait clairement prévu de le tuer lorsqu'ils avaient quitté l'hôpital.

— Quand pensez-vous retourner au travail ?

— Je n'en sais rien. (PJ y avait également beaucoup réfléchi.) Pour être honnête, je ne sais pas si je vais revenir.

Linus manifesta sa surprise.

— Vraiment ? Pourquoi ? Je croyais que vous aimiez ce métier.

— C'est le cas. Ou ça l'était. Mais tout ça m'a un peu retourné l'esprit, pour être franc.

— L'accident ?

— Non. Non, l'enquête dans son ensemble. Je suis resté allongé là à réfléchir, à me rappeler pourquoi j'avais voulu entrer dans la police. Je pensais que je pourrais faire une différence. Vous savez, rendre service. J'étais très attiré par la vie au village quand j'y suis arrivé. J'aimais l'idée de faire partie d'une communauté. D'aider les autres. Comme je l'ai dit, d'être utile. Je me suis attelé à la tâche, mais quelque part, les années ont passé sans que je remarque que ce que je faisais n'avait rien à voir avec ce que je *voulais* faire. Je me contentais de délivrer des permis et de vérifier les vignettes. N'importe qui aurait pu le faire. En vous voyant travailler, vous et les équipes techniques, j'ai compris à quoi pouvait vraiment ressembler ce métier. Je ne crois pas que j'arriverais à installer de nouveau des radars ou à escorter des ivrognes hors du pub. Je deviendrais fou. Vous comprenez ?

— Évidemment. Je n'arrivais pas à m'y faire non plus quand je suis rentré dans la police. Tout de même, réfléchissez-y. Votre départ serait une grosse perte pour nous.

— Je le ferai, répondit PJ bien qu'il eût déjà pris sa décision.

Linus se leva.

— Je devrais y aller. C'est bon de vous voir en un seul morceau.

— Merci d'être venu. J'apprécie votre geste.

— Prenez soin de vous.

Linus avait la main posée sur la porte lorsqu'il se retourna.

— Et que diriez-vous de Cork ?

— Quoi ?

— Si je vous recommandais, vous pourriez envisager de vous installer à Cork ?

PJ ne savait pas quoi répondre, mais Linus commença à s'enflammer.

— Vous êtes doué. Je pense que vous pourriez facilement devenir inspecteur.

PJ commença à tourner les pages d'une vie qui n'était pas encore la sienne. Il aimait ce que laissait présager ce chapitre.

— Vraiment ? Vous pourriez faire ça ?

— Je ne vous promets rien, mais je peux essayer. Ça vous dirait ?

— Oui. Oui, ce serait formidable.

PJ rayonnait.

Seules trois personnes assistèrent au second enterrement. Trois femmes. Chacune se tenant à l'écart des deux autres. Mme Meany se tenait la plus proche de la tombe. Elle avait emprunté un manteau noir à une voisine. Il était un peu trop grand pour elle, et les manches ne laissaient dépasser que l'extrémité de ses doigts tandis qu'elle restait debout, la tête baissée. La jeune Lizzie Meany pouvait enfin mettre son bébé au lit.

À la fin de l'oraison, elle s'approcha de la tombe et jeta une poignée de terre ocre sur le cercueil. Dans son esprit, elle voyait Mme Burke tenir dans ses bras un petit paquet emmailloté et gazouillant. Ce cercueil semblait si grand et si glacial.

Derrière elle, à environ trois mètres l'une de l'autre, Evelyn et Brid se tenaient debout. Tandis que la vieille femme contemplait la tombe, Brid s'avança vers Evelyn et la serra dans ses bras. Elle avait le sentiment qu'il se passait bien trop de choses dans sa vie pour conserver une rancune adolescente à l'encontre d'Evelyn Ross. Elle regretta immédiatement son geste. Evelyn garda les bras le long du corps, et Brid dut se forcer à l'enlacer encore une seconde ou deux avant de reculer. Evelyn avait une mine affreuse. Elle avait d'énormes cernes et elle dévisagea Brid sans paraître la reconnaître.

— Est-ce que tu vas bien ?

— Oui, dit-elle dans un murmure.

— Est-ce que je peux te ramener chez toi ou faire quoi que ce soit ?

Avant qu'Evelyn n'ait pu répondre, Florence surgit à l'angle de la chapelle.

— Bonjour, madame Riordan. Je m'occupe d'elle. Ne vous en faites pas.

Elle passa le bras autour des épaules d'Evelyn et l'éloigna.

— Quelle triste journée.

Mme Meany s'était approchée de Brid.

— Oh, les sœurs Ross s'en vont déjà ?

— Oui. Je crois qu'Evelyn ne se sent pas très bien.

— Oh. Je vois.

Les deux femmes restèrent silencieuses, ni l'une ni l'autre ne sachant comment poursuivre la conversation. La mère qu'il n'avait jamais connue. La fiancée qu'il n'avait jamais épousée.

— Je ne sais pas si c'est le bon moment, mais si vous voulez passer à la maison, j'ai préparé quelques sandwichs.

— Oh, merci beaucoup, mais je dois aller chercher les enfants maintenant.

— Bien sûr. Bien sûr.

Brid ne se hasarda pas à retenter une accolade et se contenta donc de serrer la main de la vieille femme.

De retour chez elle, Mme Meany ôta le manteau qu'elle avait emprunté et le suspendit avec précaution sur le cintre en bois qui attendait derrière la porte de la cuisine. Debout au milieu de la pièce, elle regarda la table. Elle y avait disposé sa plus belle porcelaine. Six tasses et leurs soucoupes, une petite pile d'assiettes. À côté, deux assiettes de sandwichs étaient enveloppées d'un torchon humide, et un gâteau à la carotte recouvert de glaçage attendait sur le plan de travail, près de la huche à pain.

Elle se laissa lourdement tomber sur une chaise près de la table et souleva un coin du torchon. Elle saisit un petit sandwich triangulaire dont la croûte avait été soigneusement ôtée. Du jambon. Elle en grignota l'extrémité avant de le reposer. En soupirant profondément, elle se leva et porta les assiettes jusqu'à la poubelle.

Quel gâchis, pensa-t-elle.

Il n'emportait avec lui qu'une grande valise verte et deux petits sacs en toile. Il les contemplait, tout écrasés dans le coffre de sa voiture. C'était exactement les mêmes bagages que lorsqu'il s'était rendu à son entraînement de Templemore, bien des années auparavant. Une éternité s'était écoulée depuis. PJ se demanda s'il avait bien employé toutes ces années. Avait-il vraiment vécu pendant tout ce temps ? Il soupçonnait que non, mais cela importait peu, car il démarrait une nouvelle vie ce jour-là. Il referma le coffre en le claquant. Quel bonheur d'être enfin sur le départ après des mois d'attente !

Au début, il avait dû patienter, car on cherchait quelqu'un pour le remplacer, mais il fut finalement décidé que le poste de police de Duneen serait fermé, et que le village et les communes alentour seraient pris en charge par les policiers de Ballytorne. PJ avait haussé les sourcils en entendant la nouvelle. De deux choses l'une, soit il était irremplaçable, soit le travail qu'il avait accompli ces quinze dernières années avait été parfaitement inutile. Il pensa à cette seconde possibilité en chassant toute trace d'amertume ou de regret. Il était trop dur avec lui-même. La façon dont les habitants étaient venus lui parler en apprenant son transfert l'avait convaincu que cela en avait valu la peine. Il avait le sentiment qu'il leur manquerait. Et eux, lui manqueraient-ils ? C'était possible.

Il verrouilla la porte d'entrée du pavillon et monta dans sa voiture. Chaque détail anodin du quotidien s'était chargé d'une pesante nostalgie ; peu importe ce qu'il avait fait ce jour-là – se brosser les dents, mettre l'eau à chauffer, nouer ses lacets –, chaque geste avait systématiquement été accompagné du même commentaire : « C'est la dernière fois que je… »

Les feuilles avaient déjà commencé à changer de couleur, mais la chaleur perdurait et le ciel ensoleillé lui offrit une vision de Duneen sous son meilleur jour pour son départ. Il descendit lentement l'artère principale, enregistrant dans sa mémoire tout ce qu'il voyait.

Est-ce que je reviendrai un jour ? se demanda-t-il.

Mme O'Driscoll se tenait devant sa boutique. Il la salua de la main. Elle eut l'air un peu perplexe et le salua en retour. PJ sourit en son for intérieur. Elle avait visiblement oublié que c'était le grand jour. À sa gauche, il aperçut la colline qui menait à la vieille ferme des Burke. Le chantier était terminé désormais et, à la grande surprise des habitants du village, Florence et Evelyn avaient vendu Ard Carraig et acheté l'une des nouvelles maisons. C'était très pratique pour l'école, mais les gens se demandaient encore si c'était le meilleur endroit où vivre pour elles. PJ était passé les voir la semaine précédente afin d'annoncer son départ aux deux sœurs, mais Florence lui avait expliqué qu'Evelyn était souffrante, et il n'avait donc pas pu lui dire adieu. En réalité, rares étaient ceux qui parvenaient encore à voir Evelyn.

Florence était presque devenue une aide à domicile. Chaque soir, elle passait faire quelques courses chez O'Driscoll et retournait à la nouvelle maison. Elle aimait la propreté des lieux. La cuisine, la salle de bains, les fenêtres : rien n'était recouvert d'une épaisse couche de souvenirs. Elle ne savait pas trop quoi faire au sujet d'Evelyn. Cette dernière avait visiblement besoin d'aide, mais elle refusait d'aller consulter un spécialiste. Le médecin local était venu à plusieurs reprises et lui avait prescrit quelques anxiolytiques, mais cela ne semblait pas avoir fait une grande différence. De temps à autre, quelqu'un racontait avoir aperçu Evelyn qui promenait le chien très tôt le matin ou très tard le soir, mais, hormis ces rares sorties, elle avait disparu de la vie du village. Sa sœur Florence avait perdu jusqu'à son nom. On ferait désormais référence à elle en l'appelant « cette pauvre Florence ».

Après avoir quitté le village, PJ accéléra et imagina sa nouvelle vie à Cork. Il avait loué un petit studio dans un immeuble neuf en bordure de ville. Il avait hâte de vivre ailleurs que sur son lieu de travail. Il se demanda s'il perdrait du poids, maintenant qu'il serait privé des petits plats de Mme Meany. Il l'espérait, en tout cas.

Il dépassa le virage qui menait à la ferme de Brid Riordan. Il avait voulu aller lui présenter ses adieux, mais il savait que les choses n'étaient pas simples pour elle. Avec sa malchance habituelle, il serait arrivé en même temps qu'Anthony.

Ce dernier était resté habiter quelque temps avec sa mère, mais, lorsqu'ils avaient commencé à lui construire une petite maison sur la ferme, Brid avait cédé et accepté de le laisser emménager de nouveau dans la maison. Les enfants semblaient plus heureux qu'ils soient tous réunis sous le même toit, même s'ils savaient que leur père dormait dans la chambre d'amis.

Leur réaction avait d'abord surpris Brid. Elle pensait que Cathal serait le plus bouleversé des deux, mais c'était Carmel qui avait le plus mal vécu la situation. Brid et Anthony leur avaient annoncé la séparation ensemble. Cathal s'était contenté de hocher la tête. Brid voyait qu'il se retenait de pleurer. Elle s'était détestée de le blesser ainsi. Carmel avait décrété que son père partait à cause du comportement abominable de sa mère. Elle avait hurlé sur Brid, l'avait traitée de salope et d'ivrogne. Anthony avait tenté de la gronder et de lui expliquer qu'il s'agissait d'une décision commune, mais elle avait refusé de le croire. C'était à cause de sa mère que son père était parti.

Les mois passant, la tension s'était apaisée, et Carmel se montrait cordiale avec Brid désormais. Parfois, cette dernière était tentée de tout lui raconter au sujet de son père et de l'infirmière, mais elle savait que sa fille en rejetterait certainement la faute sur elle une fois encore.

Un autre changement majeur s'était opéré : Brid gagnait de l'argent. Elle avait apparemment hérité du talent de sa mère pour la cuisine et, après que quelques autres mères au foyer lui eurent demandé ses recettes, l'une d'elles offrit de la rémunérer pour qu'elle prépare un gâteau d'anniversaire. Elle avait reçu d'autres commandes et, armée de cet élan de confiance, Brid s'était rendue à *L'Heure du café*, une petite épicerie fine de Ballytorne, pour faire goûter ses muffins et ses gâteaux. Elle les livrait désormais régulièrement. Cela ne lui suffisait pas pour vivre, mais elle avait au moins la satisfaction d'impressionner Anthony et de se sentir occupée.

Une fois, peu après être revenu à la maison, Anthony avait essayé de l'embrasser. Sortant de la salle de bains, prête à aller se coucher, Brid l'avait trouvé sur le palier. Elle ne savait pas s'il l'avait prévu ou attendait simplement son tour pour se brosser les dents, mais cette proximité physique l'avait incité à se pencher et à lui planter un baiser sur la bouche. Brid ne l'avait pas repoussé, mais, d'une manière ou d'une autre, ils avaient tous les deux senti que ce n'était pas une bonne chose. Il s'était éloigné d'elle, avait refermé la porte de la salle de bains et n'avait plus fait aucune tentative.

La route contourna la vallée et abandonna Duneen derrière elle. Le soleil était de plus en plus bas dans le ciel, et de longues ombres s'étiraient sur les champs. PJ éprouvait un certain malaise. Il avait l'impression d'être épié tandis qu'il manœuvrait sa voiture dans les virages. Il se pencha en arrière et écarta ses mains sur le volant. Il avait l'impression d'être dans un film, mais il ne savait pas si c'en était le début ou la fin.

Épilogue

PJ avait horreur de cela. Il essayait autant que possible d'éviter de se retrouver seul au restaurant. Les autres clients le dévisagèrent lorsqu'il entra. Ils n'essayèrent même pas de dissimuler leur amusement et leur dégoût. Cet homme n'avait nul besoin de manger !

Il lui fallut ensuite se frayer un chemin jusqu'à sa chaise. Il n'y avait jamais suffisamment de place, et il était toujours obligé de demander aux autres clients d'avancer leur siège. Ils lui assuraient qu'il n'y avait aucun problème, mais, derrière leur politesse de façade, il savait qu'ils lui en voulaient d'occuper tant d'espace.

Le serveur s'approcha de lui et lui demanda s'il souhaitait du pain et du beurre. PJ avait-il imaginé le sourire narquois sur le visage du jeune homme ?

— Oui, s'il vous plaît.

C'était encore pire que ce qu'il avait redouté. L'épais tapis et les nappes amidonnées conféraient à la salle une atmosphère feutrée. Est-ce que quelqu'un parlait ? Il n'entendait que l'écho des couverts sur les assiettes et sa propre respiration, qui semblait étrangement amplifiée. Il sentit une goutte de sueur se former entre ses sourcils. Pouvait-il utiliser sa serviette pour l'essuyer ?

On lui apporta une corbeille de pain accompagnée d'un petit ramequin de beurre. Le serveur se moquait bien de lui. PJ attendit qu'il soit parti avant de saisir un morceau de pain et d'y étaler un peu de beurre. Dieu, que c'était bon. Il s'en autorisa un deuxième. Puis un autre. Il ne restait plus qu'une tranche de pain. Il ne la mangerait pas. Il ne donnerait pas à ce serveur arrogant le plaisir de revenir et de découvrir la corbeille vide. Il regarda droit devant lui et observa une série de tableaux abstraits. Depuis combien de temps était-il arrivé ? Il regarda sa montre. Cinq minutes. Ce n'était rien.

Chaque fois que la porte s'ouvrait, il devait s'étirer pour voir qui entrait ; sa table se trouvait à l'extrémité d'une alcôve et il ne parvenait qu'à voir les tables près du bar. Un couple de personnes âgées célébrant visiblement une occasion, un groupe de trois hommes d'affaires, un jeune couple nerveux. PJ les observa tendre leurs manteaux à la jeune fille qui se trouvait au bar avant de suivre le serveur jusqu'à leur table. L'endroit était presque plein.

Il entendit la porte s'ouvrir et aperçut le dos d'une femme vêtue d'un manteau camel. Il ne disait rien à PJ. Elle l'enleva et révéla un chemisier bleu marine orné d'un élégant col blanc. La femme se toucha les cheveux tout en parlant avec le maître d'hôtel. Lorsqu'elle se retourna pour le suivre dans le restaurant, son regard croisa celui de PJ. Brid Riordan lui fit discrètement signe de la main et lui sourit.

Il avait oublié la dernière tranche de pain.

REMERCIEMENTS

J'ai depuis longtemps l'ambition d'écrire un roman, mais le fait que vous teniez ce livre entre vos mains est le fruit des encouragements, de la ténacité et de l'aide de nombreuses personnes que je tiens à remercier.

Je n'aurais pu rêver meilleure maison d'édition. Grâce à Carolyn Mays, je suis devenu un membre à part entière de la famille Hodder, et mon éditrice, Hannah Black, a travaillé avec acharnement à faire de ce livre une réalité. Ses notes et ses suggestions pertinentes ont toujours été appréciées, mais, bien plus encore, c'est elle qui m'a fait me sentir auteur. Je dois remercier d'autres membres de la famille Hodder : Lucy Hale, Alice Morley et Louise Swannell, pour avoir prévenu le reste du monde que j'avais écrit un roman. Alasdair Oliver et Kate Brunt, pour en avoir fait un si bel objet. Claudette Morris, Liz Caraffi et Emma Herdman, pour leur expérience, leur aide et leur patience ! Melanie Rockcliffe et Dylan Hearne et toutes les personnes de Troika Talent qui m'ont encouragé jusqu'à la ligne d'arrivée.

Mes premiers lecteurs, pour leur enthousiasme et leurs remarques pertinentes : Gill Sheppard, Niall Macmonagle, Rhoda Walker, Paula Walker, Becky Nicholass et Maria McErlane.

À mes amis et voisins de Bantry et de la *Tête de mouton* à West Cork, qui m'ont fait me sentir chez moi et m'ont inspiré certains des lieux de ce roman (mais aucun personnage !). Un grand merci à tous d'avoir fait semblant de vous intéresser à ce livre depuis plus d'un an et à vous, lecteur, qui avez choisi de lire mon histoire. J'espère qu'elle vous a plu.

Le Livre de Poche s'engage pour l'environnement en réduisant l'empreinte carbone de ses livres. Celle de cet exemplaire est de :
250 g éq. CO_2
Rendez-vous sur www.livredepoche-durable.fr

Composition réalisée par PCA

Achevé d'imprimer en France par
CPI BRODARD & TAUPIN (72200 La Flèche)
en octobre 2020
N° d'impression : 3040490
Dépôt légal 1re publication : novembre 2020
LIBRAIRIE GÉNÉRALE FRANÇAISE
21, rue du Montparnasse – 75298 Paris Cedex 06

47/1896/2